银杏是一棵树

周云和 著

中国言实出版社

图书在版编目(CIP)数据

银杏是一棵树 / 周云和著 . -- 北京：中国言实出版社，
2022.3

ISBN 978-7-5171-4073-3

Ⅰ . ①银… Ⅱ . ①周… Ⅲ . ①短篇小说—小说集—中国
—当代 Ⅳ . ① I247.7

中国版本图书馆 CIP 数据核字 (2022) 第 036367 号

银杏是一棵树

责任编辑：张国旗
责任校对：宫媛媛

中国言实出版社出版发行
地址：北京市朝阳区北苑路180号加利大厦5号楼105室（100101）
编辑部：北京市海淀区花园路6号院B座6层（100088）
电话：64924853（总编室）　　64924716（发行部）
网址：www.zgyscbs.cn
E-mail：zgyscbs@263.net

经销：新华书店
印刷：北京中科印刷有限公司
版次：2022年4月第1版　　2022年4月第1次印刷
规格：880毫米×1230毫米　　1/32　　8.125印张
字数：161千字

定价：49.80元
书号：ISBN 978-7-5171-4073-3

目 录
CONTENTS

荷包蛋

　　说来也怪，好端端的人，走进医院，就像从强烈的太阳光下，一下走进低矮潮湿的屋子里，光线骤然阴暗下来，精神也随之枯萎。当开来的眼光触摸到沙湾县人民医院牌子时，这种感觉不可遏止地从心里翻腾起来。再朝前走一百来米，倒一个拐，看见那幢13层楼高的墙体侧面，用红色行楷写着"住院部"三个字时，这种感觉简直如同大海狂澜一样汹涌澎湃。开来依稀看见，医院里各种病菌病毒，组成受检阅方阵，迈着豪迈的步伐，喊着嘹亮的口号，正雄赳赳气昂昂地向他迎面走来。眨一下眼睛，又仿佛看见病菌病毒混杂成一股滚滚洪流，嘶鸣着怒号着，长天飞瀑一样倾泻而下。他油然放慢脚步，想绕道走那条绿茵茵的林荫道，借此消磨一点待在医院病房里同病菌病毒打交道的时间。

但又不行，妻子荣静正躺在住院部九楼的病床上输着液，还等着要解手。

荣静很黏他，转身没见着，马上充分调动 QQ、微信、电话等现代通信工具缉拿他。当开来守在她面前时，她就把嘴巴搁在开来身上，没事找事道："给我掖一下被盖嘛。"没掖好，她说："漏风的，冷死我啊？"掖紧了，她说："你还不如拿绳子来捆住我。"铺盖还没掖完，立即抬起手臂，做出新的工作安排："你看嘛，手臂都输肿了，去打一盆滚水来给我敷一下嘛。"荣静的血管很细，经验不足的护士很难找到。一次一个实习生连扎四针都没扎着，痛得她眉斜嘴歪："哎哟，练手艺吗？"便要护士用留置针。荣静血小板数目严重偏低，正常参考范围是125—350，她才31，针扎过的地方留下瘀青，用滚水敷要散得快些。开来领旨找脸盆打来热水，拿一条毛巾浸下去。荣静说："毛巾拿错了，要那一块粉红色的。"开来忍着气，换好粉红色毛巾，拧了水，给她敷上。稍微热一点，她便夸张地"哎哟"一声大叫道："肉皮子都要被你烫脱了。"要是不热，她就说："一点热气都没得，冰浸的。"不冷不热，恰到好处，开来把不准这个度，只有当受气筒子。

再说口干了喝水，除了掌握好适当的温度，还要掌握好恰当的角度，拿吸管凑近她的嘴边，不高不低，刚好能顺畅吮吸到。削苹果要切成一牙一牙的，插上牙签递到她手里——喂进嘴里更好。柑子不仅要剥成瓣瓣，还要剥出瓤子，把米子掏掉，她只吃瓤子，不吃瓤皮。开来说："瓤皮清火。"荣静反驳道："清八！"气如涓涓细流，不停地往开来心潭汇聚。不舒服，他就想到医院外边散散心，放松放松心情。昨晚想好了，早餐吃面包牛奶，这些都是来看望荣静的亲戚朋友们送的，不吃扔了可惜。心里有气，开来忍不住修改了早餐项目，对刚挂上吊瓶的荣静说："我去街上吃一碗面。"荣静怡然的脸冰冻霜凝，目光长出一柄长剑刺向他："你走了，吊瓶头的液输完了咋个办呢？"

这发问油然绊住了开来的脚，走不是，不走也不是，一个感慨再次涌上心头：女人，要让她有事做才行；她没事做，把眼睛和心思全部放在你身上，你就悲摧了。

"开老师，你去街上吃早饭吧，我帮你看着荣老师的吊瓶。"邻床毛大姐说。

毛大姐农村人，五十出头，站起身，看不出她是病人；躺在病床上，她才是病人。来住院，家里没有一个人来护理她。要解手，坐起身子，从床边的输液架上取下吊瓶，一只手举着去厕所。哪像荣静，要把她从床上扶起来，给她找来衣裳披上，把鞋子给她拿到床前顺脚的地方，经佑着她穿好；再取下吊瓶，一只手举着，一只手扶着她去厕所。输液的时候，毛大姐是不睡觉的，眼睛望着吊瓶。当然，老虎也有打盹的时候。前天她眼皮一耷拉就迷糊过去了，没注意吊瓶头的药快要输完，开来发现了，叫来医生。毛大姐很感激："幸好开老师看见了，不然液输完了，输一些空气进去，把我输死了都怕不晓得。"

这会儿，毛大姐主动还人情，开来有了脱身的机会。他顺着医院右侧那条沥青铺的路出去，找了一家面馆，喊了一两京酱面，一两口磨面，拿了筷子刚坐下准备插进面碗里挑一下，荣静的电话就撵来了，理由很王牌："我要解手，你好久回来哟？"开来很想顶她一句："催命。"但荣静是病人，心情正是忧郁沮丧的时候，需要安慰和迁就。荣静不生病时一点都不黏他，给他留足个人空间。不像单位上老王的老婆，只要老王下班一哈儿没回家，电话就像孔明草船借的箭一样密集地射来；老王进了屋就不准跨出门槛，除非陪她出去转街逛商场采购物品；要加班或者陪外面来的客人，得领导帮他请假，还要定下时间。荣静从来不这样婆婆妈妈的，你说有事不回家吃饭，或者要陪几个朋友在外面喝酒，她不会过问；除非有火烧眉毛的事，或者开来自己的事，只有他才能够处理，一般情况下荣静都不会打电话过问，更不要说骚扰他。念着荣静这一些好，开来努力把态度放端正，语气温和地说："我刚吃面，你稍微熬一熬嘛，我抓紧，几口吃完就回来。"

　　开来言行不一，是慢慢吃面的。才吃完一碗，荣静催促的电话又来了："你还有好久才拢得到哟，我要屙出来了。"开来对荣静解个手都离不开他感到很憋气，想说："我不回来你就不屙了？学学毛大姐嘛。"一转念，她是病人，遇都遇到了，算了，不能和她置气，便安慰荣静："你一定要坚持住，我以最快的速度吃完回来。"

　　开来回到病房一看，荣静侧身躺在床上，在手机上打着

"开心消消乐"游戏，看不出丝毫尿胀慌了的急迫。他想说她一句，还是管住了嘴，找来拖鞋，放在荣静下床顺脚的地方，反手摘下吊瓶，揭开被盖去扶她。荣静说："不忙，我把这一盘打完了着，不然要扣分。"开来说："你不是要屙出来了吗？"荣静眼睛盯着屏幕，没答白，直到把游戏打完，才梭下床来。

开来一手举着吊瓶，一手打开厕所门，陪荣静进了厕所，反身关了门，从屋角墙壁处拿过简易坐便器，打开安放好。荣静坐上去，有一点滑，脸一冷："哎呀，经常是这样，不看看地面，差点坐我一筋斗。"开来说："夸张了一点吧。"这时有电话打来，开来摸出手机，一只手举着吊瓶，另一只手不好按接听键，把手机放在肩胛骨上，用下巴压住，按了接听键接听。

曹律师打来的，说："给邹一明打了好多个电话都打不通，今天终于打通把他找到了。邹一明态度很好，说他去温州了，回来就找我，愿意好说好商量。"

荣静气定神闲地在坐便器上坐着。她从来不过问开来的事，这时没事，趁口空问开来："哪个找你哟？"

邹一明是来沙湾县做生意的温州人，帮开来装修房子结识了开来。他借了开来的钱，本金加利息有二十来万元。开来可谓是电话打烂，脚杆跑断，邹一明不直接说不还，他尽找一些理由推三阻四："我最近要收一笔款，收到就结清你的账。"或者说："我正在贷款，贷到后首先拿给你。"前前后后拖了两三年。开来没办法，只好告到法院，请律师帮着追收。这个事，开来没有告诉荣静。告诉她吧，除了增加她的担心外，不起丝毫作用。于是，开来搪塞道："一个朋友遇到一点事，叫帮一个忙。"

"啾啾啾——"清脆的鸟叫声从病房里传来。荣静的手机响了，解手时放在枕头上，没有拿进厕所去。开来的思绪焊接在如何追讨债务上，没听见。荣静听见了，叫开来去给她拿。开来白了她一眼："我千手观音啊？这吊瓶你拿吗？"荣静说："墙上有一颗钉子，你挂在上面不就是了？"开来掉头寻去，真有一颗钉子，比香签棍还小，两寸来长，很寂寞很耐心地等待在那里，期盼着为他服务。开来仿佛受到了欺骗，明明荣静晓得有钉子可以挂吊瓶，可她不说，每一次都叫他举着，开来生气说道："要不是叫我帮你拿手机，你怕永远都不会说墙上有一颗钉子。"荣静："我是活一天算一天的人了，不多给你提供一点服务我的机会，今后你想给我服务都服不成了。"开来说："哪个人又不是活一天算一天呢，未必还有活一天算两天的？"

开来将吊瓶挂在钉子上，给荣静拿来手机。荣静一接听，是陈大姐打来的，约她下午打麻将。她回答说："我今天有事，来不到。"陈大姐说："事明天去做嘛，三缺一，打了几个人的电话，都说不得空。"荣静说："真的去不了。"开来说："你给她说在住院不就完了？"荣静没管他，又啰里啰唆地说了一阵，才挂掉电话。开来说："电信公司就喜欢你这种傻儿，一两句话就能说完的，要掰烂扯烂说半天，好像打电话不要钱。"

开来心里不安逸荣静，生病了，有啥子说不得的嘛。别人感冒了去医院输个液都广而告之，如同得了不治之症，希望全世界的人都去看望他，陪他摆龙门阵，重要的是送礼物送红包。荣静平时手很散，去医院看望病人，一般人送 200 元、400 元，她要送 400 元、600 元，好像她是大款，钱多得很，一年要送出去不知道多少钱。这次她生病住院，且又是大病，正是回收红包的机会，但荣静不准开来告诉任何人她在生病住院。她叮嘱开来："给人家说，对治病起不到丝毫作用，反而让人家担心。"开来也是超脱之人，从内心赞成荣静的观点，但见荣静气派潇洒地送出去很多红包，基本上汤丸打狗，有去无回，又难免心有不甘。

当然，开来最不安逸的，还是荣静打麻将。为她这个爱好，还差一点离了婚。

"好了。"荣静起身提起裤子扣着腰眼儿纽扣说。潜台词是安排开来，我解过手了，你把厕所冲了，把吊瓶从钉子上取下来，送我回病房。

开来本想说你自己冲一下厕所要不得吗？但还是让这句话胎死腹中，收折好简易坐便器靠在墙壁，冲了厕所，取下吊瓶把荣静送回病房。

荣静在床上躺下，又打起了"开心消消乐"游戏。开来坐在床前那条靠背椅上，一时找不到事做，想看书，脑壳头像装了一盆糨糊，昏浊浊的，看不进去，就把靠背椅打了一个掉，反身坐下去，两条胳膊交叉放在靠背椅顶端，顶住额头，瞌睡虫像听到命令，呼呼啦啦地爬出来了。

晚上，在病房里根本休息不好。虽是深秋季节，蚊子照样我行我素，显示着蚊类强大的生命力。37床那个陪床老男人，呼噜打得带钩带刺锣鸣鼓响，大有他睡就不要其他任何人睡的阵势。毛大姐也让人恼火，稍微吹一点冷风就感冒；只要她一感冒，那个咳嗽声，通宵达旦地"碰碰碰"，声音比老农民种的庄稼还茂盛密集，比春天打的干壳雷还震撼嘹亮；有时她咳得缓不过气来，便打开日光灯，起床倒开水喝。只要她一咳，一间病房的人别想睡着觉，包括那个打呼噜的老男人。昨天毛大姐去拿药，敲了一点风，昨晚又咳了一夜。你能干涉她咳吗？哪个人愿意那样咳呢？一病房的人只有捏着鼻子吃冲菜——忍气吞声。早晨5点刚过，毛大姐咳得缓和了一些，开来勉强合上眼，病房旁边早起打开水、洗脸的人，瓷盆撞击在水泥板台面的声音，搅动和倒水的声音，说话的声音，又雨后春笋般地苗壮成长起来。

"我昨晚上没睡着觉，你看着点吊瓶，我睡了嗄。"荣静把手机放在枕边上说。游戏能让人入迷，荣静瞌睡战胜了游戏，说明她现在不是一般的犯困。还有，荣静这样说，是变相给开来敲警钟：你不能打瞌睡。迷糊着的开来只有强迫自己振作精神，他抬起头，站起身，揉揉太阳穴。他瞟了一眼毛大姐，她一夜咳嗽，眼窝子都咳得红肿了，输起液后，也是没精打采眼闭眉虚的。开来感到一副沉甸甸的担子压向肩头。刚才他要上街吃早饭，荣静不想让他去，毛大姐主动说帮忙看荣静的吊瓶。现在毛大姐迷糊过去，他也得还礼，帮毛大姐看吊瓶。

那个老男人，打电话叫来一个女人，说："你来守你姐半天，我回家睡一觉，病房里休息不好，好人都要整起病。"老男人被换下走了，开来望了一眼来的那个女人，三十四五岁，身架厚实，她走拢来，拉过床头靠背椅一屁股坐下去，两腿大八字一张，玩起手机来。开来喉结滑动了一下，怔怔地想，这女人坐在那里没事，干脆出一点钱，请她挂一个眼睛，帮忙看一哈儿荣静的吊瓶，我放心地打一个盹儿。再看那女人，陌生倒是其次，关键是这女人长了一张清水脸，像借她100元只还了她50元似的，开来一爪掐断长出芽来的心思，感叹起现在世上很多资源浪费严重的人和事。比如说全国一片诟病的交通拥堵问题，注意看吧，很多车只有一个驾驶员，要是都装满人，起码减少三分之一的车流量。房产也闲置得太多，还有餐桌上的食品浪费惊人，等等。

荣静翻了一个身，变平躺为侧卧，压着了输液管子。开来忙帮她理顺，掖好铺盖边缘，坐在靠背椅上，愣了愣神，想接上刚才思路，竟然忘了想的啥子。没休息好，脑壳完全是昏的。对喽，把荣静的住院资料复印一份提供给曹律师吧，打感情牌，让曹律师给邹一明展示展示，我老婆生病住院，确实需要钱，做人要讲良心，想你邹一明当初借钱时的那个样子嘛，龟儿子一样，红口白牙的，你应该想方设法把钱还给我。

单位的关系也微妙，局长调走，依次挪位，空出一个副局长位子来，分管副县长说要在原单位就地启用一个人。竞争能力强的有三个人，开来是其中一个。办公室小竺昨天晚上打电话给他透露，县委组织部最近两天要到单位来搞民主测评。开来守在医院里，动不了身，他需要联络润滑的关系，一时联络润滑不到。这都不说了，就是民主测评会上，自己在场和不在场也是完全不一样的。同学包智吃过这方面的寒火，单位副职转正职，凭本事和人缘，包智可以说板上钉钉，无可争议。可偏偏在他下基层检查工作时，没注意摔了一筋斗，小腿骨摔断了，包智躺在病床上，眼睁睁地看着位子被一个根本不具备竞争能力的人抢占了去。何况还有很多事情，排班站队你推我挤等着开来去做，现在他居然在医院里枯坐着，他心里真像猫爪爪抓着一般难受：慌，又慌不得，静，又静不下来，只有干着急。家里有一个病人，一家人不得安宁，还要殃及亲戚朋友，嗐！

"啾啾啾——"，荣静的手机响了。开来瞄了她一眼，荣静一动不动。开来想，睡着了？叫她："你的手机响了。"荣静睡得像死猪一样。荣静很怪，只要睡着了，雷打都不醒。开来恰恰相反，睡得再熟，一只蚊子飞过都可能会把他惊醒。他便帮荣静接了电话。又是陈大姐打来的，说打麻将始终三缺一，凑不齐牌搭子，救场如救火，一定请荣静支持一下工作。开来说："荣静生病在住院，确实没有办法支持你的工作。"

荣静的眼睛一下睁开了，对开来很不满意："叫你不要跟别个说我在生病住院，你偏偏要跟我对着干。"开来也不满意了："这又不是偷人赶汉、胡作非为，有啥子说不得嘛。"荣静有点冒火了："那你喇叭安起去吼嘛。"

刚好吊瓶里的药要输完了，开来本可以按床头呼叫器的，但他不，他直接出病房去叫护士。

荣静生病快一年了。肝上的病，很严重，班都没上。开来说："打麻将打起的病。"荣静说："我这一辈子就只有这一点爱好了，你不让我打，我宁愿去死。"开来并非一味地反对荣静打麻将，下班没事，空闲时间，朋友聚会，做生请客，大家打打麻将无可厚非，关键是荣静太痴迷，经常打起来自己姓啥子都不知道。

开来曾当着荣静家人调侃过荣静：你看她，站在阳台上，手抱起，伸出脑壳，望望天色，要是在下雨，就说："落雨纷纷的，干点啥子好呢？只有找人打麻将。"天气热，她就说："这样热的天气，干啥子都不安逸，麻将避水火，干脆打麻将算了。"春秋季节，不冷不热，或者久热忽雨，天气凉快，她嘴巴都笑岔了，"这样好的天气，不去打麻将，简直辜负了老天爷的好意。"冬天，个个冷得像缩头乌龟，她说："鬼天气，怕要冷死人，打麻将打麻将。"

开来调侃她："只要想打，一年365天、366天都适合。可惜打麻将不评全国先进，要是评，我敢保证，你年年都能评得上，不信我们打赌。"荣静的堂妹听了，说荣静是货真价实的"麻婆"。

荣静适应性很强，不管是焖鸡、三弓、马股，还是斗地主、比点子、跑得快，只要沾牌涉赌，她都"虚心学习，不耻下问"，积极参与，一分钟学会，两分钟赢钱，三分钟输钱……

让开来哭笑不得的是，荣静与女儿同时在家里，竟有一周不见面的奇葩事。

荣静每天早晨7点多去上班，女儿还在睡觉，要8点多快9点才起床，由奶奶伺候着上幼儿园。女儿中午在幼儿园吃饭睡觉，5点后放学回家。晚上，荣静6点下班，麻将餐吃了就上桌子搏击，晚上12点甚至一两点才回家，女儿早睡了。女儿是挨着奶奶睡的，有些时候，她也想去看一眼女儿，但深更半夜，把门敲得砰砰响不好，再则女儿睡着了也不好叫醒，她只好放弃看望女儿的念头，直到周六上午才见到女儿的面。

护士来换好药走了，荣静又闭上眼睛睡觉。开来在靠背椅上坐下，头像灌了铅，笨重得直往下坠。他见荣静躺在病床上，均匀地呼吸着，很顺畅很舒适的样子，心里突然冒出一个古怪的念头：好安逸哟，我们对调一下，我来生病，她来经佑我，我美滋滋地睡一觉该多好啊。感慨间，已经淡忘的离婚意念，阔开缭绕的雾团，渐次显现出山的崔嵬、树的峥嵘。

那天周六，荣静去打牌，想到第二天是星期天不上班，可以睡懒觉，打到凌晨4点过了才回家。她盥洗完毕上床，已经5点多。开来要赶写一个调查报告，便开灯起了床。荣静有一个习惯，灯亮着就睡不落觉，加上前两天晚牌桌上辛苦落下的瞌睡账，她想好好地睡一觉，就跩了鞋，将灯关掉。开来再次把灯打开。荣静不甘示弱，又起身去把灯关掉。她担心开来又要打开，钟道一样塑在那里警卫着开关。开来心里有气，荣静经常晚上深夜才回家，特别是冬天，冷，大门的门岗心里不安逸，有时就故意一个钟头半个钟头拖着不起床去开门，荣静就把电话往家里打，叫开来起床去叫门岗开门，他正热热和和梦里梦冲地好睡呀。夫妻生活也像解放前的贫苦人家，吃了上顿不知下顿，正常生活节奏完全被打乱了。开来告诫自己：今天要是被"麻婆"占了上风，今后的日子更不是她的下饭菜。他伸手拉开荣静。荣静不愿自己受到挑战，抬脚向开来踢去，无意间踢着开来裤裆里的老二。开来"哎呀"一声蹲下身子，歪着嘴巴"咝咝咝"直抽冷气，额头上冷汗也冒出来了。有趣的是，整场战斗都是在悄无声息中进行的。

经常熬夜，没多久，荣静就熬出了亚急性重症肝炎。这是能要命的病。送进医院，两个月了，病情还在加剧。荣静人又干又瘦，躺在床上，不仔细看发现不了；眼白焦黄，连眼睛也找不到。开来大学同学的一个初中同学，在这家医院当副院长，那位同学把这位副院长请来看。副院长当面看时说，"问题不大"，出了病房告诉开来的同学，"要医好除非发生奇迹"。

不知是医生医术高明，还是荣静命大，后来还真创造出了奇迹。出院时，医生一再交代："回家要注意静养，特别要注意不要熬夜。"荣静呢，回家第二天下午就去打牌了，说："好几个月没打牌了，牌瘾发登了。"开始两天她还比较克制，只打两个钟头，慢慢地延长到4个、5个钟头，从下午打到晚上，晚上打到深夜，好了伤疤忘了痛，旧病复发，打到凌晨一两点还下不了战场。到了夜里11点，开来就打去电话："是不是不要命了？"荣静答："马上就完了。"或者说："还有一盘就完了。"结果就像领导讲话，说"我讲两句"，结果讲两个钟头还完不了一样。开来便骂："打牌是你的命，不打活不出来吗？"荣静说："我是半条命的人，医好了不打牌，我还医啥子呢？"

关键是打牌又亏马达又耗电，身体受伤害还要输钱。

荣静心情豁达，认识"正确"："有钱输得出去，说明身体还可以。要是钱都输不出去，说明身体就恼火了。"

输输输，没两月，旧病复发，荣静又去医院了。

离婚的念头，一个箭步蹿进开来的脑瓜子里。

开来觉得奇怪，念头已经产生，如同播下的种子，阳光雨露下，迅速发芽生根开花，眼看就要结果，一个偶然事件，开来离婚的念头迅速凋零枯萎了。

荣静打牌娱乐，开来饥渴难忍，就找女人娱乐。一个周末上午，母亲把女儿带回家耍，荣静打麻将去了，空房空屋的，开来觉得冷清寂寞，忍不住电话招来一位早对他频传秋波的情妹儿，到家里来做好耍的事，心想没有人，只把卧室门掩拢没闩。荣静那天打牌手气特臭，半场没得，子弹打光，回家充实弹药。她推开卧室门，看见床上白光闪烁，开来正在高歌呼儿嘿哟，她一下懵了，心里蹿起一股火。回过头，电视柜下一把西瓜刀，一尺多长的刀叶，寒光闪闪，仿佛在招呼荣静，"我正等着你把我派上用场，我愿意为你效劳泄愤。"她转身正要去拿，一个疑问绊住脚步：就算给他几刀，砍一个养老迹来摆起又怎么样？后果肯定是家丑外扬，离婚收场。要是出手没轻没重，弄出人命，说不定还会坐监坐卡。算了吧，冲动是魔鬼，没有必要以极端的方式来出这口恶气。她轻掩了房门，退回客厅，坐在沙发上。卧室里莺声燕语一浪一浪直往她耳洞里灌，她听不下去了，眼光又情不自禁地落在那把西瓜刀上。朋友们摆龙门阵，说折磨仇人最好的方法，是不把仇人当仇人，而是以情报仇，以恩报怨。对啊，自己的男人，又没有到水火不容、不共戴天的地步，我不跟他计较，我做出高姿态，宽容他，让他自己去想。

荣静站起身，去了厨房，拿铫锅装了水，打开冰箱，拿出4个鸡蛋，煮了两碗荷包蛋，放在客厅茶几上，然后静静地坐在那里等着。开来和情妹儿做完好耍的事，打理好从容开门出来，看见荣静，猝然大惊，想退回卧室，但已经来不及了。荣静从容淡定地笑笑道："累坏了吧？给你们煮了一碗蛋补补身子。"开来一看，茶几上两碗荷包蛋，碗口盘旋着袅袅热气。情妹儿见了，心中风起云涌，一个响头跪在荣静面前："姐，对不起，我错了，要打要罚随便你，我实受了。"荣静平静道："起来吃蛋吧，我没有怪罪你。"情妹儿站起身，脸上堆满羞愧与自责，身子仿佛摇摇欲坠："姐，请你原谅我，是我不对，不该插足你们的生活。我一定同开来一刀两断，再做出指甲盖大一点儿对不起你的事，我就不是人。"荣静摆摆手："啥都别说了，叫你吃蛋你就吃蛋。"情妹儿畏怯的目光如惊弓之鸟，落脚在碗口，又仓皇飞到荣静脸上，但都不是落脚之处，便说："姐，谢谢您不责怪之恩，我走了。"言毕，伸出一个指头，将鬓角一绺滑来遮住眼帘的发丝勾开，站直身子，向荣静深深地鞠了一躬，拎着手包，脚步零乱地走了。

开来僵立在沙发一旁，心惊肉跳，虚汗直冒。他也想像情妹儿一样，给荣静下一个跪，请她原谅。荣静望了他一眼，起身进卧室拿了一沓钱，边往那个橘红色钱包里揣边说："我打牌去了。"开来赶紧道歉："对不起，我一定改正。"荣静说："不存在对得起对不起，要乖自己乖。"说着出了门。

开来颓然在沙发上坐下，心里仿佛被掏空一般，寒冬原野一样空荡荒凉。要说荣静这女人，性格虽柔顺，但眼睛里也是卡得住石块卡不住沙子的人，能在这种给婚姻造成致命威胁和伤害的事件面前沉着冷静，一波不兴一浪不起地处理掉这件事，说明她是一个很有胆量和气量的女人，怪不得你看她牌桌子上输了钱，哪怕输得再多，拿起钱三下五除二开了就是，眼睛都不眨一下，好像那不是钱是纸，好像她是银行工作人员，手中的钱不是她的。

开来的眼光又落在那两碗荷包蛋上，才想起还没有吃早饭，这又消耗了不少力气。要说荷包蛋他是吃腻了的。荣静坐月子，有人来看望，按习俗都要煮荷包蛋招待。很多人客气不吃，倒掉可惜，他只好尽量吃掉。吃多了吃久了，吃出了蛋黄里腥涩的鸡屎味，闻着就打呕，从此厌烦吃荷包蛋。这时，眼前的荷包蛋又摇醒他的记忆，点燃他的食欲。他端过碗，拿起调羹，轻轻搅匀沉淀在碗底的白糖，乳白包裹着嫩黄的荷包蛋随调羹上下翻滚，羞愧与自责也如这荷包蛋在开来心底翻滚。这样好的一个女人，自己还要跟她离婚，真是没良心，脑壳进水，眼睛瞎了。诚然，她爱打牌，但一个人，总得要有一点爱好，她爱打就让她打吧，又不是多么不得了的事。夫妻生活也是可以调节的嘛，说穿了，我还是在为自己花心找借口。舀来舀了一点汤轻轻一抿，甜丝丝的味道欢快地抢占了口腔。舀了半个蛋放进嘴里一嚼，久违的清香中略略透着腥涩的味道又复活过来，咽进肚子里，一个意念跟随着落进心窝：这个女人值得好好珍惜，值得好好和她厮守一辈子。

"这是你的化验报告。"苏医生进病房来了。

开来想打瞌睡，但又不敢迷糊过去，靠非非逞想强行撑住眼皮不让合拢。听见苏医生说话，他连忙站起身来。

苏医生是荣静的主治医生。他拿了一把化验单子，一张张牵开给开来看，道："各个指标显示，荣老师可以做脾脏栓塞手术。我已经联系好介入科医生，请做好术前准备，明天一大早就做。"说完把化验单子递给开来。

荣静睁开眼睛了。苏医生问她："有没有什么不适应症状？"荣静说："没有。"苏医生点点头："那就好，你好好休息调整吧。"言毕，出了病室。

荣静血小板数目严重偏低，免疫功能差，苏医生说主要原因是脾脏太大，把产生的营养全部吸收去了，建议做栓塞手术；通过介入的方法，把脾脏栓塞三分之一，当然一半效果更好。考虑到荣静身体差，适应不了，少栓塞一点。开来与荣静商量，决定采纳苏医生建议。苏医生说，要做一个全面的身体检查，才能确定做得做不得。昨天检查了，今天有了结果，想到明天要做手术，荣静给开来下达指令："你回家给我拿一件内衣，一条内裤来。在衣柜中间那一格，内衣要粉红色的那一件。"开来问："内裤拿啥子颜色的呢？"荣静想了想："淡绿色的。""你不是说，红配绿，丑得哭吗？""管它的哟，穿在里面，没有人看得见。""我不是人吗？我看得到噻。""那拿肉色的嘛。""这就去拿，还是下午？""这就去拿。""我走了，哪个给你看吊瓶呢？""我自己注意点儿，快完了我按床头呼叫器喊护士就是。"开来想，看来完全可以不用我守着，她完全可以自理的；要我守着，完全是折磨我。他不好这样说，翻身农奴得解放似的站起身，伸手捡起床头柜上拿来看但还没有看过一个字的一本杂志出了门。荣静望着他背影给他加楔子上发条："快点回来哈。"开来用揶揄的腔调回应道："嗯，哈啊。"

开来走出医院，顿时感到一股清新潮润的小风扑面而来。他揣想，刑满释放人员走出监狱不晓得是不是这种感觉？他禁不住抬手做了两个扩胸运动，深呼吸了一口空气，仿佛有一汪清冽的泉水，顺着咽喉徐徐沁入肺腑。看手机上的时间，十点半。他想走路回家，但要一个多钟头才走得到屋。放在平时，他走这十多里路不费吹灰之力；但他已经几个晚上没休息好了，没有精神，很疲倦，他想赶快回家，偷空睡上个把钟头，再到医院吃午饭，于是他就招了一辆的士。

上楼时两腿都在打闪闪。开门进屋，一种久违了的感觉，一种家的温馨气息，一下抱住了他。他把手里的杂志丢在茶几上，剔了骨头一样一屁股坍塌进沙发里，头往沙发靠背上一搭，依稀靠在一团云朵上，云朵瞬间急剧膨胀如大山，眨个眼睛快速萎缩成土坷；脑袋里叮咚叮咚像舂米，耳门子如带着哨子的鸽子在长天飞翔，留下一路"呜儿呜儿"的嘹亮哨音。他长长地吁出一口气，合上眼皮，恍惚又像是坐在一只小船上，水流湍急，恶浪拍打，小船摇摇晃晃，一漂一荡。开来清楚，这种感觉或者说幻觉，是疲劳过度的正常反应。

开来依稀看见周公挥着手打着哈哈大步朝他走来。手机响了，一看，是单位小竺打来的，说："办公室紧急通知，下午县委组织部要来单位民主测评。"开来说："我家属要做明天的术前准备，可能来不到。"小竺说："手术你可以往后推一天做噻。你到不到场，对你来说关系很大。那两个符合推荐条件的，都在分别给单位的人打电话，请大家关照，你也该给有关人员打打招呼。当然，按你的性格，不打也罢，但测评会无论如何你要来参加才好。"开来很碍难，天平的两端，一端是自己的仕途大事，一端是荣静住院离不开他，孰轻孰重很难说清，又苦无分身之术。细细一想，再大的官职都是一种谋生手段，还是治好荣静的病对他来说更重要，便搪塞道："我尽量争取来吧。"小竺说："争取来？是必须来！"开来暗忖，难得小竺一片好心，先答应来放着，能不能去，荣静说了算，医生说了算，他说："好的。"

窗口对流的风吹来，把虚掩着的卧室门吹得左右扇动，有如两个小孩子在那里调皮，一个执意要把门推开，一个坚决要把门关上。扇动的门，扇开了开来的记忆，那一次跟情妹儿做好耍的事的画面，清晰地浮现在眼前。现在开来坐在沙发上的位置，正好是当年他同情妹儿一起走出卧室时看见荣静坐的位置，只不过面前没放着两碗热气腾腾的荷包蛋。那么，荣静这时是不是也在报复他，约了情哥哥，在卧室里呼儿嘿哟呢？正好自己捉个现场，从此大哥不说二哥，把一直觉得欠下荣静的一笔感情账还清。但意识提醒开来，这根本不可能，荣静这时正躺在医院的病床上，感情账会继续欠下去的。

开来一直忐忑着，以为荣静会把他出轨一事记挂在心头，作为把柄，牙齿挂裤裆，随时敲打他，搓揉他，拿捏他。可荣静从来没提过一个字，哪怕含沙射影，指桑骂槐呢，都没有过，仿佛这事从来没有发生过，或者发生过她从来不知道，或者知道了但记忆瞬间全部丧失。荣静越不说这件事，开来内心深处越觉得对不起她，越是忏悔自责，越对荣静照顾得细心周到，以求心灵救赎。

嗐，过去了的事，就让它过去吧。开来深呼吸了一口气，欲起身去把卧室门关了，免得对流的风在那里捣蛋，同时也把那个不光彩的心事关掉；可浑身酸软，没长骨头一般，扼杀了关的念头。想起荣静生病住院，开来心里顿时翻涌起一股馊稀饭酸泔水的味道，真不知道人生的命运之舟要载她去何方。那年荣静亚急性重症肝炎在外地住院，开来去护理，假只能三天两天地请，请多了单位要扣奖金。常常是请上三两天假，去照料一阵子，又赶回家，履行两天单位岗位职责。只要他一走，荣静就焦躁不安；他一去，荣静就平稳安静下来。那时正是开来同情妹儿温存不久，觉得欠下荣静的感情债，并且是一笔巨额的终身都还不完的感情债。外地那家医院在北方，每一次开来去的时候，望着北方就不寒而栗，心头打怵。他默默祈祷：医院离家157公里，自己走路，走拢荣静的病就好了，他就选择走路，哪怕走过几天几夜，全是爬坡下坎，荆棘密布，他都不怕。或者，菩萨保佑，只要荣静的病能治好，把工作丢了，带着荣静去深山老林，搭一座草房，辟一块菜地，养一群鸡鸭，过原始人的生活都要得。

荣静这一次仍然是肝脏出了大问题。开来不禁打了一个冷笑：咋个最近一段时间，脑壳头尽出现起一些鸡不啄狗不闻的奇怪念头，现在需要的是摈弃一切杂念，好好地休息一会儿；不然，眨一个眼睛，又要吃中午饭了。这也是他头痛的一个问题。荣静这样不吃，那样不吃，明明咸得叮心、辣得要命的菜，她伸筷子挑挑，撰一点儿放嘴里，却说一点味道都没得。开来说："我把盐罐、海椒碗给你端来，你尽吃盐巴、海椒下饭就有味道了。"开来说这话，面带笑容，说得委婉，像开玩笑一样。他知道，病人口淡，吃啥子都没有味道，得顺着荣静。再则，荣静这一次生病的心态，比那一年生病的心态差远了。那一次生病，她从来不担心挂念啥子。说到死，她笑笑，说："死了当睡着。"这一次就不同了，一天到晚瞻前顾后，说："女儿明年就要考中学了，不知道考得上不，要不要请科任老师吃一个饭？"又说："老母亲体质也差，慢性支气管炎，哪里才找到对症的药哟？"特别是那一天，荣静说："得我这种病的人，最后都是痛死的。"说着说着她就声音打哽，眼睛里涌出了泪花子。开来的心一沉再沉，荣静从来没有这样沮丧和悲伤过，看来面对死亡，再达观超脱的人，内心深处也很难达观超脱；应该尽量给她些安慰，让她振作起精神，重拾战胜病魔的信心。所以，下午得和荣静一起，认真做好明天手术准备，这比参加单位民主测评，捞过一官半职重要。

对喽，下午还要抽空复印一份荣静的病历资料给曹律师。这个邹一明，他娘的简直不是人，关系好时称兄道弟，喊开来老大；钱哄骗去了，他就成了老大，对开来不理不睬了。

那么，今天晚上，又是一副啥子状况呢？老男人不可能不打呼噜，最好他家能换一个人来经佑那个女病人。当然，也巴望毛大姐感冒好了，晚上不要再咳嗽了。但这似乎又不可能，前几天毛大姐敲了风感冒，通夜通夜地咳了三个晚上。还有，荣静明天做了手术，麻醉过了，肯定痛，肯定又要这里那里搓磨他。想到这里，开来没有一丝儿睡意，手机也不失时机地响了起来。他瞄了一眼屏幕，是荣静打来的。接起，荣静问他："来了没有？"他想抱怨："催命啊？"但他要尽量把会引起她不适的语言扼杀掉，就把想说的话囚禁在嘴里，言不由衷道："来了。"

开来嘴里答应得快，动作则慢了几拍，极不情愿地站起身，去衣柜里找出荣静的内衣内裤，关了门，下了楼，心里一百万个不情愿地向医院走去。望着医院方向，他心里又泛起那年去外地医院护理荣静难以言说的馊泔水味道。

"唰啦唰啦""叽叽咔咔——"，开来路过街面众乐棋牌馆，里面传来麻将被掀进麻机里的声响和打牌人谈话的声音。他蓦地觉得，这个以前听起来如针扎耳、如臭狗屎般恶心，差一点惹他婚变的声音，这时听起来，咋个美妙动听得如同仙乐呢？要是荣静这个时候能打麻将就好了，说明她身体是好的，对自己来说是解脱，是福气；自己就不会受到拖累，去医院守着，吃不好饭，睡不好觉；就有了时间去开该开的会，找该找的人，做该做的事了。

开来穿过街，绕过红绿灯，招了一辆的士，弓着身坐进去，拉安全带套住身子，对司机说了"沙湾医院"四个字后，把头搭在靠背上，夺拉下眼皮。"啾啾啾"，手机又响了，不消说，荣静的。他按下接听键，难掩抱怨："又有啥子幺蛾子哟？"

电话静了一下，才传来荣静软软的话："我突然想吃荷包蛋，你给我煮一碗，用厨柜里那个保温桶提过来，好吗？"

开来微微一怔，自从那一次他咬紧腮帮子，把荣静煮的两碗荷包蛋吃了以后，再也没有吃过荷包蛋了；不要说吃，连这个名字也成了敏感词，那已然成了夫妻之间一段不可触碰的心伤。荣静今天咋个突然想起要吃荷包蛋呢？别去多想了，病人为重，先照她的要求办了再说。于是，开来侧过头，对的士司机道："麻烦掉个头，我拿落了一样东西，要回家去拿。"

锁

关子豪刚睡落觉，就被手机吵醒。老婆任丹丹打来的："给我把底楼大门按开，我搞忘了带钥匙。""咋个不带嘛，经常这样。""你不晓得你老婆记性不好忘性大吗？"

数九天，寒气割人比刀子快。关子豪很无奈，起身拉过床头柜上的那一件藏青色鄂尔多斯羊绒衣搭在肩上，光着两腿去门厅墙上取下门铃电话，按下开门键问："打开没有？"回应比荒郊野岭沉寂，线路又出故障了，只有下楼去开。他"叭"一声扣下电话，回到卧室，穿好羊绒衣和保暖裤，披了羽绒服，正要跨出门，油然止步，没有电梯，从顶楼到底楼，一个来回要十好几分钟，又冷，躲个懒，把钥匙给她摔下楼算了。反身进卧室从皮带扣上取了钥匙，掂了掂，很轻，摔下去是飘的；

目标也小，不好找，就找了一张报纸，包了钥匙和果盘里一个橘子，趴在楼梯口转拐处的矮墙上，借着朦胧光影敞开嗓门喊道："看清楚，钥匙摔下来喽，报纸包着的。"

听到楼下传来"橐"的一声响，关子豪松了一口气，抱着膀子趔转身，一溜小跑上床钻进被窝，好冷！刚躺下，手机又响了。任丹丹说："鬼给你追起来了吗？钥匙摔到哪里去了？"关子豪想给任丹丹吼转去，忍了："我来找。"

看来躲不得懒，重新穿了衣裳裤子下楼。任丹丹一手拿着报纸，一手拿着橘子，披肩发被风吹得如水草飘摇，瓜兮兮地站在底楼大门口说："找不到。"关子豪低头一看，到处黑黢黢的，跺了一脚，大门上方的声控灯受到惊吓，急忙睁开眼睛，这灯像患了白内障一样，关子豪便叫任丹丹把手机给他，打开电筒模式，弓着脊背寻找起来。刀子风刮着纸屑败叶在地面打着旋子，冬虫蛰伏在花台里叫声哆嗦有气无力。地面上没有。任丹丹说："是不是你摔时候，报纸散开，落在树上挂起了？"关子豪说："有可能。"抬头望树，黑魆魆大怪物一样站在那里。任丹丹说："摇嘛，看摇得下来不？"小叶榕海碗般粗。"你来摇嘛。""爬上去找。""只有你聪明，黑灯瞎火的，钥匙又小，爬上去咋个找嘛？"关子豪绝望地把手机还给任丹丹："算喽，天亮来找。"老婆伸手拴了他的胳膊，冰凉的身子向他贴来，打着筛壳子说："哎哟，冷惨了。""晓得冷就长点记性，出门记着带钥匙。""不嘛，你就是我的钥匙。"

关子豪是把家门和底楼大门两把钥匙串在一起的，下楼时特意把家门开着，没想到风很混账，把门给他关上了；推，纹丝不动。他很气愤，给了门一拳头。幸好放了一把备用钥匙在丈母娘那里，丈母娘住在江南，好几公里远，只有打车去拿，便叫任丹丹给妈打一个电话，免得夜半三更敲门惊吓到她。

下到底楼，关子豪推开大门，正要反身关上，忽然想到没有大门钥匙，回来得叫任丹丹下楼来开，便在地上找了一张废纸，撕下小半张揉了一个纸团，挑起锁舌，从凹槽处推进去，卡在舌根下面，试了试，关不上，稍微放下心。打车拿来钥匙，进了大门伸手要把卡在锁舌下面的那个纸团抠出来，心里堵着气，略一迟疑，缩回手自言自语道："等它卡着。"

第二天，关子豪上街回来，碰着一个单元的几个人下班回家。沈会计走最后，习惯性地反手关门，发觉门关不上。走第二的关子豪站住脚说："昨晚上我在锁舌下面卡了一坨纸，没有抠出来，我把它抠出来嘛。"沈会计说："等它这样，进出还方便点。"小谢说："一道烂门，经常按不开，根本用不着锁。那天我一个亲戚来，我把钥匙从楼上摔下去，手表戴得松，连同钥匙一起摔下去搭得稀烂。"小田说："我们这个单元的人，都是普通职工，大家穿的在身上，吃的在肚里，就是一天到晚把家门敞开都不害怕。"关子豪没想到自己的唐突之举，得到大家赞同，心里暖融融的，如同做下一件大好事。

纸是软的，禁不住磨，几下就磨穿了。关子豪路过大门时看见，干脆拣了一块木屑摁进去，坚实牢固多了。

中午卡的，下午出门，发现有人把木屑抠掉了。"会是谁呢？"关子豪又捡了一截树枝摁在锁舌下面。很快又被人抠掉了。是不是伍三森？他住底楼，安全系数相对较低；人又阴，爱在单位暗中对同事揎拳捋袖。他想不卡算了，可半夜三更下楼开门冷得钻筋透骨的情景浮现在眼前，沈会计一行人的赞同之声同时在耳边响起，何况小区有门卫，过道有监控器，家里有防盗门，已经森严壁垒，固若金汤，底楼大门不关不会影响安全，还是卡上吧。纸团和木质的东西都不耐摩擦，关子豪干脆一不做二不休，找来一颗铁钉子，将锁舌卡死，即使伍三森要抠，也得掉两颗汗水。

这次管了近半年时间。大家 24 小时随进随出，如鱼在水如鸟在林，没听说谁家丢了一只鞋，哪户少了一根针，风调雨顺，相安无事。慢慢大家习惯了不带钥匙的日子，家里的门铃电话挂在墙上，成了聋子的耳朵——摆设。小谢装修房子，干脆把门铃电话扯来摔了。

可好景不长。这天，关子豪回家，任丹丹拿出一把钥匙给他，叫他到街上去配两把回来。关子豪说："啥子钥匙哟？"任丹丹说："你们单位后勤科小张送来的，说要把底楼大门的锁换过。"关子豪一听心头发了毛，立即给单位办公室卢主任打去电话："小卢，听说单位要把底楼大门的锁换过，这很好。但只换大门锁，不把我们家头的门铃电话修好，家里按不开大门，来了客人，或者出门忘了带钥匙，得下楼去开门，像我又住在顶楼，麻烦得很。丑话说在前头，休怪我把锁敲烂。"卢主任说："老领导，请你理解支持。前天市人大肖主任家里被盗，引起了市委、市政府领导的高度重视，指示对市级机关职工住宅小区开展一次安全大检查，严查各种安全隐患。"关子豪道："那我们不是都巴着肖主任享福了哟？"卢主任说："话不能这样说。这样吧，我跟后勤科沟通一下，请他们先把各家各户的门铃电话检修好，再换大门锁好不好？"关子豪说："我说的就是这个意思。"

第二天下午，关子豪去超市买盐巴味精，见底楼门锁已经换了，家里的门铃电话却还是哑巴，一下火了："这个卢主任，说一套，做一套。"噌噌噌疾步上楼回家，拉开饭厅隔断抽屉，找了一颗水泥钉子和一把小锤子，橐橐橐跑下楼，把锁舌按起来，将钉子从凹槽敲进去卡死。敲钉子的时候他鼓励自己："单位要追究责任也不怕，我施礼在前，发兵在后。"

整个过程没碰见一个人，但在转身上楼的时候，见底楼伍三森的门虚开一条二指宽的缝，又轻轻关上了。关子豪没在意，想自己的举止会不会有点操之过急，修锁的师傅忙不过来，今天先把底楼门锁换好了，明天再来检修各家各户的门铃电话？要是这样，我主动去把卡死的钉子抠出来。

第二天过了 10 点，也没有师傅来家里检修门铃电话。关子豪寻思，一个单元 14 户，是不是还没有修到我家？换鞋子下楼买菜时，注意看各家各户动静，每个楼层深夜坟场一样清静。他有点生气了："单位咋个能为了迎接检查，做表面文章，置职工们的生活方便于不顾呢？"刚下完楼，手机响了，后勤科小张打来的，说："任局长找你。"关子豪一头雾水："单位几时有一个任局长哦？"小张说："市委接待办任科长，现到我们单位来当副局长了，她要找你摆哈儿龙门阵。"关子豪感觉眼前一亮，一个窈窕女子款步走到他的眼前：高挑的个儿，姣好的身段，瓜子脸，柳叶眉，给人干净利落印象。关子豪熟悉她，一直半开玩笑半认真地喊她任美女。莫非她要找我拜码头？就问："任美女找我这种蔫苞老头儿做啥子哟？"小张说："你是资深的老帅哥，美女不找你找哪个嗳？好久去？我好回任局长的话。"关子豪想，任美女进步真快，几年不见，还有原来漂亮吗？回话道："好嘛，我去菜市场买点菜回来就去。她的办公室在哪里？"小张说："4楼403。"

关子豪到了，任美女正在弄电脑。这间办公室在跟他原来的办公室一层楼，一个朝向，一样大小。可他的办公室搁满书刊报纸，箱箱柜柜，像杂货店或者说废品回收店一样惨不忍睹。任美女不愧在饭店搞过服务，办公室布置得简洁得体。特别能点燃目光的是办公桌对面沙发当头那一盆白色碎花吊兰，花事蓬勃热闹。关子豪进屋眼睛一亮："吷，任美女的办公室布置得不错嘛。"任美女浅浅一笑："已经黄脸婆喽。"指着沙发招呼关子豪坐，同时起身拿纸杯给他倒水："老朋友了，给你报个到，找你聊聊。"关子豪有点受宠若惊："马虾过河——牵须（谦虚）嗞。有何指示，尽管说。""咋敢指示哟，我分管单位后勤这一块工作，希望得到你的支持。今天请你来，想听听你对后勤工作有啥子好的建议？"

关子豪心里涌起自得，喝了一口水，真的就不客气地建议开去："单位应该跟物业公司加强沟通，一个职工宿舍，十天半月难得看见保洁员来打扫一次。那天不晓得哪个酒喝多了，在三楼楼梯上吐了一大摊饭菜，臭气熏天，干成锅巴也不见保洁员来打扫。后勤科应该督促物业公司做好卫生打扫工作，不能光拿物业管理费不做事。"

任美女手捧茶缸，面带微笑："好，我转达卢主任。"

"职工宿舍7层楼高，不像领导宿舍楼有电梯，我们全靠两只脚一梯一梯地'自踮'。打空手无所谓，要是提或背点重物上楼就很恼火，常常累得汗水长流腰酸腿痛。现在还走得动，今后老得走不动就更恼火了。市里出台了优惠政策，把旧楼安装电梯列入棚户区改造，单位应该出面给职工宿舍楼安装电梯；资金除了财政补助，不足部分我问了一下，大家都愿意出。"

任美女优雅地抿了一口茶："嗯，还有啥子建议？"

"有啊。我们宿舍底楼大门的锁，这么多年来，一直没有很好地使用过，经常出问题，把大家害苦了。我估计那个电子系统已经老化了，你想嘛，上世纪九十年代末的产品，很低档，运行20来年了，故障不断，给住户带来极大的困扰，后勤科应该把门铃系统彻底换了。"

说这话时，关子豪瞄了任美女一眼，恰好撞上任美女向他瞄来的目光，心一热，撇开头，任美女的话长矛一样刺进他的耳洞："我今天找你来，就是想同你谈谈门锁的事。昨天下午领导们正在开会，有人来反映，看见你拿小锤子去把才换的门锁敲烂了，领导们听了非常生气，安排我找你谈谈。"

关子豪不禁一怔，兴致勃勃地建议了半天，原来被不动声色的任美女装进笆篓里了，脸色陡变："我们从搬进职工宿舍那一天起，家里的门铃电话就没有很好地使用过一次，半夜三更还要从顶楼跑到底楼去开门，受尽了磨难，领导们咋个不为自己的失职渎职生气呢？我事先给卢主任反映过修门铃电话的事，他答应得好好的，结果说话不算话，真正该生气的是哪个？"

任美女仍然双手抱着茶缸，大指拇指肚在茶缸表面上交叉地摩挲着："有意见通过正常渠道反映是对的，但你把门锁敲烂就不对了，是破坏公共财产行为。又发生在市级机关职工住宅小区安全大检查期间，影响极坏。你要抓紧找人把锁修好，不然出了问题谁也负不起这个责任。"

关子豪弹簧一样从沙发上弹起来，他本想冷笑着质问她："你是怎么回事？门锁敲烂，你去看过一眼没有，敲得有好烂？还破坏公共财产，影响极坏？"但理智提醒他，与这个踌躇满志的女人争辩，是对自己智商的贬低和人格的侮辱，断然截住正要跨出嘴边的话。他说："任美女，你不要拿这一些大帽子来吓我，求你了，我胆子小，害怕。"关子豪在说最后两个字时，故意配上了畏惧而浑身发抖的夸张动作，说完扭头走了。

走出办公楼，关子豪给卢主任打去电话："你咋个说话不算话，只换大门锁迎检，不把各家各户的门铃电话修好呢？"卢主任说："哎呀，对不起老领导，这两天我事情多，忘了和后勤科说。你应该给我打一个电话提醒我一下的，你用锤子去把门锁敲烂，这个我就要批评你不对了。"

关子豪由哼哼冷笑到嘿嘿大笑，想当初，你要小动作被领导冷落没人理你，我主动把你要到科室来，不然你有今天啊？关子豪忍不住大声道："哎哟喂，卢大主任，想不到几天不见，你都批评得人来了，真是士别三日，刮目相看。嗯，不错不错，进步快进步快。但是，卢大主任，我给你提个醒，你是不是动个步，亲自去视察一下，门锁究竟敲没敲烂再来批评？"

卢主任可能意识到用词失当，忙改口道："哎呀老领导，真的，这两天事情多，你要原谅我。一哈儿我就给后勤科打电话，请他们务必抓紧把你家的门铃电话修好。"关子豪仍然没好气："谢谢卢大主任的大恩大德，今生今世，没齿不忘。"

关子豪装了一肚子气往家里走，见伍三森牵着小孙女茜茜从底楼大门迎面走来，自然联想到昨天晚上那道一开一关的门缝，是不是他去领导那里打的小报告，说我把门锁敲烂了，不然局领导们咋个晓得的呢？正要拉下脸拦住问，茜茜仰起红通通粉嘟嘟的小脸，稚声稚气地喊："关爷爷好。"他心尖子一颤，不失长辈礼仪地回了一句："茜茜好。"伍三森对他点了个头，关子豪竟然像拔掉气门针的轮胎，"刺"一声泄了气，收回了质问的念头。是啊，只是怀疑，不是伍三森去说的，或者说了不承认，我自讨没趣场面尴尬不说，也显得自己好没涵养。

回到家，任丹丹煮午饭了，见关子豪阴沉着脸，调侃道："哪个情妹妹惹你生气了？"关子豪火气很冲："还不是你引起的。""啥子我引起的哟？""你出门记着带钥匙，能惹出这一摊子麻烦事吗？""是，我错了，认错不该死噻？帮着择一下葱。"

关子豪从菜篮子里拿出大葱，刚择了两根，后勤科小张打来电话："老领导，你家里下午有人没得？"关子豪想，卢主任这一次还落实得快，回答说："有。"小张说："我已经联系好了师傅，下午来修你敲烂的大门锁和你家里的门铃电话。但涉及的修理费，应该你出。"关子豪劈头问转去："任局长、卢主任这样给你交代的吗？"小张冷了冷说："领导们不清楚后勤科规定，这不属于正常修理范围，后勤科只帮忙联系。"关子豪差一点妈一声给他骂过去，后勤科啥子规定连领导都不晓得，独立王国了？真他娘的不在位了，猫儿狗儿都敢爬到头上来拉屎，愤然掐断电话。

下午，修门铃电话的师傅来了，自称姓廖，个子矮墩墩的，样子40多岁。他对关子豪说："我二叔你可能都认得到，当过市委副书记。"关子豪问："廖老书记？"廖师傅边检查着电话听筒边"嗯"了一声。关子豪本来心情不爽，以为他受雇于任美女、卢主任，他们是一丘之貉，不想搭理他；但听到尊敬的廖老书记是他的叔叔，冷淡的态度骤然升温："我同你二叔很熟。那一年我跟他一路去北京跑关水河水电站项目，他为了说得形象生动，背着一卷图纸，找领导时好拿出来汇报。走到天安门前，大风把图纸吹落了一张。他弯腰去捡，背上的图纸倒栽葱全部滑落下来，吹得呜啦啦遍地疯跑。"廖师傅说："我二叔是个实在人，哪像现在有的人假打务虚。"关子豪听廖师傅这样说，不由得生出好感，说着"就是"，给廖师傅泡来一杯茶。廖师傅望了一眼热气腾腾的茶杯说："不要客气。你家里这个门铃电话修不起了，主要是严重老化。我都几次给你们单位领导建议，把这个系统换了，他们不表态，我就不好再说了。"关子豪附和道："就是该换一套门锁系统的。"廖师傅用螺丝刀下着螺丝说："你们单位领导说，涉及你家里的维修费，该你出，比如换门铃电话的钱；户外维修费，如线路等，单位出。你现在这个电话完全不能用了，换一个新的要 200 多元，换不换？"关子豪冷了冷："你专门跑一趟，换了再说。"廖师傅说："好嘛。"他见关子豪在看他换电话，声音一下小下来："你和我二叔好，我才告诉你，底楼大门的门锁我检查了，没有坏，不过你卡的那颗钉子卡得太死了，我要把锁取下来拆开才取得出来。你们单位领导说，坏没坏都要以坏了的名义把锁换了，钱单位出，但对外要说钱是你出的。"关子豪追问道："任美女说的？"廖师傅淡淡一笑，没肯定也没否定，只说："你晓得就是了。"关子豪说："这个任美女，还以为她是绣花枕头，想不到还擅长权术。"

廖师傅楼上楼下跑得汗水长流，总算把关子豪家里的门铃电话修好了，关子豪心里反而心生惆怅：修不好，我有理由找指斥批评的人说聊斋；修好了，就没有借口找他们说聊斋了。

打听单元别的人家修没修门铃电话，结果只检修了他一家的。关子豪哑然失笑：我这还享受特别待遇了。难道一个单元只有我一家的门铃电话是坏的？明明大门处门锁控制面板上，细铜线几乎全部断了的啊？曾经动员他们去找领导反映，一个个当缩头乌龟，让我当出头椽子，挨领导指斥批评，连小张这种工勤人员也敢拿气给人受。最气人的是一个单元的人，居然去打我的小报告。好嘛，现在得让你们吃吃楼上摔钥匙、半夜三更下楼开门的苦头；包括伍三森，虽然你离大门近，总要多走几步才打得开大门。关子豪"咔嚓"一声把门锁上，等着看人笑话。再进出大门，只要见开着的，他就毫不犹豫地拉来关上。

关子豪很快发现，有人学他，用物件把锁舌卡了起来。他见了，有气在胸口，如春笋一样蓬勃生长，伸手把卡住锁舌的物件抠出来扔掉，关上大门。有一次一块木屑卡得紧，他摸钥匙来撬，差点把钥匙撬断了。有人搬来一块大石头，把门挡来靠在墙壁上。显然这比卡起锁舌更不安全，就弯下腰把石块搬来摔得几尺远。摔的时候没注意，手被石楞子划破，流了一摊血，怕得破伤风，去医院做了清洗消毒，注射了预防破伤风的疫苗，花了钱得了痛，老婆任丹丹说他："何苦哟，门要开着就等它开着，原来不是人家关上你都要把它打开吗？"关子豪很不高兴，赏了任丹丹一句粗话："你晓得个屎。"更铁下心来，不关好大门不遂心。

关子豪甚至还恶作剧，专程去广告公司制作了一张文图并茂的告示，贴在大门正中间：为了确保您家庭的财产安全，请养成随手关门的习惯！

然而，这就关出事来。

那天晚上，关子豪散步回家，见大门锁舌又被人用硬纸壳卡起来了，他二话不说伸手抠掉。卡得紧，取下腰间钥匙，背心都躁烧了才挑出来。上楼回家洗了澡，老婆任丹丹吃请去了还没回家，他便拿了遥控板边看电视边等。

在播放陈佩斯与朱时茂的小品《主角与配角》，关子豪虽说看过 N 遍了，可陈佩斯幽默滑稽的表演，他都像第一次看到一样新鲜。电视上，陈佩斯说："我原来一直以为我这模样的人才能叛变，没想到啊没想到，你朱时茂这浓眉大眼的家伙也叛变革命了。"关子豪开心地笑了起来。正笑得意气风发回肠荡气时，笑声突然被一刀砍断，他张开的嘴死在那里一动不动。窗外传来救护车"呜儿呜儿"的鸣叫声，由远及近，最后断在楼底下。"啥子事？"他走过去推开玻璃窗子探出头往楼下望去，晦暗驳杂的光影里，三个白大褂顶着呼呼吹着的寒风，拿着医护器械朝底楼大门跑来。他一愣："哪个病了？不对，应该有人出事了才会这个劲仗。"

为了弄个明白，关子豪撵下楼去，见伍三森家门口站了几个邻居，小田也在那里，便问他："咋个一回事？"小田说："王老师给孙女茜茜洗澡，开水倒进浴盆里，正拿瓢舀冷水调水温的时候，伍三森从外面回来，大门不晓得被哪个关上了，喊王老师去开。王老师放下瓢去开，茜茜不晓得是开水，梭进浴盆里，小肚皮以下半个身子全部烫脱皮了，我一看背心都麻了，啧啧，好造孽哟。"关子豪感觉有人兜头浇来一桶冰水，身子猛然痉挛起来。应该是自己散步回家把门关上惹的祸。愧疚一把攥紧他的心，准备进屋去看看茜茜伤情。刚起步，伍三森在医护人员指导下，抱着茜茜出来了。王老师拿着抱被，哭哭啼啼地跟在伍三森屁股后面，两口子惊风扯火地上了救护车。"呜儿呜儿——"，救护车把茜茜接走了；同时接走的，还包括关子豪在内的邻居们给茜茜默默的祈祷和祝福。

救护车声音渐渐消失，邻居们惋惜着悲叹着陆续离去，关子豪仍然树桩一样站在黑乌乌的底楼大门口，环抱着双臂，瑟缩着身子，听凭寒风围着他追逐嬉戏打闹。老婆任丹丹回来了，声控灯听见脚步声，慵懒地睁开患了白内障一样的眼睛给她照路，照见了站在那里的关子豪："你站在这里干啥子？"关子豪猝然惊醒，正眼不看任丹丹一下，仍旧抱着双臂，挪开两腿上楼回家。任丹丹跟在身后问："我刚才听小区门卫说，伍三森的孙女茜茜得开水烫了，说烫得很凶！"关子豪没有答白。进屋，仿佛力气耗尽，一屁股坍塌在沙发上。电视在播大兵和赵卫国的小品《热情服务》，他拿起遥控板，"叭"一声关掉电视，茜茜稚声稚气的"关爷爷好"的声音，依稀从窗口飘了进来，直往他耳洞里扎脑命心里钻。

任丹丹把手包放在沙发上，脱着外套说："多乖多懂礼貌的一个孩子，3岁了吧？半个身子严重烫伤，就算不会有生命危险，医好了都是半身僵疤，热天排不出汗，奇痒难受，生不如死。可以去大医院植皮，但价格昂贵，伍三森有那么多钱去植吗？唉，她这样小的，今后长大咋个生活哟。"

兜风

童会灵伞一收，腰一弓，探身坐进她的"专车"。伞水流水滴的，她扭动脖子左看右睃，找不到恰当的地方放，便问项小红："我这伞放在哪儿呢？"

项小红已发动车子起步："你把车门储物槽里那两个矿泉水瓶子丢了，放在里面嘛。"

童会灵望望车外，摇下车窗玻璃，雨要飘进来。外面的隔离带花草鲜茂，何况垃圾不能到处乱扔，童会灵这点素质还是有的。她想了想，把储物槽里的矿泉水瓶子拿出来，塞进脚尖对着的前排座位底部，把伞放进储物槽里。朋友们笑她闹山雀儿，只要有她，"叽叽喳喳"，一个林子就枝哗叶喧不得清静。你看她，屁股刚落座便抱怨开去："不晓得这是啥子天，漏了吗？一天到晚都是雨，下得人心头都长起青苔了。"

副驾座上坐着笑点低、爱打哈哈的任爱莲。车内三个人，用童会灵的话来说："三个退休老猫儿。"项小红的表述要准确一些："说老也没得好老，属于到老不嫩。"童会灵市建行退休，差一个月就两年了。项小红在宜宾大江饭店上班，企业改制，她买断工龄跳乱堂，也只领了一年多的养老金。任爱莲教书，刚退两个月。她接下童会灵的话题："我记得一清二楚，去学校拿退休证那天是白露，回家的路上天就下雨了，我忙喊了一辆的士钻进去，心想糟了，要是白露烂了，要下满 120 天才会天晴。当时我还庆幸，现在不上班了，哈哈，管你烂好久。哪晓得这老天爷下疯了，今天就下满两个月了，我的楼顶十多年从来没有浸过水，现在都浸水了，饭厅的天花板上起了簸箕大一团霉灰灰。这样子怕硬要下满 120 天才收得到风。"

"就是。"童会灵说，"有雨天边亮，无雨顶上光。你们看天边亮汪汪的，可能雨还要下大。"

项小红想起农贸市场买菜抢菜的情景："天干三年吃饱饭，下雨三年饿死人。现在街上的菜贵不说，还不好买。农民种不起来，说雨水多了，菜种撒下去生不起来秧秧，栽下去的菜根子要沤烂。"

童会灵眼睛有点近视，前排驾座的靠背挡着视线，她没有注意项小红今天的扮相。直到她打开那个乖巧的小提包，拿出一块黄色鹿皮巾擦干净眼镜戴上，才看清楚项小红今天的打扮与往常有区别："呃，傻儿师长，你几时去把头发做了的呢？""傻儿师长"是童会灵给项小红取的绰号，原来朋友们都跟着这样喊，喊着喊着，现在喊的人少了；童会灵可能喊顺口了，偶尔喊小红，大多数时间仍然喊"傻儿师长"。项小红一直是齐颈直发，现在烫染得清波叠叠，浪涛奔涌；加上她肤色好，白衬衣外面套了一件镂空提花黑色小褂子，显得洋盘儿爽眼多了。

项小红说："前天晚上。对不起，忘了给你报告。"

童会灵见缝插针地挑逗道："怕今天下乡摘桂圆是假，看亲是真哟，不然你打扮得这样光鲜亮丽的做啥子呢？"

项小红说："去你的。"

不清楚这是怎么了，童会灵心里突然滋生出缕缕怜悯与同情：项小红的老公上前年病故，女儿在外地工作，一个人生活，好处是自由自在，想吃咸吃咸，想吃淡吃淡。但是一个人清风雅静的，没有人说话，冷清孤单寂寞，过久了都怕成哑巴了。忍不住问："傻儿师长，你一个人，住那样宽一套房子，习不习惯呢？"

项小红没有应答。四野烟雨障目，车轮与湿漉漉的路面摩擦出皮肉撕裂的声音特别刺耳。童会灵以为自己话说小声了，项小红没听见，准备大声一点补问时，项小红开口了："无所谓习不习惯。原来每天一间屋还去逛一逛，打扫一下卫生；现在懒得去逛了，除了厨房、客厅、卧室外，其余的屋基本上关起来了。"

任爱莲很有感慨："屋宽很了卫生都难得打扫。不要说小红一个人住 200 多平米，我三个人住 120 平米都觉得有点宽，有的屋十天半个月还难得进去一趟。想起几年前有一天晚上的样子，我的心现在都还在跳。老公出差去了，娃儿去了他外婆家，我一个人在家里，半夜三更睡得迷迷怔怔的突然醒了，见卧室门像被人推开，探头探脑望了一阵，又慢慢拉来关上；隔一会儿，又把门推开，望一阵，又拉来关上。有人钻进屋头来了？我毛根子一立，大气不敢出，悄悄地直起身子把手伸向电灯开关，按开的同时，猛吼一声坐起来，'哪个？'没有丝毫响动，我眼睛一眨不眨地盯着门外看了很久，门又被推开了。哈哈，你们晓得咋个的不嘛，我没关客厅和卧室的窗子，也没关卧室的门，空气对流，客厅窗子吹进来的风，把门吹开；卧室窗子吹进来的风，把门吹来关上。后来我起床，把全部的灯打开，每间屋包括床底下全部检查了一遍，把卧室门闩上反锁了才又睡。心里害怕，再也睡不着了，心想真的有人钻进屋来，两棒棒把我敲死了鬼都不晓得。"

童会灵说："纯粹是疑神疑鬼，自己吓自己。"

项小红说："不要说现在，就是以前我老公在的时候，我睡觉都要把所有门窗关得严严实实的，还要拉上窗帘，不然睡不踏实。"

任爱莲很惊讶："热天不开门窗子不热吗？"

"开空调噻。"车子挡风玻璃起了水雾，白蒙蒙的，项小红减慢车速拿驾驶台上的一块毛巾去擦。

童会灵同项小红是初中同学，一直保持着良好的关系。她伸长耳朵，四处打听，执意要给项小红找一个老伴儿。项小红谢绝了，说婚姻就是向对方负责，她都半截进土的人了，没有心情更没有能力去对谁负责。是啊，只要想起老公生病住院期间，她焦头烂额，一筹莫展，走投无路的情景，她就不寒而栗，感到莫名其妙地紧张甚至恐惧。那是她心灵深处永远的伤口，不要说给人讲，即便自己想起都感到伤口撕裂出的阵阵挖心挖肝的疼痛。有好痛？说一个小细节。项小红老公患有要命的大病，又摔出一个肱股骨折。从传染科转到骨科医治，需要做牵引，在脚上吊铁砣把腿拉伸正骨，促进伤口愈合，避免肌肉萎缩，用钻子在膝盖上钻孔固定器械。项小红老公是有非常强的毅力和控制力的人，平时不管哪里再痛得厉害也不会呻唤一声，但当医生的钻子钻进骨头时，也忍不住像被刀砍斧劈似的"哎呀呀"惊叫起来，额头汗水大颗大颗像断线的珠子一样滚落。项小红听见了，浑身触电一样，双手捧着脸跑出病房，在人来人往的行道里"哇"一声大哭起来。所以，经佑老公住院的事，如同雷区一般，她尽量避开不去想，更不向任何人诉说。把家里有的屋子关起来，这是她的心灵秘密。关起的屋子，书房，茶室，那是老公的地盘；她搬到保姆室住，夫妻卧室也关了，这里装满她夫妻俩一生中最深沉最温馨最浪漫的记忆，她不能独自享用。凡是老公喜爱之物，或者留下老公印痕和较重气息的物件，也统统归置在一间屋里摆好关起来。她母亲怕她睹物思人，心里难过，劝她把房子卖了，重新买一套。她不，她怕老公魂魄无人相伴。甚至产生过幻想，万一哪天老公活转来，回家喊小红开门，她不住在这里了，老公喊不答应，不就只有四处流浪漂泊，成孤魂野鬼了？

项小红活在拼命忘记又拼命记住的生活中，把自己的心封闭起来。童会灵想了很多办法来撬开她的心扉，她就一句话："一个人生活算了。"童会灵见皇上不急太监急，也就慢慢淡了给项小红找老伴儿的心思；况且茫茫人海，真正有缘有分、情投意合的人也很难找到；要是找得不好，给她找来烦恼找来痛苦，起好心办坏事，自己也无脸面对。

但童会灵又很懊怜项小红一个人生活的艰辛。她跟任爱莲两个婆娘"说是非"的时候，把这个心思说给任爱莲听。任爱莲笑她："你是叫花子懊怜相公。人家项小红那样漂亮那样能干的，用得着你去担心？"童会灵点点头。项小红的确受看，苹果脸，卧蚕眉；淡淡一笑，两个酒窝一漩一漩的，很动人；生活能力强，很会弄东西吃，一把空心菜她也会弄得花样百出，巅巅掐来下面；嫩一点的不是炝炒，就是在开水里焯来凉拌；老秆秆呢，拌上泡豇豆或者泡萝卜宰碎，用煳海椒炒，下饭爽口得很。厨艺方面，童会灵跟任爱莲一样是"君子"，只动口不动手。两个婆娘还交流经验，童会灵洋洋得意地说："我不会做菜，老公会做，我在吃的时候努力表扬他，嗯，这个菜做得好，色香味俱全。哦哟，这个菜有水平，高端大气上档次。然后用实际行动表示肯定，喜不喜欢都装着努力吃的样子。"任爱莲一串哈哈后："我的老公不会做菜，我和儿子也做不来。我私下告诉儿子，你老爸不管咋个做，只要端上桌子来，管它是生是熟是咸是淡，埋着脑壳吃就是，不然他冒火了懒爱做得，我两娘母就只有狗儿烤火望着的分儿。"童会灵说:"就是,你做不来菜,别人做给你吃,你还要挑三拣四,这样味道差,那样不好吃,哪个听了心头都不安逸。"

一棵桢楠树,站在蒙蒙细雨中,风一吹,树叶上的雨点子飘来打在车子上吧嗒吧嗒地响。项小红清楚,小庙子到了,前面有一个带小弯的斜坡,雨雾又大,得开慢点。她松油门踩刹车减慢了速度。童会灵的思绪仍然拴在项小红身上:一个人生活,难处多多,扫把倒在地上你不扶,它不得说躺久了会腰痛,一骨碌翻身爬起来。麻烦的是买菜,一根葱一瓣蒜都要亲自上街一趟。最花时间的是择菜淘洗,常常忙碌半天把菜做好,端上桌子就没有胃口了。童会灵很有感慨:"大家爱说干活路要人多,吃饭要人少,其实吃饭也要人多才热闹。就说菜吧,一个人,花费很多精力做出两三样菜,端去端来,吃进嘴巴的少,倒进垃圾桶的多。人多,嘻哈打笑的,一两筷子就撵完了。并且,还可以多吃到几样菜。"

项小红承认童会灵说得对,但她说:"一个人习惯了,人多了闹麻麻的反而不习惯。"

童会灵、任爱莲、晁萍、方元嫒和宪一芹等几家人,不是同学关系就是亲戚关系,平时爱一起伙起耍,索性抱团取暖,组成一个大家庭,AA制,一家预交一笔钱,童会灵当会计,任爱莲当出纳。宜宾城内哪里有好吃的好耍的,几家人便伙起这里去吃那里去耍。城里吃遍了耍完了,就到周边区县去找。柏溪嫩苞谷粑、李庄渣渣面、江安烧腊、双河葡萄井凉糕、沙河豆腐与板鸭、红桥磕粉猪儿粑，等等，她们如数家珍。这仅仅是好吃的几个特色食品，还有餐饮做得好的餐馆饭店，还有说起来一长串好耍的地方，如七洞沟、竹石林、佛来山、青峰寺、长江竹岛，等等。要是不晓得宜宾哪里有好吃的好耍的，给这几个婆娘打听，保证不会让你失望。预交的钱用完了，童会灵公布一下账目，大家又摸包包交。一般是饭一吃，主要打麻将，有时也按摩洗脚 K 歌。几家人其乐融融，耍得像虎在山林鱼在水中悠然自得。偶尔也有不尽如人意的地方，主要体现在传统活动项目——打麻将上。五家十个人，打两桌八个人，按说完全够了。但宪一芹在外地工作，周末才回宜宾；任爱莲的老公经常不参加活动，方元媛的老公出差时候多，时常打不起两桌牌。童会灵说：项小红老公不在世了，一个人很孤单，打牌又经常差人，干脆把她邀请到大家庭来。大家庭采纳了童会灵的建议。

项小红那张苹果脸淡妆浓抹总相宜，怎样看怎样舒服；且她为人随和，十分心细，没得心计，又吃得亏，进大家庭后很快成为核心人物。原来大家庭去馆子里吃饭，叫服务员拿菜谱来点菜，一阵筷动碗响后，任爱莲便提着那个鹅黄色小包，款步走向吧台道："老板，结账，好多钱？"吧台小妹纤细的指尖在计算器上嘟嘟嘟地游走一阵之后抬起头，报出消费金额，任爱莲马大哈，你说多少，她从肩膀上拉过小包拿出钱来，清点给收银员转身走人。现在时兴网络支付了，她便问二维码呢，拿出来扫一下。项小红加入大家庭后，任爱莲结账，她要跟过去，叫吧台小妹拿菜单给她看。一是核对菜单上的菜，与上到桌子上的菜，跟不跟样？二是每道菜多少钱，她要算一遍，看账算没算错。还别说，项小红还真的发挥出了重要作用。在东街春生馆子，点的东坡肘子，服务员说："这道菜没有了，换成腊猪蹄行不行？""行，换吧。"东坡肘子120元一份，腊猪蹄58一份，算账时，却仍按东坡肘子的钱来收。在珍珠鸡，点了10个菜，只上了9个，账又按10个菜来收。四季春饭庄最奇葩，点了一个烧白，结账时多了一个盐菜扣；烧白就是盐菜扣，无非叫法不同而已，老板想趁浑水打虾艇。美之味饭馆直接多收钱，560元收成680元。收银员红着脸忙说："算错了，对不起。"项小红说："你们咋个只有算错多收，没有算错少收呢？"现在不管在哪里吃饭结账，任爱莲都要喊项小红："走，结账。"项小红也不推诿，两个酒窝一漩一漩地响应道："要得，走嘛。"

"我翻过了雪山来到了草原。"童会灵的电话唱歌了，歌声被这烂白露的雨洗得干干净净，加上手机音量全开，电话内容在车内震响："老妈，你在做啥子哟？""我正在移动公司上班。""哦哟，你还跩嘛，这样大年纪了都还找得到工作。""是嗫，只要肯跑肯跳，工作还是好找。""你移动公司的，好久移动到成都来嘛，成都这面没如何下雨。""今天跟着你项嬢嬢和任嬢嬢移动到乡下去摘桂圆，要不要嘛，我多摘点，给你快递过来。""算了，今年是大年，到处的桂圆都结得好，快递费买来都够我吃了。""嗯，好嘛，我跟你项嬢嬢、任嬢嬢牛儿正吹在兴头上，晚上再给你打电话。"

任爱莲道："我还说你儿子打电话来，叫你去成都带孙儿哩。"

童会灵把手机放进提包里关上："现在是亲家带，一边半年，还有两个来月才该我们去换班。"

这个班换得苦。任爱莲哈哈哈地笑两声说："我楼下李大姐，她的儿子在澳大利亚工作，也是两亲家轮流带孙子，也是一边带半年。轮到李大姐两口子了，李大姐就要喊我们陪她打几天牌，把牌瘾过足了才去。快满半年了，提前几天就打来电话，叫我们把时间空出来，等着她回来打牌。回来包包一放，第一件事就是打牌。"

项小红问："她的老公跟没跟她一起去呢？"

任爱莲说："要。但每次去住不满一个月就走了。哈哈，她老公精灵得很，去前就给一些朋友说好，我去几天你们就给我打电话，说找我有急事，这事只有我才搞得定。开始李大姐信以为真，后来李大姐不相信了。她老公就把电话拿给她听，或者叫朋友直接把电话打给李大姐，把事情说得死人头发立起来。李大姐没办法，只好放行，一个人留在那里。儿子儿媳妇上班去了，李大姐环境不熟，语言不通，电视看不懂，找不到一个熟人摆龙门阵，李大姐说比坐牢还伤心。"

童会灵很有同感："不要说去国外帮儿女带孩子，成都隔得这样近，多多少少还有几个熟人，也不存在语言障碍，我去了都不习惯。朋友圈子在宜宾，几家人伙起，这里吃那里耍，想咋个疯就咋个疯，无拘无束的。像今天，雨下了这么久，家头不好耍，城头也不好耍，一个电话就联系好了去乡下摘桂圆，好安逸嘛。"

今天去乡下摘桂圆，是昨天晚上九点临时说起的。任爱莲在家里闲得无聊，打电话给项小红："查一下岗，在干啥子哟？"项小红说："刷抖音。"任爱莲说："这个白露烂安逸了，蹲在家头人都发霉了，怪不好耍，该得晚上组织吃点麻辣烫，打点小麻将的。"项小红说："明天有啥子安排没得嘛？乡下一个亲戚前几天喊我去摘桂圆。干脆这样，你问问童会灵、晁萍她们，我联系亲戚，明天去乡下兜风摘桂圆如何？我亲戚独栋别墅，麻将机两三张，打牌也可以；风景也好，周围转转也可以。"

说到这里，项小红脑壳头油然冒出一件事：在遂宁市税务局当纪检组长的宪一芹，年度常规体检查出肺癌，还是晚期，天一下塌下来了。去成都那家名气很大的啥子西医院做手术，四天叫出院，结果感染了，回宜宾肿瘤医院医了两个多月，还在医感染，还没有医到癌症，十分悲观，甚至产生出轻生念头。项小红一有空就去医院看望她，温言软劝说安慰她，情绪又平稳一些。但感染的伤口急忙愈合不到，这几天又心焦泼烦，不是发脾气，就是半天半天地站在窗口发呆。于是项小红给任爱莲说："宪一芹这几天心情很不好，情绪相当低落，我们把她喊起去，好好地宽一下她的心，把她搞高兴。"任爱莲也知道宪一芹的病情，忙说："好啊，干脆名义上说下乡摘桂圆，实际上几家人一起陪宪一芹去耍一天。"项小红说："就这个意思。我两个分头行动，我联系亲戚准备好中午饭，你联系童会灵、晁萍、宪一芹，对喽，你要专门给宪一芹打电话，告诉她今天的活动是为她组织的。还有方元媛那个车要高档点，叫方元媛去接她。"

一排电话打下来，不到半个钟头，下乡摘桂圆的事一一搞定。项小红确实心细，特意给亲戚交代，扯点折耳根煎水炖老母鸡，给宪一芹散寒，促进伤口愈合。宪一芹喜欢吃活水鲫鱼和粉蒸排骨，项小红担心亲戚做来不合宪一芹口味，让亲戚准备好食材，叫童会灵、任爱莲陪着她一路早点去，她要亲自掌灶。

"中午有仔姜鸭吗？"童会灵突头突脑问。

仔姜鸭是项小红的拿手好菜。"我给亲戚说的是鸭子蒸黄花。要吃仔姜鸭，拿来烧就是。"

任爱莲笑童会灵："哈哈，你才践哟，自己不会做，还要吃点菜。"

童会灵说："是嚏。我再咋个说，也要比有的人好点。我还能捏着锅铲把把在锅头铲几下，不像有的人，连锅铲把把都捏不稳；人家炒菜，她站在锅边看，还怕油星子溅来烫到她。"

任爱莲说："当然嘛。社会是按照智商不同分工的，不可能都去捏锅铲把把嚏。"

童会灵讪讪一笑："哟，人还分三六九等嚓。你智商高，你还是要吃饭嚏。保证仔姜鸭烧起，你的筷子像长了眼睛，每筷子都指着它捯。——你的电话响了。"

"昨天所有的荣誉，已变成——"任爱莲按断歌声。晁萍打来的，问："好多钟走？"童会灵听见了，多嘴多舌道："我们都快到傻儿师长亲戚家了，还问。"

任爱莲哈哈一笑道："没关系，还早。雨有点大，你们路上车开慢点。"

雨可能听见了任爱莲的话心头不舒服，好，你说大我就大，飘飘洒洒成了一道细密的雨帘，垂挂在挡风玻璃前方。车子如一条被网住的鱼，硬着头皮要撞破这雨的网；撞不破，只能在网中挣扎。

项小红道："下雨天阴沉沉的，人的心情都跟着压抑。不过下雨也安逸，我的车子停在露天坝头，雨就帮我洗干净了，洗车费都节约了一大把。"

童会灵伸手揉了揉太阳穴，问任爱莲："你们小区旧楼说安电梯，这样久了，安没安呢？"

任爱莲说："还没有。听我老公说，底楼两家不同意。"

童会灵问："啥子原因呢？"

任爱莲说："开头说有噪音。牵头人给他解释：'电机不是安在底楼，而是安在顶楼上的。'他又说挡着他家的光线。牵头人说：'电梯安在过道上，离楼两米远，用廊桥连接，不会挡着你一点光线。'他说：'安起对我有啥子好处吗？'"童会灵插嘴："这是人话吗？好自私哟！"任爱莲说："就是啊。牵头人说：'楼上的人，除了 5 楼一家年轻点，其余每家都有六七十甚至七八十岁的老年人，最老的快满九十了。你当发善心，做好事嘛，虽然安起对你确实好处不多，但也不会给你带来坏处噻。'他两眼一瞪：'安起你们的房子增值了，我的呢？这样吧，你们哪家跟我换，我来住楼上；我的房子才装修好的，你们把装修费拿给我就行了。'就这样无理取闹，拿他没办法。另外一家说：'隔壁一家同意我就同意。'所以，现在还躺在那里，进展不下去。说穿了，他是想让我们住楼上的给他经济补偿，给人家说少于一万五免谈。"

童会灵很惊讶："哟，嘴巴张得像鲢鱼。为人要多做好事善事，好人才有好报，小红就是榜样。"

项小红一嘴顶过去："榜啥子样哟，我是傻儿师长。"

童会灵淡淡一笑道："傻儿有傻福，婆娘走进屋。"往事在她脑海里翻腾起来。那年项小红在大江饭店当服务员，一天，她去楼层房间做卫生，碰见那个说是天津的、住了快十天的客人，在过道里走来走去，显得焦躁不安，心事重重，见了项小红戛然站住，想给她说点啥子，嘴皮子动了动，似乎又不好意思。项小红止住步，迎住客人的目光，用椒盐普通话问道："请问先生有啥子事？"项小红不知道"啥子"是方言，普通话应该说"什么"，难怪一说普通话总觉得绊舌头。

客人的普通话入盐入味，带有磁性："我叫项小庆，昨上午听见一位服务员叫你项小红，我们同姓同字辈，我叫你姐吧。我遇到了一件不好启齿的事儿，昨天晚上我外出办事钱包掉了，姐能借点路费给我吗？"

其实项小红已间接知道这个客人的名字叫项小庆，整天迎来送往走马灯一样，也没当一回事。坊间有一句话，四川人认不得亲，认得亲来都是亲，她不能随便给客人套近乎。但酒店经理大会小会强调说："客人遇到急难事情，要尽可能地提供帮助。"看项小庆身材魁伟，相貌堂堂，整洁干练，声音听起来很舒服，印象不错。是啊，一个人出门在外，难免不遇到点困难。那年她外出旅游，在重庆火车站旅行包被人提走了，多亏好心人接济才回了家。加上她是一个富有同情心的人，听项小庆这样一说，顿生怜悯："借好多？"——普通话应该说借多少？

项小庆嗫嚅再三："300元吧，我回去马上给你汇过来。"

项小红一时发懵。那时她的工资每月68.5元，才给儿子交了学费，母亲生病住院也花费了一些钱，身上100元都摸不出来，但她打定主意帮项小庆的忙。她回家给老公说了，老公说："你神经短路了？"她又找童会灵借钱，那时正在热播电视连续剧《傻儿师长》，童会灵一惊，借用电视剧名说项小红："你活生生一个傻儿师长。江湖上的人，认都认不到，借钱给人家，还借这样多，骗你的。"项小红说："我相信他不会骗我。就算骗了我，你只认我还钱就是。"朋友们听了，取笑她说："老虎借猪。""肉包子打狗。""我们的朋友骗天下，天下的朋友骗我们。"项小红不管，东拉西扯硬是凑满300元借给了项小庆。项小庆要打借条，项小红说："打啥子借条哟。"她心想：真心要还，不打借条也会还；不还，打了借条也不起作用。

还把项小庆请到家里做客，好茶好酒招待。

那是上世纪九十年代初，大城市高端人群才开始使用BP机，远没有现在的QQ、微博、微信等通信手段。项小庆给项小红留下单位和家庭电话号码，千恩万谢感激涕零地走了。

项小庆回去后，并没有马上还钱，项小红也不好意思问。开始几个月，彼此还打打电话问候问候。不到半年，项小红再打电话，不管单位还是家里，再也打不通了。她找公安局朋友咨询："能不能查到天津项小庆这个人？"公安局朋友说："你有对方的身份证号码没得？"项小红说："没得。"公安局朋友说："同名同姓的人多，没办法查。"项小红心灰灰情阴阴，知道挨骗了，捏着鼻子吃冲菜——忍气吞声，用工资分期分批一年多才还清借账。童会灵取笑她："傻儿师长，现在尝到挨骗的味道了吧。"项小红早做好心理准备："当做好事，还不还无所谓。"她没把这个事看得很重，只是提醒自己，以后稍微警惕点就行了，渐渐地忘了这一件事。

大江饭店是国营企业，后来改制卖给了私人老板。项小红拿钱走人，去成都承包了蓝宝酒店。那天她正给一个询问住店事宜的客人做答复，一个三十多岁的男人，垂手站在她面前喊："姐。"项小红迷迷怔怔地望着那男人，觉得面容有一点熟。那男人脸上笑容一收，露出难过："真的不认识我了？"项小红恍然大悟："哎呀项小庆哒嘛。"她马上明白项小庆听不懂四川话，改为椒盐普通话，"我还说你失踪了，再也见不到你了。坐坐坐，我去给你泡茶。"

项小庆说："前天我来成都出差，昨天专程去宜宾大江饭店找你，没找到。问了很多人，才打听到你到成都来了，我马不停蹄地赶过来。下午3点的飞机飞回北京，还有一件事儿没有处理好，想请姐吃个中午饭都有没时间了。"他边说边把两个牛皮纸提袋递给项小红，"我给姐头了一点小玩意儿，希望姐喜欢。"

项小红说："这样忙啊，把票改签成明天吧？"

项小庆说："不行，今天必须回去，明天要参加一个重要活动。"

彼此留了电话、BP机号码后握别。项小红送项小庆在酒店门口打了车，挥手再见。望着绝尘而去的蓝色的士，项小红觉得自己在做梦，飘飘忽忽折回酒店办公室，打开提袋看，一袋是糕点食品，另一袋里面有一条项链，一盒香水，一盒面膜，都是外国货。她讲究清水出芙蓉，天然去雕饰，平时不喜欢化妆和佩戴饰品，不知价值几何，经同事们一道论证，这几件"小玩意儿"价值几千元。她给项小庆打去电话："小庆，你咋个这样为姐破费哟？"项小庆说："只要姐喜欢就行啦。"结果姐不喜欢，童会灵喜欢，亲自享用了那一盒面膜，喜滋滋地告诉项小红："高档东西大不同，贴在脸上凉幽幽的很舒服；不像原来用的面膜，有一种辣乎乎、紧绷绷的感觉。你兄弟还是晓得报恩，我们还冤枉他是骗子、白眼狼。"

车已经从省道拐弯开上村道，黑油路面变成不很平整的水泥路面，一个斜坡下面断出一个褶皱淌了一凼水，项小红是上坡，对面来的一辆黑色奥迪是下坡，没有减速，黄光光的泥浆水像一道瀑布，"噗"一声扑向项小红左侧车窗，玻璃瞬间染黄。项小红把着方向盘开车没开腔，童会灵扭过头对着车窗外面骂道："你娃去赶死吗！"

骂过，歇了一会儿嘴，身子往前一倾，眼睛落在项小红身上："我还是喊你傻儿师长，你说，要是哪天你那个天津兄弟给你送一架飞机来，咋个办呢？车你可以开，飞机怕只有请飞行员了。"

项小红笑了："请不起，送给翠屏山动物园，当玩具摆在那里，让孩子们从小就知道飞机像啥子样子。"

童会灵的话，掘开项小红的记忆。跟项小庆联系上一年左右，又像是一刀被砍断似的联系不上了。项小红摇头感叹："是不是以为欠我的情，已经加倍偿还了？"回想项小庆言谈举止，又不像一个斤斤计较的人，但就是联系不上，只有叹一口气，当人生一个插曲，像前次一样慢慢地淡了念想。

一晃几年过去。那天电视上在播放杭州开往温州的动车出事，天气也有点热，项小红在家里拖地，累得满头大汗，搁在茶几上的手机响了，大江饭店原来的同事赵小梅打来的，说："有一个叫项小庆的找你，我把他给你带来好吗？"项小红像空谷听见雷声："好啊。"

项小红心潮澎湃，赶紧把拖把洗好放进卫生间，心想大江饭店到她住的玉兰小区要半小时。她马上打开热水器烧开水，从橱柜里找出过年时亲家送的一盒蒙顶山绿茶，快速归顺桌凳，门就被敲响了。赵小梅没走路，打车来的，10分钟送到，说有事走了。

两姊弟一个熊抱后，项小红去给项小庆泡茶。项小庆说："别客气，我看看你的家。"项小红领着他看了屋子，20楼，140平方米，装修不说富丽堂皇，至少像模像样。项小庆说："不错，我放心了。"

喝了茶，闲聊了一会儿，项小庆望着项小红说："我喊了你这么多年姐，究竟你大点还是我大点？"项小红说："肯定是我大点噻。"项小庆说："我不信，你把身份证拿来我看看。"项小红把身份证拿出来给了项小庆。项小庆看了，说："当真你是姐。姐，我要借你的身份证用一下。"项小红说："你拿去用吧。"项小庆拿着身份证出门去了。项小红给童会灵打去电话，惊喜地告诉她："闹山雀儿，项小庆从地下钻出来了。"项小红把经过说给了童会灵听。童会灵一惊："你不是傻儿师长，你该是傻儿军长、傻儿司令了，咋个随便把身份证拿给别人用哟？"项小红："没关系。"童会灵："要是干坏事，你就吃饱了。"项小红："相信他不是那种人。"童会灵："我马上过来，万一有个意外，多一个人多一个主意。"话完，迅速穿衣换鞋，一路小跑来到项小红家里。

　　两个钟头多一点，项小庆回来了，把身份证还给项小红，同时给了项小红一把车钥匙，一张购车发票："姐，我给你买了一辆小车，在楼下。玫瑰色的，实用性强，样子漂亮，不知姐喜不喜欢。"

　　项小红十分惊讶："哎呀，你给我买啥子车嘛，我成天就在家头打转转，根本用不着啊。我不要。"项小庆："家里有一辆车，要忙要紧的时候方便一些。"项小红坚决不要。童会灵站在项小红一旁，伸手扯了扯项小红衣裳后摆："你兄弟一片心意，就收下吧。"

　　盛情难却，项小红只好收下。还别说，车的使用率不高，但关键时候起了大作用：半夜去梅花镇接母亲到宜宾医院做阑尾手术，医生说再迟一两个钟头，阑尾就穿孔化脓了；装修房子，买一些杂七杂八的小件材料；有急事要办，公交车不好赶，的士不好打的时候；经常做蛋糕、包子、燕窝丝、包饺子、抄手等，大家庭五家人五袋，开着车，一家一家挨着送，没车的时候要两个多钟头时间，现在半个钟头搞定。就说今天下乡去摘桂圆吧，要是没有这个车，晁萍、方元媛的车就坐不下这么多人，得赶客车到南溪县城，转车到大观，再坐三四公里的摩托车才能到达目的地。有车方便，想好久走和走快走慢，主动权掌握在自己手中。

项小庆赠车，童会灵成了最大受益者，她说是给她配的专车。举凡有事，她就叫项小红："走，给我哪里哪里跑一趟。"还洋洋得意地指着项小红向朋友们介绍："这是我的专职司机。"就连到成都儿子那里去和回来，都要喊项小红接送。项小红也不推脱，有求必应："要得哇。"任爱莲第二个坐得多。她自嘲："巴着小红享福。"几家人伙起到哪里去耍，项小红都会把车开起当司机。

像前两次一样，项小红同项小庆联系上后，不到一年又泥牛入海，无论怎样也联系不上了。项小红至今都不知道项小庆是干啥子的，只在脑海里留下一些信息残片：第一次到饭店住，说是以军人的身份来招服务员。第二次来，项小庆去她家里，见她写字画画，满是遗憾："我深圳家里有很多名家字画，送给别人去了；早知道姐喜欢，我就拿给姐。"项小庆还要免费拿杭州一个宾馆给她经营，她不愿意受此大礼，连宾馆名字也没有问一下就拒绝了。还说他是出不了国的，听他给朋友打电话，又在谈矿石生意。项小红很后悔，送车的时候，没说两姊弟站在车旁边，照一张相做一个纪念。电话留了四五个，一个都打不通，其中还有一个来电显示是四川西昌的。项小庆曾托她代购 68 度名酒，20 件，寄北京某空军招待所客房部。第二次代购，也是 20 件，她问项小庆："还是寄北京那个地方吗？"项小庆说："不，等我告诉你地址。"从此音信杳无。她打电话到北京某空军招待所客房部查，看他留得有电话在那里没有。对方说："没有。"能想到的寻找线索全部中断，她对朋友们说起这一件事，言语间总爱加上这一句述评："你说这个人神不神嘛。"

现在，那 20 件名酒，项小红搬过三次家，次次选好地方存放着。酒是放的时间越长越好，买时 800 多元一瓶，现在价涨到快 2000 元一瓶了。项小红喊住儿子，领他站在存放的酒前特意嘱咐："这个酒是你舅掏钱买的，没办法寄给他。我年纪大了，万一哪天两脚一伸走了，这个酒也不能动，好好地给你舅存放着。要是他来了，要一瓶不少地拿给他。"

童会灵给项小红出鬼点子："你把酒拿去卖了，净赚十多万元。你兄弟来了，说没给他买，要不说给他买好后寄不走退货了，原款退还。"项小红脸一沉："亏你想得出来。"

此刻，项小红真希望项小庆像土行孙一样从地下钻出来，或者像孙行者一样脚踏祥云降落在她面前。不是童会灵说的送她一架飞机，而是丝毫礼品不带，空手来，把酒拿去，了却她一个心债，不，心病，从此两姊弟永世不见面都没关系。她想得脑壳痛："这项小庆没在世上了，还是犯错误被抓去关起了，还是遇到别的啥子了？"

乡村公路，不但窄一些，而且坡坎大，弯拐多，又维护得不好，车子要抖得多。童会灵直起腰，两只手分别扶住前排正副驾座的靠背顶端，前倾着身子，几乎嘴巴凑到项小红耳朵边上："小红，这世上像你这样的好人还是有，我劝你不要再固执了，找一个老伴儿吧。"

"打住！"项小红怕童会灵又纠缠在她不喜欢的问题上，一篙杆撑开道，"你们说，要是让宪一芹一夜回到解放前，没有考上大学出来，还是在农村，找一个没得出息的老公，成天拖娃带崽，烧锅喂猪，做得有才有吃，身体无病无痛；与现在拿高工资吃山珍海味，身体有病，让她选择，她会选哪样呢？"

任爱莲也有病在身，很有感触："我宁肯啥子都不要，只要身体好，没得任何奢求。"

童会灵说："人是一个怪物，身体健康的时候，当然不会选择农村。"

对面有车来，项小红打了一把方向盘让开路，接嘴道："就是。她在农村不出来，说不一定还不会得这种病。"

任爱莲打理了一下脖子上那一块水红色丝巾，说："我给你说嘛，生病的人，对那一些捡垃圾和睡在地上的叫化子，都羡慕得很。"

项小红说："我老公生病，我跑医院跑伤心了，就想他的病只要能好，我两口子一样不要，去深山老林砍几棵树搭一个茅草棚棚，开垦一块地来栽点菜，再养点鸡儿鹅儿，像原始人一样过一辈都要得。"

三个人一时无语。"昨天所有的荣誉——"任爱莲一直捏在手中的手机又唱歌了。她一看是方元媛打来的，等唱完"已变成遥远的回忆"，大拇指才抹了一下接听键："元媛啦？啥子呢？嗯……嗯嗯……好。"她放下举着手机的手，笑容在脸上挣扎了两下死掉，向左侧过头，语调满含沮丧，"元媛说她们去接宪一芹，不见宪一芹了，到处都找不到，叫我们今天不要去乡下摘桂圆了，赶紧回宜宾帮着找人。"

童灵会的嘴巴张了张，像吞下的一个大汤丸哽在了喉咙里，没有"叽喳"出声音来。

项小红减慢车速向路边开去："那我找地方掉头了嘎。"任爱莲"嗯"了一声。童会灵好容易吞下喉咙里的汤丸："你们说宪一芹会不会——"她没有把话说完，任爱莲和项小红也没有接腔，一时静场。

车窗外，烂白露的雨，在风的挑逗下，由着性子忽东忽西随意飘落。公路上有一个大水凼，路面断裂形成，亮汪汪的。项小红动作优雅娴熟地把着方向盘，掉过车头，一踩油门，车轮"呼"一声飙过去，水凼里的水慌忙闪开让路……

银杏是一棵树

1

银杏的爹娘，对银杏的婚姻愁眉苦脸，唉声叹气，日子过一天，心里的焦虑加重一斤，偏偏又是挑担爬坡，已经累得粗气直喘，汗水长流了，肩头的担子不见减轻，反面还在继续加重，两口子承受得了吗？

翻过年坎，银杏就24岁了。在城里，这个年龄的很多姑娘，还不知道屁臭；在农村，差不多就成老姑娘了。和她同庚的桃子，娃儿都遍地跑得了，你说做父母的能不心焦？

要知道，银杏自身条件不错，甚至可以说相当优秀的啊！

她个儿高挑，脸嘴儿俊俏，最传神的是那双眼睛，睫毛轻轻扇动，像春风走过水面，踏出道道细浪。周围三乡八里人们眼里，银杏是草尖上一颗露珠，池塘里一枝荷花；无论她走到哪里，太阳一样明光净艳，小伙子们见了，忙弯下腰抠脚背整草鞋；要不把头偏开，若无其事地看着天光水色。然而不管他们选取哪种姿势哪个角度，都会巧妙地把眼光胶水一样牢牢地粘在银杏身上。

银杏属于清水出芙蓉般的姑娘，不描眉画眼涂脂抹粉，美得天然质朴，不要说在农村，即便在城市，谁见了也会眼睛一亮，怦然心动。在桃子的怂恿下，银杏曾进城在奇乐饭店当过一个多月的传菜工。她负责的那个雅间，客人们点着坐，顿顿客满。秀色可餐嘛。饭店老板姓白，对银杏也是满心欢喜。他想尽量发挥银杏的美貌优势，让她穿旗袍站在饭店门口当迎宾。很多知道白老板以宰客称著的食客，宁愿挨宰也愿意到奇乐饭店来进餐请客。银杏给白老板带来滚滚财源，但有一天老板娘到饭店来视察，见银杏对白老板浅浅一笑，晚上两口子就把铺盖扯横了。老板娘坚决要白老板把银杏辞了，不然，白老板迟早要被这个小妖精把魂勾走。银杏不知道笑一笑有啥子过错，索性回家，再也不外出打工了。她的爹妈对她外出打工也不怎么放心，于是顺水推舟，农村哪里不好？我就不信要到城头打工才活得下去。

按理讲，银杏那么漂亮，求婚者应该踏断门槛才对；现实情况为啥却是门前冷落车马稀呢？

揭谜底远比揭伤疤还痛。说起来都有一些无聊，银杏还在鼻子横起揩的时候，大坟坝何家做生，来了一个远方客人，姓年，瞎了一只眼睛，大家背地里喊他年独眼儿。这人很会看手相，据说准得很，你手掌一摊，他就能看出你一辈子吉凶祸福。说当时的应队长五年之内必有牢狱之灾，没出三年就应验了。说山耗子这辈子要结四次婚，已经离了两次了，现在第三婚两口子正闹得鸡飞狗跳，估计第四次的目标也差不到好远了。银杏的家门口有一棵银杏树，有多少年辰了？银杏的爹娘不晓得，银杏更不晓得，传说是千年古树。树很大，要七八个人手拉手才能合抱；枝叶散开，像隆起的一个小山头。年独眼儿听说了，要去看稀奇。何毛子就陪他去看。

年独眼儿来到树下，十分惊讶："哎哟，好大哟。"围着树子，左转右看，连连赞叹，"不得了，我一辈子没有见过树有这样大，称得上树王。"

银杏的爹娘见何毛子带着人来看树，本来这山湾里冷冷清清，平时很少来一个人，何况又是本乡本土的人带客人来看，就热情地抬了长板凳请他们坐，端来烟包笼请他们裹烟烧，泡来茶请他们喝。

叭着烟喝着茶，年独眼儿望着银杏古树说："这棵大树，是你们这个坝口的风水树。信不信，只要树子朝着哪个方向断了树枝，哪个方向不出天灾就要出人祸。"经这一提醒，银杏爹娘和何毛子先后忆起，远的不说，就是近两年吧，前年朝西被风吹断了一根树枝，马边山山体滑坡，三死五伤。今年春天才怪，好头好脑的，朝南方断了一根树枝。"你们看，就从那根枝干上断的。"银杏爹边指边说，红升煤矿透水，死了十一个人。

果然神了。年独眼儿说："草把把站三年都要站活，何况上千年了。它已经成精了，信不信，你肚子痛，取一点枝丫煎水喝，保证不疼；红肿生疮，削一点树皮子炕干碾成粉粉敷上去保证消肿化脓。"银杏的爹娘和何毛子听罢，眼睛都绿了。

言谈间，扎着两个小辫子的银杏，在那里用棍子吆着鸡玩。何毛子说："来，我叫何表叔给银杏看一个手相。"

看相算八字是要给钱的，看得越准给钱越多。银杏的爹娘清楚自己家境，就靠几只母鸡生蛋变油盐钱，就犹犹豫豫地说："算了。"何毛子知道银杏爹娘疼惜钱，又想让年独眼儿显示一下本领，但又不好自作主张，掉过头眼巴巴地望着年独眼儿说："年表叔，走了哇？"

年独眼儿正在叭烟。烟很好，劲大，肯定上过油枯，很过瘾；茶也好喝，入口有一点涩，过后满嘴清清爽爽。好烟好茶啊！一般人家，对过路客人不理不睬，就算招待你的烟茶，也是很屁的；从这里看得出，主人待客真诚，很给面子。再说，刚才自己说的那一番话，让他们恭维得飘飘然的，一时兴起，答应免费给银杏看一个手相。

银杏爹娘碰了一下眼神，又迅速弹开。银杏爹有一些碍口地说："那就麻烦你了。"银杏娘拉过银杏，让她把棍子丢了，把手掌摊开。银杏以为娘嫌她调皮，要打她手心，忙把手背往身后。银杏娘一把逮住，强迫她摊开，伸到年独眼儿眼前。

年独眼儿放下烟杆儿，抹了一下嘴巴，拿住银杏的右小手，大指拇像橡皮擦一样擦了一下掌纹，看了看，眉头皱了起来，语调缓慢道："小丫头掌心是锣锣儿，长寿，一辈子吃穿不愁。但你大门口这棵大树有一点欺她，焦心大，婚姻不理想。"

回家的路上，年独眼儿才给何毛子说老实话："那个娃儿手相不好，掌心是锣锣儿，坐不得月子。"何毛子仰过头问："咋坐不得月子呢？"年独眼儿说："会死在月子头。"何毛子"哦"了一声，沉默着走了一段路，问："有没有破解的法子呢？"年独眼儿说："除非把门口那一棵银杏树砍了。"

后来这话在苦竹湾慢慢传开，也翻山越岭蹚溪过河传进了银杏爹娘耳朵里。银杏爹娘听了后，不以为意。银杏是听桃子说给她听的。银杏听了，骂年独眼儿"打胡乱说，不得好死"。

说怪也怪，银杏慢慢长大，已经到了谈婚论嫁的年龄，周围四邻的小伙子，都瞧得起她，都在心里暗暗想："要是银杏给我当婆娘就好了。"却没有一个向她托媒求亲。大家都知道银杏掌心生是的锣锣儿，坐不得月子。讨婆娘重要一点是要传宗接代续香火啊，断子绝孙了，婆娘讨来有啥子用？虽然，也有人对年独眼儿的话表示怀疑，却又不敢打破这个魔咒，宁可信其有，不可信其无。

银杏成了苦竹湾嫁不出去的老姑娘，成了爹娘的一块心病："年独眼儿究竟是金口玉言，还是嘴里吐粪？"

2

爹娘急，爹娘愁，银杏呢，从不把自己的婚姻放在心里，她像还没有长大的孩子，该吃时吃，该睡时睡。娘骂她："没心没肺的，爹娘焦死了，你还死不焦。"银杏回敬道："焦啥子嘛，嫁不出去就算了。真要是嫁出去了，爹打工走了，哪个陪你啊？怕被人害死在这山湾头生蛆了都没有人晓得。"娘说："死丫头，你只晓得咒娘死，娘死了你哪里好嘛。"银杏梗着脖子笑眉笑眼地说："全身都舒服。"

说周围邻里的小伙子们都惧怕银杏手掌心里有锣锣儿，这话有一点言过其实，任东东是不怕的。可惜，这地方说的东东，指傻儿、憨包。而任东东呢，确实也有点脑壳进水，神经短路。任东东28岁时，湾头李大孃曾给他介绍过一个哑巴。这地方把吃中午饭说成是"傻午"。任东东家里过年杀猪，娘对他说："你去喊姑娘老丈母，过来吃傻午。"他去了，原话对丈母娘话："姑娘老丈母，我娘喊你们过来吃傻午。"丈母娘原来是想把女儿嫁给他的，虽然他有一点"东"，但自己的女儿是哑巴，城隍庙的鼓槌，恰好一对。然而听任东东这么请客，想了半天，还是把婚退了："我女儿虽说是哑巴，但聪明；傻儿要是做傻事，是最恼火的。"从这个角度讲，任东东对银杏的喜欢，印证了无知者才能无畏的说法。

任东东喜欢银杏，主要觉得银杏笑起来特别好看，两个酒窝一漩一漩的，像装满香喷喷的米酒，不喝闻到都醉人。他不知道，银杏的身段、肤色、气质，即使在城头美女堆里，也是压倒群芳的哩。这点，不说没有美色鉴赏能力的任东东，包括银杏本人也不清楚。

银杏肯定是喜欢不上任东东的。除了任东东二百五外，还有一点是任东东脸相长得太随心所欲了：鼻梁骨又扁又塌，脸又方又宽。有人开任东东老汉儿的玩笑说："你在制造任东东的时候，是不是在婆娘的肚皮上用力过猛了？"一天，银杏不知怎么在桃子面前提起任东东，桃子说："咋个哟？你还看得起他啊？保证在煤堆里随便刨一个，都比他好十倍百倍。"银杏说："我觉得任东东很搞笑。那天，我从山上薅苞谷回家，见任东东靠在银杏树上睡着了，口水长流。我问他：'做啥子？'他说：'娘的脑壳痛，叫我来削一点树皮子回家煎水喝，我看见你的门是关起的，就等你回来。'我就想捉弄他一下，说：'任东东，你是孝子啊！树皮不能削，你要敬孝，就跟银杏树下跪，银杏树就保佑你娘的脑壳不痛了。'任东东说：'真的啊？'我说：'当然啊！'任东东果然就找了一块地面，'咚'一声跪了下去，说：'银杏树啊，保佑我娘脑壳不痛嘎。'我好笑，进屋煮饭吃去了。我娘从山上回来，见任东东还诚心诚意地跪在银杏树面前，娘问他：'做啥子？'任东东说：'求树神保佑娘。'娘不知道我是恶作剧，还真以为这娃儿孝顺。我和娘吃过饭又去山上干活路，任东东还傻呆呆地跪在那里。我逗他：'任东东，还没有跪够啊？'任东东说：'跪得够啊？'我打趣道：'跪不够就去给我挖地嘛。'没想到任东东说：'要得哇。'一下从地上爬起来，大概跪久了，差点摔一筋斗。站稳问我：'锄头在哪里嘛？'嘻，他真的要给我挖地。我说：'哪个要你挖哦，快点回家去吃饭。'"桃子仰脸问："这样说，你真的对他有意思？"银杏淡淡一笑："本小姐至少还没有削价到那个地步嘛。"

银杏的这种自信心，没多久就被现实击得粉碎。

像《智取威虎山》里的小常宝，盼星星，盼月亮，终于盼来了救她出苦海的亲人解放军。一年后的一天，总算有人来说媒了：远房亲戚吉二孃。银杏娘欢喜得忙杀鸡宰鸭推豆花；不是银杏阻拦，还差点去幺店子打电话，叫外出打工的银杏爹，工都不要打了，赶快回来。

吉二孃介绍的对象，是土地岩的小伙子，叫伍天友，他家离得很远，有四五十里路。在龙塘镇馆子里相的亲。第一眼，银杏像被石子硌了光脚丫似的，柳叶眉猛然蹙成一个黑疙瘩。你看那个子，身材麻秆麻秆的，比银杏起码矮半个脑壳；模样也猥猥琐琐的，跟银杏相比，简直是癞蛤蟆与小天鹅。银杏想调头走掉。站在面前的娘扯了她一下衣裳角，附耳低声嘱咐她："懂点礼貌。"银杏看在娘的分儿上，勉强待下来。吉二孃说："小伍老实，人品好，有手艺，会做木工活，住的水泥楼房。"银杏娘呆板的脸，有一些活泛起来，拿眼睛看银杏。银杏低下头，伸脚尖碾地上一截柴棍儿，心里比开始好受了一点。是啊，人不可貌相，海水不可斗量。找男人就要找自己驾驭得住的。你看桃子，她就驾驭不住男人，男人对她颐指气使，横眉立眼，她只能忍气吞声，人活在世上，这种日子过起还有啥子意思？凭伍天友这个样子，我肯定喊他站着他不敢坐着。周围邻里的人，不是嫌弃我掌心里有锣锣儿、不敢给我提亲吗？不如干脆嫁远一点，免得他们说三道四的。因此，当娘征求她的意见：

"是不是接触一段时间再说？"她点了点头，虽然很勉强，言不由衷。伍天友邀请她们两娘母到他家里去耍，娘征求她的意见，她仍然点了点头，很麻木，很无奈。于是，吉二嬢说："下个月初八吧，我和小伍到龙塘镇场口上接你们。"娘问她："行不行？"她小声地"嗯"了一声。

约定到伍天友家里相亲的日子到了，银杏和娘来到龙塘镇场口等吉二嬢和伍天友来接。左等右等，把耐心等成了易碎品，希望等成了爆炸物时，才见吉二嬢像一片树叶一样，随街心人流一飘一荡最后泊在面前。

等的过程中，银杏还遭遇了一件尴尬事。

银杏白底碎花衬衣，乳白色外套，水磨蓝牛仔裤，黄灰色运动鞋，头发束成马尾，荡漾在脑后，整个人看上去整整洁洁，精精神神，一枝百合花一样盛开在街口上，往来行人眼睛无不为之一亮。银杏感觉被人当猴看，有点不自在，更怕见到熟人，就去街边人少的地方看镇外的风景，居然看见场口边小溪旁两头水牛求爱播种生命的场面。她耳烧面热，正在想这公牛和母牛为啥子要那样做才能生小牛儿时，偏偏任东东来到她的面前，问她："是不是在看两头牛配种？"

吉二嬢身后没有跟着那个身材麻秆麻秆来接她们到家去的伍天友，这让银杏两娘母很疑惑。吉二嬢那张厚嘴唇气泡一样冒出的话，更让银杏两娘母失望。

吉二嬢结结巴巴地说道："伍天友说他配不过银杏，家境也不好，算了。"

银杏心想，我都没嫌弃他，他还不干。哼！扭头对娘说："算了就算了，你怕我好瞧得起他的啊！"说着拉起娘就走了。

吉二嬢看着离去的母女俩，张了张嘴，想说点啥，但最终没有说一个字，尴尬地望着母女俩消失在熙来攘往的人流中。

3

银杏听吉二嬢说出"算了"那一句话时，明晃晃的太阳，觉得突然之间变得阴暗；心里像挨了一拳头。等到后来知晓真实原因时，银杏更是哭笑不得。

吉二嬢没谈老实话，伍天友说"配不过，家境不好"，这是推口话。真实的原因，是宋子莲挑唆伍天友，还是拿银杏手掌里的锣锣儿说事。坐不得月子，不就断了伍家人的香火？不能生娃儿，再漂亮的女人又有啥子用？伍天友不怕女人生得丑生得怪，但一定要能生娃儿，因而伍天友不愿意与银杏继续接触了。

银杏知晓这个事，是十天后，去幺店子买盐巴，桃子告诉她的。银杏想不通："我跟你宋子莲无冤无仇，你干这种死儿绝女的事做啥子？上一次碰着你赶场，我还给你的娃儿买雪糕，可见良心得狗吃了。"

桃子耳闻宋子莲挑唆银杏婚姻受阻后，去找宋子莲。宋子莲满腹委屈，道出了事情真相："那天晚上，我和猫儿做好耍的事，猫儿正要弹出枪膛的时候，竟然喊出了银杏的名字。宋子莲听见后火冒万丈，当即一个鹞子翻身，抬腿一脚把猫儿踢飞下床。猫儿突然受到意外偷袭，愣了一下，随即掉转身与宋子莲吵闹起来。宋子莲为了报复银杏，听说她又介绍了对象，不惜路途迢遥，问着去找伍天友说了银杏的坏话。"

银杏听了，苦苦地笑了笑："盐无我醋无我，关我啥子事啊？"她想找宋子莲理论，"咋个要当是非婆，说我的坏话？"桃子劝她："一摊屎不臭，挑烂了就臭，没有必要跟这个烂嘴巴婆娘一般见识。再者，你一个大姑娘，说两句话都要脸红；宋子莲又泼，你根本不是她的下饭菜。"

银杏不知道，猫儿很早就暗恋着她呢。见了她，眼睛里都长出了手，恨不得在她身上狠劲去搓去揉。每次和老婆做爱，都默念着银杏的名字，但重兵把守，严防"银杏"两个字跑出嘴唇。那天晚上，在外面打工很久没有打过牙祭了的猫儿，高兴起来，嘴巴少站了一道岗，"银杏"两个字闪身穿过岗哨，于是酿成一场严重内乱。

这一件事对银杏的打击最大。以前，银杏对自己的婚姻从不当一回事，每当面对说媒提亲的人，她不理不睬，现在她开始给婚姻定位，慎重考虑起自己的婚姻问题了。当然，具体要找一个啥样的人，她还是模模糊糊、朦朦胧胧的。就在这时，一个更尴尬狼狈的事，大踏步地走向她走来：尖山子居二娃，居然打起了她的歪主意。

那天，她娘上山栽红苕去了，她在家里宰猪草煮来喂猪。去屋檐坎抱柴，居二娃来了。

居二娃是墙家湾出了名的晃晃，贪懒好要，初中毕业在家，大事做不来，小事又不做。母亲管不住他。老汉儿在城里打工，做家装苦力活，心想有艺不孤身，把居二娃喊进城里去，找师傅学一门手艺，比如电工漆工木工。居二娃一样手艺没学会，抽烟酗酒打牌掷骰耍小姐倒学会了。他老汉儿气得没办法，把他打发回农村守老屋。这种人，银杏从心眼里瞧不起。于是，招呼没打，抱她的柴。居二娃问："你娘没在家？"银杏没好气地说："在没在关你啥子事？"居二娃语塞，没话找话说："你这棵银杏树卖不卖呢？"银杏声音响亮地回答："不卖。""我出大价钱，你要好多我给好多。""我没有见过钱？你不要说一些来吓我。"银杏抱着一抱柴进屋去了。

居二娃流着口水，怅然地望断银杏的身影，又扭过头来望银杏树，心潮一涌，走过去伸手搂住树身，把头磕在树上，沮丧地想：这棵银杏树要是银杏就安逸了，在这里一动不动，想咋抱就咋抱。我是这棵银杏树也安逸嘛，一天到晚站在她的门前，随时都能看到她进进出出，好有眼缘和福分哟。我咋连一棵树都不如呢？他思绪飘飘忽忽，银杏便从虚空里脚步轻盈地走到他的眼前。看哦，风吹杨柳的身段，嫩冬冬的脸蛋，水汪汪的眼睛，小山包似的胸口，鼓突突的屁股。居二娃越想越远，欲望像暴雨后的山溪水猛然上涨，情不自禁地向银杏家里走去。

银杏在扫地。见门口光线一阴，抬头看，是居二娃，问道："做啥子？"居二娃嘿嘿笑笑："口干，找一口水喝。"银杏在灶边用锅铲搂锅里的猪潲，说："瓢在灶头上，水在水缸头，自己去舀。""要得。"居二娃说着，进灶房找瓢舀水来喝。文雅地喝了一小口，之后，揩揩嘴走进正屋，见银杏正在往灶膛里添柴，就壮胆子，从身后贴近银杏，一个黄桶箍拦腰箍住银杏，要把银杏按倒在灶门前的柴草上，嘴里发出梦呓道："小婆娘，我要你。"银杏受到突然袭击，心里一紧，大声呵斥道："居二娃，你要做啥子？放开我。"

居二娃早已想好，这山湾里，单家独户，鬼都打得死人，没有人来，便要用武力征服银杏，伸手就去抓银杏的胸脯。

银杏用力掰居二娃揪住胸脯的手，边掰边喊叫："松开！"居二娃手像胶水一样牢牢粘着，腰一弓，一手扳住银杏的腿，将银杏扑倒在地，顺势骑在银杏身上，动手扯银杏的皮带。银杏挣扎不动，想用脚踢，可脚又踢不过来，唯有伸双手紧紧地保卫皮带，大声呵斥道："居二娃，你要做啥子，放开我！"居二娃使出了蛮力，扳开银杏抓住皮带的左手，用左脚克膝头跪住；又扳开银杏的右手，用左克膝头跪住，扯开皮带和裤扣，眼见就要得逞之时，突然眼前闪过一道光，腰眼上挨了重重一脚；还没反应过来，就被人骑在腰上，拳头捣蒜般地砸在脑门上。

任东东！

银杏爬起身，羞红着脸，整理好衣裳，见居二娃嘴鼻淌血，怕任东东把居二娃打死了，忙叫任东东："不要打了。"任东东站起身，拍拍手，望着银杏咧嘴嘿嘿傻笑。

居二娃好容易爬起身来，伸手抹了一把嘴巴鼻子上的血，指着任东东说："任东东，关你尿事，你跟老子记着。"说着，一拐一拐地走了。

4

晚上，银杏娘从山上栽红苕回家，见清静风烟、冷锅冷灶的，心里一沉，怪，这银杏晚饭不煮，跑到哪里去了？进银杏睡的房间，见银杏斜靠在床上，眼泪汪汪的，忙问："咋个的呢？"

银杏没答白，娘连续问了三声，她忍不住了，扑过去抱住娘，放声大哭起来。银杏娘抚着她的头，再三追问，银杏才哽哽咽咽地把发生的事说了一遍。银杏娘开始很紧张，似乎有一窝兔子在胸口活蹦乱跳，眼前一团漆黑；听到居二娃没有得手，悬在嗓子眼的心，才稍微放了下来。接着，她到幺店子给在城里打工的银杏爹打去电话说："家里有急事，你尽快回家一趟。"

第二天，银杏爹火急火燎地赶回家，银杏娘告诉了他发生在家里的事，银杏爹半天没有说话，坐在家门口，低头裹叶子烟抽，把一间屋烧得云遮雾罩。

银杏娘还给他讲了吉二嬢给银杏介绍的那门亲事吹了的事。

银杏爹黑着脸抽着烟，心里龙腾虎跃，江翻海倒。他想撵到居二娃家里说聊斋，觉得把事情闹大反而对银杏名声有影响，咽又咽不下这口气。半天，银杏爹抖掉烟锅巴，站起身，咬牙切齿地说："狗日的混账！"换了鞋，烟杆往包包里一揣，跨门槛出屋。银杏娘问他："你哪里去？"银杏爹冷硬地说："桐梓山。"

银杏娘一下明白过来，他要去桐梓山找屠木匠砍银杏树。银杏爹说过："真的像年独眼儿说的，银杏树欺女儿，让她婚姻成问题，焦心大，要把树子砍了才吉利，老子就找人把它砍了。""对的，把树子砍了，看女儿的婚姻好不好点。"银杏娘小声地赞同道。银杏娘敏感地意识到，很多扯旗放炮来看千年古银杏树的，或者来给银杏树磕头烧香的，其实是冲着女儿银杏来的；他们看树是假，看人是真，怪不得年独眼儿说树子欺女儿。

银杏在屋背后割红苕藤做猪潲，看见爹出门去了，不知道去做啥子。从昨天下午出事后，她一直在想，要不是任东东，会咋个收场呢？肯定被居二娃糟蹋了。这个居二娃，二杆子，一看见我就色眯眯的，清口水长流，竟然来强暴我。呃，任东东又是咋个在关键时刻突然出现的呢？莫非他妈的脑壳又痛，来跟银杏树许愿求保佑？要不见居二娃来了，任东东悄悄跟踪？或者，任东东喜欢我，来看我，恰巧碰上这一幕？胡思乱想着……

有脚步声传来，银杏抬头看，是桃子。桃子穿着一件水红衬衣，黑色紧身裤，发丝凌乱，一脸泪痕。银杏想，是不是桃子听到了我昨天下午发生的事，为我悲泪？正不知如何说时，桃子哭出了声："四毛在外面打工，搅着了一个小婆娘，要把我和儿子宇宇甩了。"

"哦。"银杏把一抱红苕藤抱来按进背篼里，"走，进屋去说。"

回到家里，银杏洗了手，把桃子让进她的睡屋里，坐在床边上，听桃子叙说四毛有了新欢，要与她离婚的来龙去脉。从桃子的不幸联想到自己遇到的不幸，银杏泪水"吧嗒吧嗒"钢弹子似的往下滚。她跟桃子擦泪水，桃子给她擦泪水。银杏娘在门口瞭了一眼，心里犯疑道："这两个鬼姑娘在屋头哭啥子？"

确实人人都有一本难念的经，这世界咋会有那么多的不幸与悲伤，心酸与眼泪啊！

银杏知道爹要砍千年古银杏时，已经掀起了轩然大波。屠木匠背着大砍刀、改锯，和徒弟一起来砍树，居二娃路上碰着他们。居二娃知道年独眼儿说的银杏树欺银杏的说法，想起到了嘴的东西没得到吃，喉咙里鱼刺卡着一般不舒服。他知道，银杏树是国家一级保护植物，特别是那样大那样年辰长久的，肯定不能砍，砍了犯法。他当然不是出于阻止屠木匠和银杏爹犯法才拦下屠木匠，而是出于阴暗心理，要让银杏树永久地欺着银杏，才劝阻屠木匠不要去砍。想想吧，树砍了，银杏如五行山下压着的孙猴子，解脱出来嫁了人，他还有机会报复到她吗？

屠木匠迟迟疑疑，与银杏的爹讨价还价半天定下的，树子砍倒后，木料对半分，要值几千元钱，咋会听居二娃说的呢？居二娃见阻拦不下，便去找村主任、村支书出面阻拦，还向县森林公安报了警。银杏当时正在洗衣裳，听见山湾里"依呜依呜"的有警车叫，出门看，警车停在对面山脚的机耕道上，一会儿来了几个穿警服的人。这时，银杏爹正在同村支书、村主任理论。村支书、村主任不准砍，银杏的爹说："我自己的树，砍不砍是我的权力。"双方争执不下。银杏知道爹砍树子是为了她好。可是，真的砍了，上千年的树，确实可惜。据说，这棵树命大得很，解放前国民党修兵工厂，看中了这棵树，正要来砍，解放军来了，把他们打得落花流水。大炼钢铁时，也列入了砍伐名单，刚刚要砍拢，说钢铁不炼了。他的爷爷曾经为了保住银杏树，把烂铧铁、烂锅铁、钉子錾子打进树里去，同时散播很多说法，说以前曾经把这棵树卖给良家改板子做楼板，良家人来砍，一刀砍下去，家里的神龛拦腰断成两截；又一刀砍下去，良家人的老爹腰杆就像打进一颗钉子，痛得喊爹喊娘。良家人知道树砍不得，要求退钱不砍了。想想，自己一个人灾灾难难痛痛苦苦的无所谓，只要家里平平安安顺顺当当的；砍，说不一定真的会砍出一些祸事来就恼火了。因此，森林公安来时，银杏就攥住爹的衣摆悄悄地说："爹，算了。"

银杏爹拨开银杏的手，上前跟一个四十来岁、个子矮矮、肚儿挺挺的森林警察论理："我的树，我咋个砍不得？"没等挺肚子警察说话，一个二十多岁、长得眉清目秀的年轻警察从背着的一个包包里拿出一本小书递给银杏爹，边递边说："你看看吧，银杏树是一类保护珍稀树种，砍了不只是罚款，还要坐牢。"

银杏爹听罢倒抽了一口冷气，没接那本小书："我认不到字。"

银杏听了，犹如 阵狂风刮来，紧接着是电闪雷鸣，倾盆暴雨。她想不通，门前这棵树还有法律来保护它，我呢？我的婚姻哪个来保护我呢？宋子莲说我的坏话哪个去惩罚她呢？居二娃侮辱我又该当何罪呢？一个大活人，还比不上一棵树受法律重视。当然，这棵树不是一般的树，上千年了，还枝叶繁茂，砍了很可惜；何况砍了真的降灾降难，那还得了啊？我不相信它真的欺着我，让我的婚姻不顺畅，分明是有一些人忌妒我长漂亮了嘛。

最终树没砍成。县林业局还来钉了一块牌子在树上，列为县里重点保护古树，让银杏爹当保护责任人，每年适当给予补助。

银杏爹看着树心里很纠结很委屈，银杏树成了他的心病。他在门口裹着烟，望着银杏树幽怨忧郁地想，我的树我不能砍，警察也管得太宽了，一棵树都要管，还当着这么多人的面剪我的眉毛，还要重点保护，给我补助，这不是成心羞辱我吗？究竟是人为贵，还是树为贵？经过几天的左思右想，银杏爹放出口风："哪个敢把银杏树砍了，我就把银杏嫁给他，不收一分钱彩礼。"

人们听了，都说银杏爹的脑壳发烧，荒唐，开国际玩笑："哪有把自己女儿的婚姻绑在一棵树上的？要是一辈子都没有人来砍，你女儿就不嫁给人；要是很多人都争着来砍，你女儿又嫁给哪个呢？"

就有不信邪愿意来接招的。谁？任东东。

任东东家里修房子，要用雷管开山取石。一天下午，任东东背了一背篓炸药，带了两枚雷管，要去炸掉银杏树。

树兜下面有一个窟窿，为经年雨水冲刷而成。银杏爹多次挑土去填，但过一两年又起窟窿了。任东东绕着树子转了两圈才找到填平的窟窿，用手刨了刨，泥土很疏松。他撅起屁股刨起来，指甲刨出血了，腰杆弯痛了，歇歇又继续刨。在做这一些事的时候，任东东充满信心，仿佛银杏就藏在树兜下面，刨出来就是他的了。你看，银杏笑眯眯的，正在向他招手哩。刨啊刨，刨起米筛大一个窟窿了，任东东看了看，觉得可以了，就把炸药填进窟窿，雷管插好引线，安放在中间，外面又用泥土封好窟窿，踩结实。一切满意了，掏出火柴，蹲下身子就要点燃引线。背了一背篓猪草的银杏回来了，见任东东翘着屁股在那里不知做啥子，就问。任东东说："炸树。"说着点燃引线。银杏说："你疯了！"边说边跑过来。任东东说："引线点燃了，过来不得。"银杏不管不顾，跑到树下时，引线已经燃进夯实的泥土里，任东东撵过来，拉住银杏，要她快一点走开。银杏仿佛受了侮辱，奋力掰开任东东的手。就在这时，传出一声巨响，仿佛盛夏里的一个炸雷，炸响在苦竹湾……

　　不一会儿，传来一个悲痛欲绝的哭声，像饿狼狂嚎。人们不知道发生了啥子事，纷纷撵去看稀奇。只见银杏娘跪在银杏树前，发疯一样拍打着地面放声大哭。银杏树横跨窟窿上的树根被撕裂成几绺。任东东被冲在几米外的土沟里。唯有银杏，悄然从人间蒸发了一样，生不见人，死不见尸。

　　很快，一个说法风传开去："任东东想得到银杏，银杏不同意，任东东就抱炸药与银杏同归于尽了。"

随着日子不知疲倦地向前行走，人们渐渐淡忘了这一件事。一天，有两个小孩子，望着挂在银杏树上的保护牌子打赌。一个说："银杏是一个人。"一个说："银杏是一棵树。"

再后来，人们只知道银杏是一棵树，一棵站在苦竹湾的树，一棵饱经沧桑的树，一棵蔚然壮观的树。

杀年猪

1

倒下床，康二凤感觉自己如同一堆剔了骨头的肉，被杀猪匠"砰"一声丢在案板上，再也聚敛不起爬起身来的气力。累啊，天不亮起床，吃过夜饭喂过猪，再烧水烫个脚上床，差不多就 10 点来钟了。一天两天无所谓，长年累月天天这样，就是金刚钻，也禁不住烂磨损，可是不磨又有啥子办法呢？

"外婆，外婆，我去屙尿，听见大黑在哭。"正在好睡，外孙果果满嘴惊奇，面团一样搓揉着她。

大黑是她喂的一头大肥猪，果果给它取的名字。康二凤心生泼烦："你耳朵打岔，好好睡觉。"声音走拢喉头便歇下脚，思绪飘飘忽忽，像一只断线的风筝。圈里那头周身毛片乌黑发亮的大肥猪，嘴里"哼哼唧唧"地朝她迎面走来，抬头望着她，眼珠子一动不动，满含求食的渴望。

"外婆，大黑真的在哭。不信你去听嘛，哭得好伤心哟。"黑暗中，再次响起果果不依不饶的声音。

康二凤被彻底吵清醒了："哎呀，你好烦人！"她一般晚上不起夜，倒在床上一觉睡成大天光；即使汤汤水水喝多了，夜里尿胀，也憋着熬着，天亮了才起床去解。现在睡意没有了，尿意潮水一样涨满小腹。翻身起床去解，拉亮茅厕屋头的电灯，大黑睡在猪圈里，像平常一样，"嘟噜嘟噜"地打着呼噜，哪里在哭嘛。解过手，特意走到猪圈面前弓下身子，在大黑背上拍了一巴掌。大黑也许正在梦着娶媳妇，受到猝然一击，"嗡"了一声以示抗议；稍作停歇，突然身子往前一拱，翻身站了起来，抖了抖，抬头望着康二凤，嘴里"喔嗡喔嗡"地叫着。

康二凤的心，像被人重重地拧了一把似的，传导出软软的痛。大黑是过年猪，已经请好杀猪匠，天亮就要把它杀掉。为了好打理肠子，让粉肠更多一点更好吃一点，两天没喂大黑吃食了，只喂了一点清水，润着它的嘴筒子。想起"吊粉肠"，康二凤满是倦容的脸上，浮现出一缕浅浅的笑意。乡间人开玩笑，肚子饿得"咕咕"叫也不给饭吃，戏称"吊粉肠"。大黑吊了两天粉肠了，以为康二凤来喂它东西，全然没想过什么时候深更半夜来喂过你吃的嘛，真的是猪！康二凤语调里透着怜爱地对大黑说："去睡喽。"随即"囊"一声拉灭电灯，回床上睡觉。

灯熄的瞬间，黑暗一把抱住康二凤；同时抱住她的，还有隐隐的内疚与歉意：听说犯人挨枪毙的时候，要专门赏饭，好酒好肉让他敞开肚子吃个饱。可我呢？明天就要杀大黑了，不仅没赏饭，还有意吊它的粉肠，心肠是不是歹毒了一点儿？

"大黑该是在哭嘛。"果果听见外婆进了睡屋，拱起身子说。

"嗯，明天它就不哭了。睡觉。"康二凤倒下床拉被条盖上身，又补了一句，"早点起床帮着杀猪。"

倒下床，合上眼，康二凤的思绪，像一只傍晚吆不进圈的鸡，到处乱跑。

康二凤扳着指头数过日子，大黑喂养了 10 个月零 7 天，估计杀得起 300 斤以上的边口。大黑是在大山坡陈家买的，老母猪一窝生了 9 只小猪崽，去迟了，大的猪崽都被人捉走，剩下一只最小的，还不到 5 斤，个头非常瘦小，病兮兮风都刮得跑的样子。她本不想要，打算着到街上去买。可手头紧，没有那么多现钱；事先交了定金，给陈家说好了的，半赊半买，余款两个月后补清，现在食言，情面上过不去，只好用一个稀眼背篼背回家。路上碰着耿幺娘。她往背篼里一看，打了两声"啧啧"，摇着头说："嗯，怕喂不活哟。""嗯"字拖着长长的尾巴，康二凤的心被"嗯"得活摇活甩没有了底。一分钱一分货，陈家一斤猪儿还少收了她两元钱哩。

捉回家，康二凤用谷草给它絮了个窝，用米汤、嫩猪草等精心喂养。大黑体质慢慢增强，渐渐长得油光水滑，一天一个模样。怎样喂猪肉才好吃？康二凤有一套独特经验：从小喂生猪草、红苕，长大用苞谷、黄豆、豆枯催膘，不能沾一点油星子，猪肉吃起来又香又嫩又化渣。女儿敏敏在外打工，说："现在的猪肉，不是潲水猪，就是配方饲料猪，肉色看起很鲜嫩，可吃进嘴里像嚼橡皮筋，绵的，不化渣；也不香，满嘴猪屎味道。"敏敏还说："好多年没有吃过娘喂的猪肉了，想起肉香的那个味道就口水长流，今年无论如何都要回家过年。"康二凤告诉敏敏："我好好地喂一头猪，等过年你回来时杀给你吃。"

外面打工很辛苦，敏敏电话头说："有时晚上加班到十一二点，稍不注意就被罚款扣工钱。""你就回家来，不要出去打工了。""不出去打工，果果翻过年坎就要读书了，学费哪里来？"康二凤想，这一次敏敏回家过年，给她讲通透一个想了很久的事：在农村，只要肯想办法，还是找得到钱的，比如不养饲料猪和化肥猪，养正宗的纯粮食猪，肉质好味道好，保证价钱贵一倍都有人买；现在大家拿着钱都买不到纯粮食猪肉吃，不要说贵一倍，我敢说贵两倍都有人买，优质优价嘛。一年喂个十来头，每头喂个两三百斤，赚个三四万元不存在问题，不会比在外面打工差。关键是果果读书，自己睁眼瞎，没办法辅导，敏敏在家里就可以辅导了。大人荒废了就荒废了，娃儿荒废了就是一辈子。这一些道理，这次敏敏回来，要一五一十地给她说灵醒。

"外婆，大黑晓得要杀它不？"黑暗中，又传来果果的疑问。

康二凤惊疑中略带抱怨："不晓得。你咋个还没睡着？"

康二凤虽然这样回答果果，但还是望着黑漆漆的屋子，深入细致思前虑后地想了一阵，确保没有当着大黑的面说过半个字要杀它，才松了一口气，合上眼睛。

　　可刚合上眼睛，康二凤马上又睁开，心又悬了起来：大黑是不是从这两天不拿黄豆给它吃，吊它的粉肠，知道要杀它，不当着我的面哭，哭给果果听，要果果出面给它求情？

　　"外婆，不要杀大黑嘛。你出去干活路去喽，我一个人在家头，杀了就没得哪个陪我耍，陪我摆龙门阵了。"果然果果替大黑求情了。

　　果果的话，说得康二凤心头酸溜溜的，她确实经常把果果一个人丢在家头，丢得寡兮兮的，但不丢又怎么办："要是不杀，你妈就不回来。你说是不杀大黑，还是不要你妈回来？"

　　果果说："不要妈妈回来。"

　　康二凤长叹了一口气："那你还一天到晚想你妈回来呢？睡了！"

　　沉默半晌，一个"沙沙沙"的声音，搅碎沉沉黑夜，清晰地传进康二凤耳朵里。是风吹得屋侧边竹叶响。隔了一阵，又响起"窸窸窣窣"的声音，果果在盖铺盖。不一会儿，响起一个细微的鼻息声，康二凤明白果果睡着了。她想睡过去，腰椎骨传出疼痛，调整睡姿，平躺和侧卧都不舒服；趴着睡，枕头又捂着鼻孔出气；辗辗转转，"叽呷"一声，麻雀就在竹林里亮开嗓子了，接着像炒胡豆满锅都在爆一样，"叽叽喳喳"密不通缝地叫成一派大河涨潮。想到今天要杀过年猪事多，得早点起床，便想象着要翻身坐起，穿了棉衣梭下地，穿好裤子和鞋袜出了屋，梳头洗脸扫地。

可是，康二凤仍然慵懒地躺在床上，是灵魂起了床，肉身还赖在床上没动。她很感慨："一天累到黑，好久才能丢丢心心地睡个安稳觉哟？怕只有等到两脚一伸，两眼一闭的那一天了。唉！"康二凤重重地叹息了一声。有人敲门，果果喊道："外婆，钱表公来了。"她彻底清醒过来，运了运力，收拢散了架瘫在床上的身子，双手反撑在铺面上艰难地起了床。

2

果果的钱表公是杀猪匠。康二凤请他时，犹豫了半天才拿定主意。

村里有两个杀猪匠，一个是詹树生，他家两爷子人高马大，孔武有劲，两三百斤的猪，主人家帮着按按二把，两爷子就能搞定。另一个是钱长生，个子、力气都要比詹树生小一点，杀猪也是父子兵，但儿子嫌杀猪不挣钱，拆他老子的台，城里打工去了，钱长生只能单枪匹马，需要请帮工才杀得死猪。康二凤抠着花白的脑壳想，请哪个好点呢？毕竟同钱长生住在一面山坡上，又是姨孃老表，请詹树生不请他，怕他说生意照顾外人不照顾亲戚。她这才请了钱长生。

没想到钱长生装家伙的背篼一搁，一句话就把康二凤问来愣起："帮忙的呢？"康二凤梳着头发，钢夹儿衔进嘴里；把发髻挽好，取下钢夹儿别好，心情凉冰冰地说："我心想你会带人来，就没有喊得有人来帮忙。"钱长生说："你去喊两个人来帮忙，我一个人杀不死。"康二凤说："我以为你像詹树生那样，自带帮手来。"钱长生说："带一个帮手要多开一份工钱，主人家有人帮忙就可以少开工钱。"康二凤心里稍微得到一点安慰："我以为杀猪是论头数开工钱的，没想是论人。"

得挖地灶才好烫猪毛。钱长生叫康二凤找出一把锄头，提在手里朝敞坝边上走去："你把人请起来，我这地灶也差不多砌好了。"康二凤脸上愁云笼罩："我到哪里去请人嘛？"钱长生说："去喊你大哥噻。"不提还好，提起他康二凤心里就是气，还是亲大哥，连出五服的外人都不如。大哥家里喂有一头牛，她去租来犁田，大哥借口轮子排满了，租给大田边李树明犁，都不租给她犁。康二凤牛踩乌龟背，气死在心里头，从此断绝来往，在路上碰到也装着不认识。她不好把和兄弟之间的家丑暴露在钱长生面前，推口说："大哥外出打工去了。"钱长生说："回家来了，昨下午我都看见他牵起孙孙在商店头买东西。"康二凤听钱长生说得有鼻子有眼，只好敷衍着说："好嘛。"

康二凤解下围腰布，拍拍身上的灰尘，叮嘱在檐坎下用一根竹片挑一条毛毛虫耍的果果："不要调皮，我出去一趟。"

请谁呢？至少请两个人。走在路上，康二凤不知道该朝南还是往北，心里翻腾起宽阔的后悔，该得请詹树生两爷子的。碰到大竹湾张幺娘，问康二凤："你到哪儿去？"康二凤撒谎掩弊："夫九柱庙商店买盐巴。"

康二凤没有目标，信步继续往前走，酸楚的苦水不断在心里汹涌。早晓得该多生两个娃儿的，家里要忙要紧，就不用请人帮忙了。已经三年没杀年猪了，虽然每年都喂了几头大肥猪，但都是卖给猪贩子；过年要吃肉，把特意喂的那一头吆到回龙场屠宰场去杀，留半边回家来吃就够了。

康二凤走了几户人家，有的不在家，有的在家不得空，有的明明在打牌也推说有事，没有人愿意帮她的忙。她心里空落落的，站在黄葛塝半坡上那一棵5个人才能合抱的黄葛树下，望着灰蒙蒙的天道，深入细致地想了半天，似乎也不好请到合适的帮忙人。大沟头那座小青瓦房，落进了她有一点昏花的眼里。那里住着一个人，叫甫明先。那年康二凤赶场回来，背了一大背篓杂七杂八的东西，很重，腰又痛，走得艰难痛苦，一步三歇。赶场回来的甫明先见了，主动帮她背回家。康二凤很感激，留他吃午饭。甫明先不，要走，康二凤诚意挽留。村上一个是非婆看见了，跑去跟甫明先的婆娘说。甫明先的娘婆不分青红皂白，撵去康二凤家大吵大闹，骂康二凤勾引她的男人，弄得一村人个个皆知。娘家人听见了，觉得脸面扫地，断绝同康二凤的来往。大哥不租牛给她犁田，是先有这一件事堵在心头。

没两年，一场感冒，阎王收走了甫明先婆娘的命，也没给甫明先留下一男半女，甫明先成了鳏夫。康二凤呢，男人患白血病几年前去世，幸好留下一女。康二凤动过念头，甫明先老实勤快，个子不高但很铁实，力气也大，年轻时水谷子要挑两三百斤；抽水机铸铁管子，别人两人抬一根，他一个人扛一根跑得飞快；两人的年龄也差不多，同甫明先组成一个新家庭很合适。她逗女儿敏敏："我给你找一个后爹你愿不愿意？"敏敏嘴筒子一翘："不！"康二凤便死了心思，巴心巴肝把敏敏盘大。为避免众人闲话，康二凤再没有同甫明先往来。凭直觉判断，甫明先是喜欢她的；找甫明先帮忙，绝对一棒棒一口垆缸，踏实。但事情不大，长舌妇们嚼起舌根儿来大；这么多年都风平浪静地过去了，现在去沾惹是非不值得。

竹冲湾鲁平贵在挖土。他与康二凤老公是初中同学，一直在外打工，前年脚摔断回家再没出去，彼此关系平淡但没有恶感，请他帮个忙应该愿意吧；再说就帮着按一下猪，也耽搁不到好多时间。康二凤便朝鲁平贵走去。呃，要不要酬谢他一下呢？割一块肉送他；要不，中午请他吃刨猪汤。

鲁平贵一句话，把康二凤心里熊熊燃烧的希望浇熄："我要挖地撒葱米籽。"康二凤有一些尴尬，愣了愣道："我开你工钱。"鲁平贵停住手里的活，扭过头，冷着脸，如同受了奇耻大辱："你认为你有钱就好不得了啊？有钱就随便请得动人？对不起，我要挖地，你去请别个。"说过，往掌心里吐了一团口水，搓了搓，高高举起锄头，"欸"一声把锄板全部挖进泥土里——显然他心里憋着一口气。

康二凤脸红失色，窘迫得手足无处放。事后大竹湾张幺娘才给她解开了这个谜：鲁平贵接儿媳妇，计划摆30桌，结果只摆了22桌，还剩8桌没人坐，晾台了，鲁平贵觉得很没面子。当时鲁平贵计划了康二凤要去的，结果没见到她的影子；你不给我面子，我凭啥子要给你面子呢？

实在找不到恰当的人帮忙，康二凤横下心来，去找甫明先，是非婆们要嚼舌根就让她们去嚼。

甫明先正在吃早饭，做梦都想不到康二凤会突然出现在面前，如同臣子见了君王驾临，霍地从板凳上站起身，嘴一咧，饭从嘴里掉了几颗出来，忙伸手接住，脸上爬满僵硬窘迫的干笑。康二凤抿嘴一笑："想请你帮个忙。"甫明先说："没得事。"放下手中筷子，就要关门跟康二凤走。康二凤说："帮我按一下猪来杀。你把饭吃了着嘛。"甫明先仍然说："没得事。"

出了门，走上路，康二凤站住了脚，满脸愁云地说："我还要请一个人。"甫明先干干地笑笑问："猪有好重哟？"康二凤说："两三百斤。"甫明先说："问题不大，我以前帮人按猪杀都是一个人，应该按得住。"康二凤听甫明先这样说，脸上愁云随风吹散："那就太麻烦你了。"想到跟甫明先两人一路走起有点那个，扯谎道："我去九柱庙买一包盐巴，家里有人，你先去，我随后就回家。"

3

钱长生已经打好地灶，取了一块门板安在灶边，放了谷草垫着，做好烫猪毛的准备。又从屋里抬出两条吃饭的板凳，找索子把板凳脚拴紧做杀凳。见康二凤请来的人是甫明先，他帮人杀猪时，甫明先给他打过下手按过猪，一个人就搞定了，便夸康二凤："请得好，把大力士请来了。"然后拍了拍手上灰尘，叫康二凤："把猪吆出来。"

"好。"康二凤说着，走进猪圈屋，抽开猪圈门闩。大黑困在圈里纹丝不动。康二凤说："晚上你不是想我拿东西给你吃吗？快点起来嘛，这就拿东西你吃。"大黑仍然不为所动。康二凤叫果果从猪圈门里钻进去，拿一根楠竹枝丫把它抽起来。果果不，央求道："不要杀大黑。"

也许大黑听了果果通风报信，突然意识到灾祸降临，"喔嗡"一声翻身爬起，抬头怨怼地望着康二凤，眼里寒光闪闪。

康二凤觉得平时给你好吃好喝，老祖先人一样供养你；今天该你感恩回报了，你这样望着我，简直白眼狼，算白养了你。心里窝着气，从猪圈门钻进去，举楠竹枝丫给大黑抽去，边抽边吼道："出去。"

大黑把屁股紧紧抵住猪圈，对抽来的楠竹枝丫不躲不闪。康二凤见大黑藐视她，用力更大，抽得更密集，到后来几乎气急败坏。突然，大黑"喔嗡"一声往前一蹿。康二凤猝不及防，身子往后退，撞在猪圈上，髋关骨撞得揪心疼痛，楠竹枝丫舞得更圆，手下得更重。大黑一副打得断骨头打不断筋的模样硬抗着，嘴里"哼哼唧唧"没躲没闪。康二凤说："你不要认为你身上肉多，禁得住抽。"仍然狂抽不止。也许大黑被抽痛了，"嗡"一声朝前一蹿，掉转头望着康二凤，似乎满腹委屈，反驳着康二凤："你要我感恩可以，但你不能要我的命噻；啥子都好说好商量，你要我的命，没有丝毫商量的余地。"

果果央求道："外婆，打得痛，不要打大黑了嘛。"

钱长生帮腔道："你把它打反性了，更不得出来。"说着，从一担箩筐上抽下一根箩索，钻进猪圈套在大黑颈子上，做出安排："甫明先进来，帮着抽猪屁股；康二姐你把手插进大黑的前胯里，用力往前抽，我喊一二三，一齐用力把猪往圈外拖嘎。"他把箩索搭在肩膀上，腰往前面躬成拉船状喊："一、二、三！"大黑死死趴在猪圈里，圈的下面横着一根栅栏，帮了大黑大忙，它两前脚插在栅栏下面，像加了铆钉一样。

不知哪里也在杀年猪，传来猪被按上杀凳时声嘶力竭的嚎叫声。年关，猪们的鬼门关。大黑听见了同类的惨叫，死死地趴在地上更是不走。

这是力量的抗衡，意志的对垒，生死的搏击。康二凤要大黑死，要大黑化作餐桌上的美味佳肴、新年里的欢声笑语、母女团聚的其乐融融；大黑想要活，想看一眼新年新鲜的太阳，是红的还是绿的。

可惜力量悬殊，只身一大黑，虽然果果哀求外婆放了它，不要杀它，但过年要吃肉的高涨欲望，把三个万物灵长的意志激励得如同鼓胀的船帆，拉的拉，推的推，掀的掀，经过一番搏击，还是把大黑强行弄到了杀凳面前。

钱长生立即吩咐康二凤："赶快把接猪血旺的盆子端过来，抓一把盐巴放在里面；另外找一个家伙，舀两瓢水在里面一起提来。"康二凤按钱长生吩咐做好准备。钱长生把套住大黑颈子的箩索交给甫明先，叫他："拉住不要松手。"提过装了杀猪工具的家伙背篼，拿出杀猪刀，又做出新一轮安排，"甫明先，你把笝索拿给康二凤，一手抓死猪尾巴，一手抠紧猪后腿大胯，都用力把猪拉在杀猪板凳上。"他看康二凤和甫明先准备停当，把杀猪刀衔在嘴里，一手抓住大黑一个耳朵，一手搂住大黑下巴，喊了一声："起！"也许大黑想着自己行将毙命，再挣扎也是徒劳，不如乖乖地认罪伏法，给辛勤喂养自己的主人留个乖顺的印象；也许内心充满莫大的悲伤与胆寒，思虑着如何摆脱命运恶魔的困厄而一时发愣，身子往天上一飘，被拉在了杀凳上。康二凤一手抓着大黑的一只前脚，整个身子扑在它的腰上。甫明先一手抓住它的尾巴，一手逮住一只后腿，膝头紧紧压住它的后胛骨上。钱长生呢，前倾的身子卡住它的脑壳，左手搂紧它的嘴筒子，把颈脖子扳直，右手取下衔在嘴里的刀，只见空中寒光一闪，锋利的刀尖戳向大黑的颈脖子。

意外出现了，场面十分惨烈。

杀猪匠钱长生也觉得奇怪，杀了一辈子猪，还没遇到过这样温顺的猪，以为它是哑巴猪，以为它是被注射过麻药的猪，以为这单活路好做，这份工钱好挣。哪想到进刀的刹那间，大黑陡然"哇啦"一声惊叫，四脚弹簧似的猛力一弹，滚落下地。钱长生不是脚挪动得快，杀猪刀差一颗米掉来栽在脚掌上。一双新皮鞋，女儿送他过年穿的。他说"有穿天天都是年"，就拿来穿了。婆娘还说他："你出去杀猪，穿得那样好的做啥子嘛。"他说："猪还不是一条命，送它上路也得人模人样点儿。"

康二凤则身子往后一扬，一屁股摔在地上，反手撑住，吃了一个"坐墩肉"，疼痛感从尾椎骨通过脊椎、颈椎传导到脑命心，眉斜嘴歪，脸色瓦灰。外孙果果要扶她起来，她火爆爆地吼道："走开。"果果好心没得到好报，委屈地让到一旁。

悲摧莫过甫明先。杀猪按猪头部位，称按头把；按肩胛骨部位，称按二把；按猪尾巴部位，称按三把。甫明先按的是三把。他如大敌当前，严阵以待，要好好地在请他的主人面前表现一把，让主人感到没有白请他，一手攥紧大黑一只后脚，一手扯住大黑尾巴，身子的全部重量死死地压在大黑的身上。感觉大黑一动不动，丫头小媳妇一样低眉顺眼斯斯文文，心想完全是牛刀杀鸡，小题大做，胸中蓄满的胀鼓鼓的气稍稍瘪了瘪。就在瘪的当口上，大黑猛然一挣，滚落下地，甫明先"哎呀"一声怪叫，双手触电般地捂向裤裆，身子萎缩成一团，脸青面黑，虚汗直冒。康二凤从地上爬起来，拍了拍手上的草屑泥巴，问甫明先："咋个了？"甫明先嘴里"嗞嗞"抽冷气，一脸焦烂，不好说出那个隐秘部位，忍住疼痛摇摇头说没事。康二凤明白了，不便多问；同时她还明白，大黑很聪明，表面温顺，等你轻而易举拉上杀凳，实际上是麻痹你，让你放松警惕，然后它攒足力气，拼命一搏，求得解脱，不禁心火一冒，从地上捡了锅铲把把粗细的一根树条子，气急败坏地朝大黑撵去。果果见了，大声喊道："大黑，快点走。"

"吃家饭，屙野屎。"康二凤见果果不是帮她拦住大黑，反而帮着大黑逃生，心里涌起怨愤，快步撵上大黑，瞅准屁股就是一棒棒。大黑正往坡下走去，挨了这闷棒，身子往前一蹿，滚进了门口那块冬水田里，淹了大半个身子，只有背脊和头浮在水面上。康二凤气急败坏，找来一根晒衣杆，对准大黑屁股一阵胡乱猛戳。大黑往田中间划去，掉头静静地望着康二凤，嘴里"喔嗡喔嗡"的，像挑衅康二凤："来嘛，来嘛。"康二凤心里恶气盘旋，晒衣杆够不着，见着地上的泥巴坨坨、石块等，哪样顺手就捡哪样朝大黑砸去。大黑躲避着，在水里扑腾着，水花四溅，团团浑水如天空乌云翻滚。钱长生赶来助阵，但只有干望着。水至少淹过膝头，不下田去根本把大黑吆不上坎来。天气冷，水砭骨头，康二凤有风湿病，肯定不能下田。钱长生不愿意下，帮着捡石头砸。甫明先可以下，但他还在院坝里捂着裤裆痛得不能动弹。果果说："不砸死都怕要冷死。大黑，我来救你。"说着，他脱掉鞋子裤子，把上半身衣服捞到胸口上面，梭下田，蹚着淹过胯子的水朝大黑走去。大黑站在水中一动不动，抬起嘴筒子，发出"嗡嗡"的声音，像在给果果打招呼。果果靠近大黑，凑近大黑耳朵，不知道说了几句啥子，然后猪跟在他身后，走到田坎边上。田坎有点高，大黑爬不上来。果果拿来一块木板搭在田里，大黑顺着木板爬上田坎，染了一身泥浆，成了黄猪。"不要动。"果果在大黑背脊上轻轻地拍了拍说。大黑听话地站在飕飕的寒风中，一动不动，听凭果果戽水给它冲洗，又回家找来干帕子给大黑揩干，大黑嘴里"唔啦唔"的，很感激的样子。康二凤制止果果："你管它做啥子，等会儿烫毛的时候就打整干净了。"果果说："就是个让你们杀它。"

康二凤的手机响了。女儿敏敏打来的，说："我快拢回龙场了，东西多，来接我一下。"康二凤心里窝着火："正在杀猪，忙得很，你寄放点在回龙场刘三婶那里，以后抽空去拿就是了。"揣手机时顺便看了一下时间，已经10点半了，还说中午吃刨猪汤，心里不爽，没好气地对果果说："去回龙场接你妈。"果果嘴筒子一翘道："不。"仍然给大黑揩着身子。

康二凤用脚踢大黑屁股："走！"钱长生拉大黑的耳朵。大黑索性趴在了地上，正眼不看康二凤和钱长生一眼，一副以死相拼的模样。康二凤说："干脆就把它杀死在这里。"钱长生说："这里不好杀。你还是再去找点人来，力气大的找一个，力气小找两个，把它弄到敞坝头杀猪凳上才好杀。"

提起还要找人，康二凤一肚子的抱怨，千错万错还是错在自己定盘星没定准。要是请詹树生就没有这一些事，都是要照顾亲戚关系害的。要不吆到回龙场屠宰场去杀都比这好。自己图方便，结果买了便宜柴，烧烂夹底锅。想到这里，康二凤又重重地在大黑屁股上踹了一脚。大黑鼻音很重地"嗡"了一声，像在说："滚！"

天气很冷，大黑抑制不住地颤抖起来。康二凤说："冷死算了，免得劳神费力去杀。"钱长生说："没放过血的猪肉红杏杏的，像瘟猪肉，不好看，吃起来虽然不影响口感，但想着心头会发腻。"康二凤想，看来还得再请人帮忙才行，可是实在不好请人啊。

"你帮我请两个嘛，我出钱。"康二凤可怜兮兮地望着钱长生。钱长生坚定地摇摇头："还是你去请。""我哪里去请嘛？干脆两棒棒敲死算喽，瘟猪肉就瘟猪肉。"

4

康二凤满脸郁郁葱葱的无可奈何。她迟疑着脚步，朝坡下走去，边走边把村上的人家过了一遍筛子，真的找不到适合的帮忙人，只有厚着脸皮去找大哥和弟弟康三坡算了。他们认为我跟甫明先有关系，剪了娘家人的眉毛，那是旁人打胡乱说；我劳力弱，娘家人肯搭手，我会找外人帮忙吗？要是娘家人真的不愿意帮这个忙，休怪我真的做出让他们丢脸的事。

康大明正在灶房门口拔鸡毛，康三坡也在大哥家里，跟一个侄儿一个侄女在桌子上斗地主。康二凤从气氛上判断，大哥家今天中午应该是吃团年饭。要是以前，她也会在大哥家里来团年的，不禁心里涌起缕缕酸楚，装着没有任何成见隔阂一样，大大方方地说："看来我的脚还洗得干净，赶上团年饭了。"

康三坡白了她一眼，侄儿侄女们也没有人招呼她，康大明抹抹手上的鸡毛，冷着脸走过来，盯着她的脸逼问道："你跑来做啥子？"康二凤脸上汪着僵硬的笑："家里年猪杀不死，想请大哥和老三帮个忙。"康大明说："你少来我们家头逛，是不是嫌康家的脸还没得你丢完？请人帮忙，你存得有情没得嘛？"康二凤说："没有。"康大明说："对啰，你不晓得现在人际关系变了，人家有事，你要去帮忙存情，你有事人家才来还你的情，嗯？你晓得鲁平贵是咋个说你的啵？说不管哪家有红白喜事，从来没看见你去帮过忙；不相信你家里就万事不求人，等你求人时再说，跪着求都不会来帮你的忙。"

大哥的话，把康二凤说得像树桩一样站在那里。这些年来，她确实没有出去帮过忙。女婿不争气，在城里打工，不好好找事做，赌博落下几十万元债，给水公司借，还不起，人家要追杀他。怕牵扯到家里，女儿敏敏被迫跟他离婚。之后，敏敏外出打工，把一岁多的果果丢在家里让她带。果果很黏她，到哪里走一步，果果都要哭着闹着撵路；把他带去，又爱调皮捣蛋，招惹是非。前年老糖房蔡家接媳妇，带果果去吃酒，他开头跟一个娃儿打架，后来耍火柴差点把房子给人家点燃。男人又死得早，女儿在外打工也挣不了几个钱，她想一年喂几头猪，卖点钱把房子修一下，还要跟外孙存点钱起来，以备不时之需。这样一来，康二凤就有干不完的活路。她安排自己：白天做田间地头的活路，晚上做家里的活路；一天到黑，丢了扬叉拿扫把，难得有一刻闲静的工夫。长年高强度劳动，落下椎间盘突出、骨质增生、风湿病等缠疾，经常痛得直不起腰来。近两三年，她根本抽不出时间出去帮忙，与村里人的关系越来越冷淡，越来越疏远。想起这些，她就心头发酸，眼里含泪："我不是有意不出去帮忙的，是家里丢不脱手，没得办法。"大哥说："哪个又一天耍到黑，没得事做呢？这都不说，你喂猪用尿素催肥，有没有这个事？你听人家是咋个骂你的？黑心烂肠，死儿绝女。"康二凤低低切切地说："现在我要专门喂纯粮食猪了，过年叫你外侄女敏敏回来，就是要给她说这个事，叫她不要出去打工，跟我一起喂正宗的粮食猪，挽回名声。"大哥说："你这种钻进钱眼里去了的人，我不想再跟你两个谈了，康家人的脸得你丢完了，你少到这里来走。"说着扭身拔鸡毛去了。

康二凤见大哥走了，康三坡和侄儿侄女打着牌，瞟都没有瞟她一眼，更不要说帮忙。她心里发酸，两腿发软，差一点跪下去"哇"一声哭起来。但她竭力忍耐着，克制着，最终一抹眼里泪水扭头走了。她告诫自己，宁愿不杀年猪，也不得给人下跪。

满腹心酸地回到家里，钱长生见她一个人，睁大那一双三角眼不解地问："你请的人呢？"康二凤话中怨气火气丧气夹杂："请不到人，算了，不杀了。"说着把站在院坝头的大黑，捡了一根竹枝丫，"吭哧吭哧"地吆进猪圈关上。钱长生见康二凤不是说来耍的，冷冷地把杀猪工具捡进家伙背篼，甩在肩膀上背着走了。路上碰着鲁平贵，问他："哪里杀猪来？"他说："康二凤家。"鲁平贵说："猪都没有叫一声你就杀好了？手艺高超啊。"钱长生说："没有人帮康二凤的忙，我杀不死猪。"鲁平贵嘴巴岔，以钱长生杀跑跑猪为由头，把这当笑话到处说。当然这是后话。

甫明先听说不杀猪了，脸上涌起几缕寡淡的讪笑。他还没有疼过，一动步胯子就扯得生疼。他坚持着站起身，对康二凤说："对不起，没有帮到忙。"一扭一扭地走了。康二凤不好挽留，也不忍心人家就这样走了，但也没有办法，只好说："刘不起，慢走。"

果果站在大门口，右手二指尖衔在嘴角里，转动着小眼睛，见康二凤把杀猪的板凳抬进屋，一下抱住康二凤的大腿，悲悲切切地说："外婆，我想妈妈了，把大黑杀了嘛。"

　　康二凤腾出一只手，摸着果果的头，望着院坝外，两眼空空洞洞，心里五味杂陈。"喔——哇——"山湾里，不知是哪家在杀年猪，惊天动地的嚎叫声，箭一样射进康二凤的耳朵里。她的心猛然一颤，对果果说："走，我们去接你妈妈，好不好？"

铁黑桃

　　一挑黑（核）桃，耀武扬威地"走进"宁二娃家里，独霸豪宅显眼的一角。女主人部英时常对它翻白眼，在男主人宁二娃面前抱怨："背不来时你问一声隔壁户嘛。"

　　黑桃趾高气扬地盘踞在那里有半年多了。豪宅，嚎宅，鬼哭狼嚎之宅，桌子茶几板凳电视柜杂物们，在那里都拥挤得歪眉斜眼，偏偏还要插进来一位不速之客，它们就经常以错位或歪七倒八的身姿以示抗议。部英本来对宁二娃买黑桃一事心有不满，克制不住对黑桃搅扰了家庭风貌做脸做色发怨言。

　　听到抱怨声，宁二娃不好反驳——理亏啊。都怪自己，想买便宜柴，烧了夹底锅。要是听部英的话，就没得这些事了。

　　宁二娃靠做小菜生意为生。那天擦黑，他准备收摊回家，见农贸市场门口，一个大汉，挑了一挑黑桃在那里卖。黑桃很好，又大个，他随便问了一句："好多钱一斤？"大汉说："12元。"价格钩子一样勾住了宁二娃的神经。过年他在超市里买过，19元一斤，成色个头远没有这黑桃好，还贵7元。做小生意的人会算账，宁二娃的算盘珠子噼噼啪啪地拨拉开来：我把这挑黑桃买来卖，一斤不说赚7元，赚过三四元，脱手就可以赚过两三百元钱；况且，放在菜摊前，也不影响卖菜。

宁二娃决定买下这挑黑桃，弯下腰，在箩筐里刨着故意挑漏眼说："你这黑桃不是很好。这样，我一挑全部买，给一个整数，10元，干不干？"

大汉眼珠子落在宁二娃脸上："你谈谎话啊，这么好的黑桃还不好？我平时都卖十四五元，见天要黑了，家里又急着用钱，才喊12元的。"

"就10元。"宁二娃说着伸直腰，拍拍手上灰尘道，"要卖就卖，不卖拉倒。"说着做出要走的样子。宁二娃清楚，你想买的东西，要装着不想买的样子，才好把价砍下来。

大汉说："我看你兄弟是一个爽快人，这样，大家都朝中间走一点，我让1元，你添1元。"

宁二娃摇摇头说："算了，你哥子在这里慢慢卖吧。"说罢挪开两腿准备走。

大汉闷了闷，有点忍痛割肉地说："好好好，10元就10元，卖给你。"

应该有百把斤黑桃，宁二娃身上没有这么多钱，也没力气挑回家，就让大汉帮他挑一下。

过秤，89斤，890元钱。宁二娃包包里只有120元，晚上还要给部英交账。宁二娃有一点晃，爱伙起朋友喝点小酒酒，有时还要斗一点小地主，部英就把经济大权牢牢掌控在手中，平时不能让宁二娃身上超过20元钱，得叫部英拿钱。部英见宁二娃要买一大挑黑桃，说："你神经是不是有毛病哟？"宁二娃不愿当着大汉说出心中隐秘："你管尿得我的哟。"部英不想掏钱，也不好当着生人驳宁二娃的面子；何况大汉汗珠子在脑门上一滚一滚的，喊人家挑起走有一点理亏，还是疑疑滞滞地把钱开了。

第二天，宁二娃雄心万丈，把黑桃提了20来斤到农贸市场，和着小菜一起卖。喊18元一斤。一个头发染得黄焦焦的女郎，弯腰捡起一个看看，又拿起两个用力捏捏，说："你这是铁黑桃。"起身走了。宁二娃后来才知道，黑桃有铁黑桃和泡黑桃之分。泡黑桃一捏就破，一锤就烂。铁黑桃呢，小锤都难得锤破；即使锤破了吧，里面的黑桃肉也很难掏出来。真是隔行如隔山啊，宁二娃还认为黑桃都一样，就想便宜点卖算了，15元，不行，14元，13元，直到一个男人说："不要说出钱跟你买，就是白送我都不要。"宁二娃的心理防线被彻底击破，心想打本卖了，反正不能亏。卖了8天才卖出去5斤，都还有一个女的说敲不烂，提转来退了两斤。

早晨提到农贸市场卖，卖不掉晚上又提回家，提了大半个月之后，宁二娃的万丈雄心灰飞烟灭，头似乎也在部英面前抬不起来了。想吃炒肉丝，部英那张馒头脸一冷："关山上的死人骨头，你去吃嘛。"最多给宁二娃炒土豆丝。想喝二两烧酒，部英那个鸡窝头一昂："官茅厕去嘛，嘴巴一张，杯都不用拿。"最后下通牒："你那狗日的黑桃，限你两天拿出去甩了，免得占着屋；要不然，看我给你提起丢到垃圾堆去。"

不要说部英骂，宁二娃自己都觉得，怜爱得像乖幺儿一样的黑桃，现在像臭狗屎，放在那里碍眼，闹心。又有啥子办法呢？钱买的，未必白白地甩了？只好死马当着活马医，每天坚持提到菜摊上去，卖得掉就卖，卖不掉提回家来。

这天，一个头发花白、六十来岁的爆蔫老者儿，来到宁二娃的菜摊面前，见了黑桃，眼睛闪过一道光亮，蹲下身，极有耐心地翻看了一阵，然后捡出一个，摊在手里，反复观看；又举了起来，对着亮光观察宝石一样看了一阵，站起身，操起一个用力摔在地上，黑桃像皮球，兴奋得一蹦老远。爆蔫老者儿走过去捡起来，举在宁二娃面前问："咋个卖？"

宁二娃觉得爆蔫老者儿有一点日怪，多年的卖菜经验告诉他，这是一个买家，想说 18 元一斤，又怕说贵了不买，便说："一斤 15 元。"

爆蔫老者儿指着地面塑料袋说："全要了。"

一股蜜流涌进宁二娃心头。他有一点后悔价钱喊低了，但话又说出口了，人家能买你的就不错了，何况每斤还赚了 5 元。

12 斤，180 元。爆蔫老者儿摸了 200 元给宁二娃。宁二娃从放在菜摊上的钱盒里捡起一张 20 元的补过去。爆蔫老者儿摆手道："不用补。"说罢，捡了金砖一样，提着黑桃笑眯眯地走了。

望着爆蔫老者儿的背影，一朵疑重的乌云悠然飘在宁二娃心空：吃都吃不得的铁黑桃，他买来做啥？不要拿回家锤不开，又像那天那个女的一样，提转来退我；又是一个老者儿，还多给了我20元钱，我得提醒他，免得到时候扯筋角孽。他撵上爆蔫老者儿道："老师傅，这是铁黑桃，难得锤开哟。"

爆蔫老者儿站住望着宁二娃，打皱的老脸布满感激："你这人很诚实，谢谢您。我要买的就是这种铁黑桃，越难得锤开的越好。跟你说吧，我买了很多地方都没有买到。"

"哦。"宁二娃沉吟地点点头，灵机一动，"我家里还有几十斤，你还要不要嘛？"爆蔫老者儿爽口答道："好啊，我最近要到外地工作的儿子那里去要几天，回家就来找你买，不管好多都给我留着吧。"宁二娃心花怒放："你回来就到农贸市场来找我嘛，我天天都在这里卖菜。"爆蔫老者儿说："好啊。"

宁二娃庆幸自己好心得到好报，臭狗屎一样放在屋里的黑桃不但有了买家，而且还卖了好价钱。他收摊回家说给正在埋头择菜的部英听，部英说："你不要高兴早了，叫花子欢喜打烂砂锅。"话虽然这样说，阴沉的脸上分明有一缕阳光映照。她叫宁二娃："看到一下锅头煮的饭。"喜滋滋地到街上季红卤鸭店，切了一只卤鸭，外带三瓶啤酒，提回家放在桌子上。宁二娃见了，喉结一滑动，嘴里居然沁出一包口水。晚上，这一段时间都在消极怠工的部英，振奋精神，主动出击，营造出了一个和谐美好的氛围，给了宁二娃无限美妙的遐想。

之后，部英恍然望着满天彩霞，发出一个天问："呃，你说，铁黑桃吃都吃不得，这个爆蔫老者儿为啥子要买呢？"

宁二娃只想把黑桃卖掉就脱火求财了，从来没有想过部英提出的这个问题。部英这么一说，也引发了宁二娃的思索："当真的，这个爆蔫老者儿铁黑桃买来干啥子呢？"但忙碌了一天，又在床上劳累了一场，眼皮磁铁一样粘着，没答部英的白，翻一个身，很快响起鼾声。

两天后的饭桌子上，部英向宁二娃发布了一道重要消息："这个爆蔫老者儿是买去搞雕刻。在一堆黑桃中，只要选中两个纹路、大小、形状、颜色——不要说相同，只要相差不远的，就价值上千元；加上雕刻工艺，就成了无价之宝。"

"当真的啊？"宁二娃嘴巴惊诧得像一张河马嘴，嘴里的饭都掉在了桌面上。原来卖不掉的黑桃，竟然是一个宝！可见，在不识货的人眼睛里，宝贝成了臭狗屎；在识货人的眼睛里，臭狗屎原来是宝贝。

放下饭碗，宁二娃抬了一条板凳，坐在黑桃箩筐面前，拣了几个在手里把玩。一个突然冒出的疑问，像凌空展翅的老鹰一样在心空盘旋：那个爆蔫老者儿再来找我时，卖还是不卖？卖，好的两个黑桃，不雕刻都要上千元，这样卖给他，太可惜了；不卖，自己又不识货，判别不出黑桃的好歹，留着做啥呢？他喊住正在洗碗的部英，谈出了自己庄重严肃的思考。部英说："当然卖，但价钱要提高。这样，不再论斤卖，论个数卖嘛。"宁二娃问："好多钱一个呢？"部英说："10元。"宁二娃有一些犹豫："今天人家买成15元一斤，一斤十多个。万一人家认为贵了不愿意买了呢？"部英说："生意是个讲的，反正要得他不出。"

屋角黑桃的命运也悄然发生了变化。部英指示宁二娃："把黑桃提来放进卧室里去，免得有人来拿。"前天一个朋友来找她，顺手拿走了两个。黑桃被放进了卧室能关锁的转角柜里，与主人同室而寝，不再跻身外面那间功能多样的屋子，与塞满的杂物为伍了。

第二天，部英傍晚收拾好摊子，先宁二娃一步回家。刚出农贸市场，见上次那个卖黑桃的汉子，又挑了一大挑黑桃，在农贸市场门口街边上卖。部英想，宁二娃不是说那个爆蔫老者儿给他打过招呼，家里有好多黑桃都给他留着吗？我又把这挑黑桃买下来，不要说加价，一个黑桃卖10元，就是按前次15元一斤卖给爆蔫老者儿，每斤都要赚5元，这挑起码赚过两三百元没问题，再凑一点就够娃儿读书一个月的生活费了。于是，部英二话没说，迎上去，按前次买的10元一斤价格，买下了那挑黑桃。

宁二娃对部英的果断决策表示热烈拥护，还暗自赞叹这婆娘会打算盘，会做生意。

爆蔫老者儿说到外地工作的儿子那里要几天，回来就找宁二娃买黑桃。都十几天了，几十天了，还不见他的影子，宁二娃暗中有一点着急了。说给部英听，部英说："可能那个爆蔫老者儿在儿子那里耍高兴了，要多耍几天才回来。"

就继续耐着性子等吧，把太阳等得走了来，来了走；把月亮等得瘦了胖，胖了瘦；把日子等成少年，中年，直到满脸皱纹、步履蹒跚的老年了，还是没等来爆蔫老者儿；又没有留得有他的电话啊，也不清楚住在哪里。两口子醒悟到自己中圈套了：肯定是汉子卖不脱铁黑桃，用爆蔫老者儿安媒子套我们。

产生这个认识，是看了当地电视台一个电视短剧《儿编》。短剧中，几个小混混安媒子，骗一个姓焦的老板，出800元买下几块钱一个的鹅宝儿。没想到强中更有强中手，焦老板问几个小混混："有秦始皇的尿罐罐卖没得？我愿意出1万块钱一个。"几个小混混摇头道："没得。"走进一个巷道，遇上一个卖秦始皇尿罐罐的，要2000元。几个小混混喜出望外，笑眯眯地掏钱买下，抱去找焦老板卖，焦老板神秘地消失了。

他两口子边洗脚边看，看完《儿编》觉得受骗后，部英瘫在面目全非的木沙发上，腔不开气不出，眼泪水在眼睛里打着漩子。宁二娃让她床上去睡，她闷在那里没听见一样。半天，终于"哇"一声哭出声："我要卖好多小菜才卖得起1500元钱啊，够娃儿三个月的生活费了，这狗日挨刀塞炮眼儿的杂种些，不得好死。"

宁二娃怔在那里，半晌道："哭个屁，还不是怪你乌鸦嘴，你不是说叫花子欢喜打烂砂锅吗，这下打烂了你高兴了。"部英霍地站起身，瞪眉鼓眼地恨着宁二娃："怪我？你不买开头那一挑，我就买后面这一挑喽？"宁二娃说："就算开头那一挑怪我嘛，我还卖回来200多元了；你买的一个都卖不脱，又怪哪个呢？还弄来虚假情报，一对黑桃要卖上千元钱。"部英怒气冲天："你少扯谈！"说着进卧室，"砰"一声把门摔来关上。宁二娃一屁股坐在刚才部英坐的那个木沙发位置上，头搭在靠背的边缘上，眼窝子里蓄满辛酸的泪水……

其后，两口子把大都市宽阔的公路一样的日子，过成了乡间坑坑洼洼的机耕道，精神萎靡，形同路人，似乎怀有誓不两立的深仇大恨，难得说一句话。不管寒来暑往落刀落剑，每天凌晨4点左右，宁二娃就要按时起床，去南郊菜市场打菜，运到农贸市场摆摊子。劳累很了起不了床，部英不像原来那样温柔地喊他，而是伸脚去蹬，或者在宁二娃腰眼上揪一爪，提醒他去打菜。饭煮好摆上桌子，部英也不喊吃饭喽，只咳嗽一声。即使要说话，也是"嗯啦啊"地简短的一两个字。被请进卧室同室共寝的黑桃，也取消了特别待遇，被摞在了厕所旁边那个龌龊的死角里，有一点挡厕所门，进厕所很不方便。

黑桃，成了宁二娃两口子的心病，沉重如泰山地压着他们的生活。

这天晚上，两口子正坐在小方桌上，闷声不响地吃着饭，一个男子找上门来，问："你们是不是在农贸市场菜摊上卖黑桃的？"

两口子抬起头，见来人三十米岁，脸膛四楞八角，有一点眼熟。宁二娃机警地反问道："咋个嘛？""你们是不是曾经卖过一提袋铁黑桃给一个六十来岁的老人家？"部英拿眼睛瞄宁二娃。宁二娃咽下口中的饭道："啊，有这一回事。"那男子说："他是我老爸。"

"你老汉儿？"宁二娃激动地站起身，细看来人，脸相真的像那个爆蔫老者儿，怪不得眼熟。做梦都在找的人，他的儿子主动找上门来了：我还西天拜菩萨，面前就是大活佛啊。宁二娃忙伸手招呼男子往木沙发上坐，问男子："贵姓？"男子说："姓盛，就叫我小盛吧。"部英那张这段日子一直阴云密布的脸，瞬间绽开出妖艳喜气，跳梭梭地给小盛倒来一杯开水，恭敬地送到小盛手上。

小盛接过开水，喝了一小口道："我老爸告诉我，说还要来买你们铁黑桃。他到我那里的时候，不幸遇到车祸，经过两个多月的医治，最终还是走了。临走前，老爸特意给我交代，说你们很诚实，家里还有铁黑桃要卖，叫全部给他留着。结果他来不了喽，让你们空等了一场，表示歉意。我在外地工作，没有继承到老爸的黑桃雕刻技艺，不能实现他的遗愿，请你们原谅。这是我老爸买你们的黑桃雕出的第一件作品，也是最后一件作品，叫《十八罗汉》，老爸让我转送给你们，做一个纪念。"

小盛一边说，一边从手提包里摸出一个檀木盒子，打开，黄色绸缎里卧着两枚黑桃，捧着递给宁二娃："我老爸说，保佑你夫妇二人平平安安，生意兴隆。好吧，我这次是回老家来清理老爸遗物的，明天还要赶回成都上班，告辞了。"小盛说罢，将提包带挂在手臂上，退后一步，右手握拳，抵进左手掌心一揖后转身走了。

宁二娃心里涌起一股酸楚的味道，想不到自己两口子在痛苦中煎熬的两个多月里，那个爆蔫老者儿被病魔折磨得更凶，部英还咒骂人家不得好死，人家还死死地把这件事记在心上。他心里悔着过，拿起一个黑桃，凑近灯光细看，上面雕着罗汉，挨着数，18个，没有一个姿势相同，还雕得有庙子。放下，拿起另一个黑桃细看，同样雕着罗汉，数数也是18个，没有一个姿势相同，也雕得有庙子。把两个黑桃凑在一起看，居然雕得一模一样，不过，黑桃上罗汉目光注视的方向，一个向左，一个向右，像各自站在一个黑桃上向对方深情凝望，宁二娃禁不住脱口称赞道："雕得好精细好有意思哟。"

部英脸上也绽开出一片喜悦，但渐渐凋谢成一片沮丧："再精细再有意思，吃不得，用不得，又有啥子用呢？我一挑黑桃花掉的1500元钱，要好久才找到转来哟。"

"钱钱钱，"宁二娃瞪了部英一眼，"给你再多的钱，你买得来一个不认识的老人要死的时候说的那一番保佑的话吗？"

消息传出，有人愿意出5000元买宁二娃这对黑雕。部英诧异："狗日的黑桃，真有这样管钱？"她抑制着"怦怦"心跳，喜笑颜开地给宁二娃做工作，"有人买干脆卖了算了，够娃儿下半年的学费了。"

宁二娃眉头一扬，执拗地说："不卖！老人送做纪念的，卖了亵渎老人的诚心不说，还亵渎了神灵。"

宁二娃悉心收拣好黑雕，放进衣柜的抽屉里，特意头米一把锁，上锁时对站在一旁的部英说："我要把它当作传家宝。"

搅局

1

跟牛大姐打的第一个照面，是在翻过幸福村山埂那个斜坡的小路上。

我去幸福村当第一书记，走马上任，背着一个双肩包，举着一把伞，吧嗒吧嗒地走在那条居然好意思说是路的小径上，中间裸露的泥埂子泥鳅背一样拱着，要好滑有好滑；路两边是缀满水珠子的杂草。我落脚就踩进烂泥浆里，泥水漫过鞋帮子，争着抢着要跟我的脚掌亲密接触。后来才知道，这幸福村的路很有故事，并且很精彩。以前村上的小伙子外出打工，要了女朋友，逢年过节高高兴兴地带回家，要给父母展示展示，可带回家一个吹一个。原因嘛，村子穷都无所谓，关键是进村的路爬坡下坎又窄又烂又溜又滑，外来的小女子们走不来，稍不留神便"哐当"一筋斗，摔得人仰马翻鼻青脸肿。现实是最好的老师，教聪明了村上的小伙子们，再耍女朋友，得结了婚生了子才带回家，岂料煮熟的鸭子照样飞。村上很多孩子没有妈，原因就在这里。第一次进村，我就摔成了一个泥猴子。摸着很多天都没疼过的屁爬骨，我在全村村民大会上，独出心裁地宣布幸福村脱贫必须以留住小伙子们的女朋友为标准。村民们听我这样说，巴掌拍得山呼海啸，吓得村公所旁边竹林里"叽叽喳喳"议论我讲话的雀儿们，张开翅膀扑簌簌飞了个精光。两年后，我也因"路"荣膺"路书记"美称，受到上级表彰。

雨声细密，山雾奔涌，茫然一片。转过一道 Z 字拐，小路中间堆着一堆红苕藤，挡住了我前行的路。我很奇怪：哪个把红苕藤堆在这路中间干啥子？呃，不对哟，红苕藤咋个在蠕动呢？看，一只穿着解放胶鞋的脚，像"红掌拨清波"的鹅脚在水中一划一划的样子。我的心一紧，"砰"一声收了伞，双肩包往一窝马胡草上一放，伸手刨开红苕藤，下面竟然埋着一个人。我几下拉开红苕藤，把人扶了起来。

那是一个小个子女人，四十三四岁，身材单薄，发丝黏在湿漉漉的不知道是汗还是雨的额头上，粗气直喘。问她是谁，她告诉我叫牛素英，幸福二组人。我说："我喊你牛大姐吧。这样大的雨，都要割猪草呀？"她说："猪要吃哒嘛。"我淡淡一笑道："你不喂它，它就不吃了嘛。"她说："不喂，天上不落地上不生，哪里去找一分钱哟？"我说："外出打工噻。"她说："外面也不是遍地黄金。在农村，只要肯做，还是冷不到饿不到。"

2

我住在村公所，不好找村民搭伙，只得自己动手。幸好在家里做惯了家务，煮个饭炒个菜难不住我。小汪在这里当第一书记时，置备了一应俱全的灶具，一样不少地留给了我。米好办，恼火的是菜，城里买好提来，不好提不说，豆腐盘成肉价钱；找村民买，又怕买到人情菜权力菜。为难之间，牛大姐给我送菜来了，豇豆、丝瓜、藤藤菜、葵瓜什么的。还逮来一只老鸭子，说："喂了四五年的，炖酸萝卜汤喝，清热表寒。"

也许牛大姐从我脸上看出了碍难，补白道："周书记，我晓得你们驻村有纪律，菜我不是白送给你吃的，照市合价，街上卖好多钱一斤你开我好多。"她这样一说，我悬着的心落下去了，"那就谢谢你了！"牛大姐说："你以后吃菜我包了。"她一样一样地说出今天的菜哪样好重好多钱，一共多少钱，我悉数照付。

牛大姐走后，村里黄支书来找我说事，问我："牛素英来找你做啥子？"我一听有点不舒服："送菜。"黄支书眉峰一挑："这女人是一根搅屎棍，村民们都说汪书记是被她骂走的。"我不以为然："是不是哟？"黄支书伸手在脸上抹了一把："她很有心计，得提防着点。"我想，一介村妇，再复杂也复杂不到哪里去，对黄支书的话也就左耳进右耳出。以后，牛大姐估摸我的菜要吃完了便送来，次次也都收了钱。我也从来不问斤询价，她说多少我开多少。

我去幸福村做的第一件事，是给小汪揩屁股：县里要求调整低保户，把超过低保标准的调整出去，没达到的调整进来。村上做了这项工作，但超过了上面下达的指标，乡上要求重新返工调整上报。我以为简单，后来才知道，复杂程度如同鸟枪打飞机：调整进来的，每月真金白银打到银行卡上，个个无不喜笑颜开心花怒放；但调整出去就要得罪人，轻则怒目相向，重则提刀动斧，在利益面前绝不含糊。

问题不是应调尽调，县上下达总控指标，乡镇村组分解落实，幸福村调整指标为八个，小汪调整时没摸透复杂的人际关系，村干部表面众口一词说尊重汪书记，你说咋个调就咋个调，实则怕得罪人，死人脑壳拿给小汪提。小汪提的结果，真正应该动态调整进低保序列的没有调整进去，村民们意见北风那个吹雪花那个飘。调整不下去，提交了十个人名单报到乡上，对雪乡长说："我们村情况具体，确实不好再砍，多给两个指标嘛。"雪乡长瞟都没瞟一眼退给小汪："好调还要你们调整做啥子呢？一个村多两个，全乡六个村就多十二个，你叫我咋个给县上交差？"小汪耗子钻风箱，两头受气，深感农村工作不好搞，强烈要求回单位。我到村上，双肩包还没放下，就接到雪乡长电话："只有你们村还没有调整好，务必一周之内调整好报到乡上，乡上报县上统一审批；如果没按时上交，就当弃权处理。"

弃权？开玩笑了，要是该调整而没有调整到的低保户知道了，不撵上门来把我五马分尸？于是，我放下双肩包做的第一件事，就是走访群众，广泛听取意见，看还有没有比这十户更符合低保条件的人；要是没有，这十户中哪两户该调整出去就行了。

两天马不停蹄地走访了七户。薄暮回到村公所，黄支书找着我，抖了抖手上一张纸对我说："牛素英又来当搅屎棍了，她下午交来申请，说她要吃低保；要是她吃不到，哪个也不要想吃到。"

想着牛大姐矮小的个子，背着一大背红苕藤，一手拿着镰刀，一手掐住腰眼，艰难地在路上行走的情景，我不大相信她能说出这种威胁的话，不以为然道："要硬过三关啦？"黄支书说："不是咋个呢？"我说："要是没吃到呢？"黄支书说："你等着挨骂吧。小汪就是被她骂走了。上一次调整结果公开，牛素英当出头椽子骂小汪：'你不敢牵直墨，优亲厚友，官官相护，欺软怕硬，屁股歪起坐。'小汪不服：'我屁股哪里歪起坐了？'牛素英指着小汪的鼻尖叫板：'你说你屁股没有歪起坐，你敢不敢当着万众人的面，抠着屁股喊三声天？'小汪一听，气得浑身发抖。"

看来这个牛大姐是一个肝经火旺的人。看着我一碗稀饭都吹不冷，她居然在节骨眼上来添乱搅局。我问黄支书："她的家庭情况如何？"黄支书说："要是她都可以吃低保，幸福村没有哪一个人不可以吃低保。"

3

我打算走访牛大姐，要说服她支持我的工作，收回低保申请，不要给我添乱。

我留有牛大姐的电话，想事前给她约一个时间，找她摆摆龙门阵。可一打不通，二打还是不通。后来才晓得，她的手机纯粹是聋子的耳朵——摆设，除了给女儿打电话之外，一律放在家里关禁闭。一个秋阳多晴的上午，我去了牛大姐住的天星凼，结果吃了闭门羹，但我不失望。

我恍若来到一个动物世界。正房长五间，泥夹石墙，盖的小青瓦，工整顺眼。房当头一棵碗口粗的桂圆树下，围着一个至少十平方米的篾笆，里面圈养着的鸡鸭鹅，不知是受到我的脚步声惊扰，还是拴在屋檐下那条大黄狗"汪汪"叫的惊吓，扑闪着翅膀"叽啦嘎啦"朝一个方向涌去，各自用惊恐万状诉说着心理感受。敞坝边有一间石头砌墙、牛毛毡盖顶的猪圈屋。我探头一看，三头大架子猪酣睡着，见了我，以为主人来了，"咕哝咕哝"翻身爬起来望着我讨食。猪圈上架着一个竹子绑的笼子，里面养着一群兔子。一只大黄猫"咪吆"一声从兔笼子旁边跳下来，接受我检阅似的昂着头迈着方步，从我面前朝正屋走去。抬头看，房子的屋脊上站着好几只鸽子。我忍不住笑了："这个牛大姐，家里活物还喂得齐全。"稍后听吴二娘说："她家还喂有一头牛、六只羊，最多的时候，喂过十一只猫、八条狗。"

我农村长大，晓得仅仅喂养这一帮畜生，就会忙得天旋地转，脚底朝天，而这对牛大姐来说还只是副业，主业是种地。吴二娘告诉我："牛大姐自己家里五块地，还把挨邻侧近一些人出去打工丢荒了的田土捡了很多来做，一年谷子要打上万斤，苞谷好几千斤，还是豆豆脑脑杂七杂八不上算。"

这些信息汇集在一起，猛烈地敲打着我的大脑中枢神经：牛大姐不仅不贫困，应该是农村少有的殷实户。黄支书所言不谬，为什么牛大姐在这个节骨眼上要来凑热闹，打低保申请呢？

吴二娘应该五十多岁，是牛大姐最近的邻居，两家仅隔两三百步距离。她有一点对对眼，边抬木头矮板凳给我坐边说："我在这里坐了三十多年了，对牛素英知根知底。不要看她个子矮小，干活路舍死得很，天不亮起床下地，干一大排稍才回家煮早饭吃和喂畜生。晚上不黑不拢屋，收拾好有时半夜了，很多男人都干不赢她。"

想起黄支书说的骂小汪的事，我问："听说她爱骂人，幸福村的人都怕她？"

吴二娘说："她的德行是有一点怪，最恨不干活路打牌掷骰东游西荡的人，管你男的女的老的少的，见了就骂人家：'你生为人，就是干活路的；不干活路，就不要变人。'"我说："她骂得好噻。"吴二娘说："她个性强，哪个惹到她，可以抬一条板凳坐在你家门口骂你三天三夜。"我表示怀疑："是不是哟，她有那样凶吗？"吴二娘掉过头，斜眼望着我："你不信？给你说嘛。她的命苦得很，小时候读不得书，初中毕业去五矿水泥厂打工，找了一个比她大九岁的男人。爹妈不同意，她不管不顾，不到十八岁就生了一个女儿。没两年，男人心肌梗塞死了，她拖着一个娃儿才造孽哟。男方的老人说她克夫，把他的儿克死了。生的又是一个女儿，欺负她，分家只分了半间房子给她。她有骨气，借了一点钱，修了三间瓦屋。房子是包给石滩子黄石匠修的，黄石匠的婆娘认为包相因（即便宜）了，撵起去骂黄石匠：'是不是瞧上这个小婆娘了，不然咋个啷相因都给她修呢？'要把她男人的家伙背篼提起走。牛素英腔不开气不出，走到黄石匠婆娘面前，跳起脚产了她一耳光。黄石匠的婆娘高高大大的，要还手，牛素英抓着她的手膀子就是一口，咬着不松口，还骂黄石匠：'这房子已经包给你了，你要修也得修，不修也得修。'硬是当着众人的面，把黄石匠的婆娘打跑了。"

她还敢打老公公。

女儿没人带，牛素英干活路就把女儿带到地头去，女儿看见路边有甘蔗缠着要吃，牛素英见是自家老公公的地，顺手取了一根给女儿。老公公看见了，说："你咋个取我的甘蔗？"牛素英说："好歹是取给你的孙女吃。"老公公说："我的孙女？我还不晓得是哪个的孙女哩！"牛素英一听气慌了，扯起一根甘蔗，"砰"一声就给她老公公打起去："她不是你的孙女，说明你的儿是你的婆娘偷人赶汉来的，你是虾子！尖脑壳！绿乌龟！"

从此，一个村上传开了，这个婆娘看起来个头儿小小巧巧的，要起横来真还有一点凶，村上的人都不敢招惹她。

我揣摸牛大姐的心情，孤儿寡母，住在一个不受人待见的地方，受生存本能的驱使，不显示出自己的个性，就会被黄石匠的婆娘、自家老公公这类人踩在脚下。

4

白天不好找，晚上去吧，当散步。

牛大姐干活路真舍死，我走到她家天已经完全黑下来了，她还没有回家。我在她敞坝边上一棵梨子树下等了很久，她才背着一背篓牛皮菜，手里抱着锄头回来。她要给我烧开水泡茶，我不忍心打搅他，说："晚上喝茶睡不着觉，你忙你的，我顺便给你聊几句。"她搬了楼梯，上火炕楼取下一块腊肉，看那样子是想招待我，忙说："我已经吃过晚饭了，顺便来转转。"牛大姐怔了怔："真的吃了，我就不管你了。"她找了一个碗，从饭甑子里舀了一碗饭，从温水瓶里倒了开水一泡，碗柜里端出半碗剩菜，搛了几根泡豇豆、半片苦瓜，吃起晚饭来。我说："吃得这样节省啊？"她说："一个人好打发。"猪在圈里"哄啦哄"地叫着，拱得猪圈环子"哗哗"响。她吼了一声："喉咙头伸出手了？"我给他聊了一些家常，好容易转山延水说到她递交低保户申请上面来，并谈了我面临的困难与苦衷，希望她能理解。

她把剁的牛皮菜撮来倒进锅里，正眼没看我一眼，用锅铲推了推锅里的牛皮菜："我最恨村上不公不平的事了。饿鬼在叫，饱鬼也在叫；评点低保户，该评的评不上，不该评的却评上了。我晓得你是来做我的工作，想喊我撤回申请。你不要做我的工作了，我既然要打，就没有想到要撤回来。你只管放心好了，我绝对不是给你添乱，评得到评，评不到我不会怪你。"

我说："牛大姐，我初来乍到，希望得到你的大力支持，只能补台，不能拆台。"牛大姐又撮了一撮箕牛皮菜倒进锅里："我这人爱憎分明，那天一大背红苕藤压在我身上，气都出不到，是你救了我。我不是忘恩负义的人，我这一辈子都记得住你；你尽管放心，我绝对不会拆你的台。"

闹不明白牛大姐葫芦里卖的啥子药。碍难之间，手机响了，黄支书有事找我商量，在村公所等我，我便告辞。临出门，牛大姐喊住我："准备了点菜，还说明上午给你送过来；你来了，顺便提过去嘛。"牛大姐像看过我的冰箱，菜刚刚吃完。我说："好吧。"牛大姐说："再捉一只老母鸡去炖汤。炖时放几颗桂圆、红枣、枸杞在里面，养肝滋阴补血的。"我说："好。但得先说断，不收钱我不要。"牛大姐说："不要钱鬼都害怕。"她从鸡圈里抓出鸡来，取下墙上的秤称了重，告诉我包括小菜一起好多钱。我付了钱，给牛大姐留下话："申报低保户的事，你再想一想，我有空再来找你。"然后踩着黑黝黝的有叫鸡子在叫的夜色，回了村公所。

县里要举办乡村振兴基础材料调查培训会，通知村支书或村主任参加。黄支书说他家属下午突然说身体不好，胸口痛，他要送去市医院检查。廖主任的亲家做生要去吃酒也去不到，黄支书征求我的意见："是不是你去参训？"我说："行。"

黄支书深深地叭了一口烟，在板凳脚上磕了磕烟灰道："还有一个事，不晓得该不该给你说。"我说："你想说就说，不想说也没关系。"黄支书说："还是给你说了吧，不过，你不要放在心头去。"我说："好的。"黄支书说："有群众给我反映，牛素英给人摆，她本来不申请低保户，但有你当靠山，她才申请的。"

我一听心里发毛："靠山？不外乎她给我送菜，你晓得，我是买，是开了钱的，这点来往就成靠山了？"黄支书说："村民们不清楚你开没开钱，以为你们关系不一般。"

想不到很简单的问题，竟然搅得如此复杂，真是搅屎棍吗？我心里很不是味道，牛大姐勤劳朴实、豁达开朗的形象，在我眼前轰然倒塌，浓烟滚滚，惊尘四起。

黄支书说："你这几天走访摸底很辛苦。其实，我们没有必要做这一些笨活路。家中有金银，隔壁有戥秤，哪家的情况如何，村社群众心头都清楚。我建议把村组干部、申报吃低保的村民召集起来开一个评定会，采取投票表决的方式，以得票多少为序，乡上给八个名额，不管好多人申请，我们取前八名上报就行了，这样做也公平合理。"我说："再想想，看还有没有更好的办法，等我县上会开了回来再商量。"

回到卧室，用纸箱子罩着的鸡，听见响动，"咯咯咯"地叫了起来。我突然心生反感，大声呵斥道："叫，叫个屁！看我一刀把脑壳给你宰了。"放在小桌儿上、还没放进冰箱的那一包豇豆茄子丝瓜，都是我最爱吃的菜。白水豇豆蘸生海椒水，辣乎辣乎的很好吃；烩茄子加苦藠和鱼香菜，吃起也安逸；丝瓜滚刀切来大火炒，甜丝丝的，汁水和饭吃，爽口得很。此刻见了这一包菜，有点恶心，想提来扔进外面厕所旁垃圾桶头去，包括鸡。

转念一想，不对，花钱买的，不能和钱过不去。昨天爱人打电话来说，岳母有点感冒，把老母鸡提回家给她炖汤喝吧。

第二天，我把提回家的鸡给岳母送去。岳母问我："好重好多钱？"我说："记得牛大姐说鸡4.5斤重，20元一斤，加上小菜，一共103元。零钱抹掉，叫我给她一个整数就行了。"岳母是家里的买菜婆，逮住鸡翅膀试了试说，肯定不止你说的重量。她拿出弹簧秤一称，5.6斤。也就是说，鸡就少收了一斤一两、22元。小菜说是买，其实完全是送。想不到我暗中我吃了牛大姐很多混糖锅盔。这是一份情谊，我记着，但她不能把这当作向社会炫耀甚至索取的资本，陷我于尴尬与非议之中。小便宜占不得，会给我工作带来被动，以后我得敬而远之；菜，不给她买了，辛苦一点，周末回县城买好带去，不给人留下说闲话的把柄。

6

乡里催得紧，我找黄支书商量，抓紧把调整低保户的事做了。如何调整？黄支书坚持用给我说过的方法评定，多了一份牛素英的申请，就按十一户来评，取前八名就行了。老实说，这个办法还是可以的。但我不放心，我说："你这也是走群众路线，但是不是最佳的群众路线，我们提交群众讨论再定如何？"

村民代表大会是晚上召开的，牛大姐第一个到会，居然还坐头排正中间位置。她招呼我，我心里反感她，学猪叫"嗯"了一声再没理她。会上，黄支书给大家讲了调整低保户的必要性与政策规定，提出了投票表决的评定方案。话还没讲完，牛大姐呼地站起来，手一摆道："你这是起圈圈套人，有的人有权有势，讲关系，拉圈子，欺软怕硬，结果该吃低保的吃不到，不该吃的吃到了。"

老实说，我的肚量不大。会上，牛大姐的眼睛似乎一直在望着我，我装没看见，眼神从不给她正面接触；听她这么一说，我不禁望了她一眼。是的，农村情况我大体了解，亲戚朋友关系网盘根错节，真的用投票表决的方式，有可能出现牛大姐担心的情况。我的一个外侄女，身体畸形，又有好几样虽然不要命、但很折磨人的病，几乎丧失了劳动力；丈夫癌症，没钱医治，跳水死了，我找了县镇村有关领导，给她争取到一个吃低保的指标，结果猫扳甑子替狗赶膳，通过村民代表投票表决的方式投给了村主任的弟弟。我问委托的镇长，镇长说："群众不投她，我也没有办法。"我之所以没有盲目赞成黄支书的动议，正是这一件事在心里留有阴影。如何调整为好？无规矩不成方圆，我认为得以政策为依据，制定出一把调整的尺子，一户一户地量；然后把量出的结果，在村公所进行公示上报。

"你觉得用啥子方法调整才好？"我问牛大姐。

牛大姐似乎受到某种鼓励："政策不是明摆着的吗？家里有机动车辆的，家里有端着国家饭碗的，家里有能力赡养父母的，还有年纪轻轻、身强力壮、不劳动死懒好吃的，这一些不符合吃低保条件。"

牛大姐说的，正是我想的；我给予肯定和鼓励："对，像牛大姐这样，畅所欲言，有什么意见统统说出来，我们再统筹。"

与会的人你一言我一语议论开去。经过广泛讨论，我与黄支书简单交换了一下意见，概括地提出三个尺寸：凡是家里有机动车辆、有公职人员、有劳动力不劳动的，均不得进入低保户行列；结果公示三天，全村听取村民意见；用抓阄的方法决定今天晚上评审次序。

与会人员一致同意这个办法。于是，按照这个尺寸，一家一家地量开去。

开始四户一致通过进入低保户序列，念到第五户梁习贞时哑场了。我扫视了一眼会场，有人埋头抽烟，有人望着房梁发愣，有人闷在那里像一尊菩萨看不出表情。我困惑，注意地看了牛大姐一眼，她的目光在我和黄支书之间游弋。我的眼睛落脚在黄支书身上，见他低着头，脸色尴尴尬尬的，手里玩弄着那一支黑签字笔。我走访过梁习贞，她已经八十高龄了，十年前摔过一筋斗，摔断了股骨，二级残疾，走路要拄棍子；还患有高血压、风湿性关节炎，和儿子一起生活。儿子家庭负担也重，应该符合低保户条件，咋个大家都当哑巴不说话呢？我想问问黄支书了不了解梁习贞家庭情况，牛大姐发言了："请黄支书表个态，梁习贞该不该吃低保。他说该，我们就举手；他说不该，我们就不举手。"

会场的眼睛们像支支黑洞洞的枪口瞄向黄支书。我奇怪，梁习贞吃不吃低保，咋个黄支书一个人说了算呢？应该听取大家意见，经评议表决才对呀。我正要开口纠偏，黄支书掉过头来望着我，宽皮大脸上艰难地挤出一丝冷硬、尴尬的笑容："梁习贞是我母亲，跟我兄弟一起生活。"然后回过头望着会场说，"这样吧，把我母亲去掉，我来赡养。"

哦，牛大姐原来在将黄支书的军！我在走访中怎么没了解到、黄支书也没对我说这个关系呢？现在黄支书出于公心，带头取消母亲吃低保，我应该当场给予肯定和赞扬。正准备说话，牛大姐又发言了："既然黄支书带头不让母亲吃低保，我也表个态，撤回我的申请，不吃低保了。"

牛大姐的声音清脆明亮，旗帜一样在会议室猎猎飘扬，在辽阔的空谷里震响。

按抓阄确定的顺序，牛大姐为第八。二组组长开玩笑道："牛素英，挤轮子嗦？还没有审查到你，你慌啥子？"

有人嗤嗤地笑了起来。笑声如骀荡的春风，吹散了肃穆的氛围，吹化了凝重的脸色。我带着轻松愉快的心情说："欢迎牛大姐挤轮子。黄支书，干脆把牛大姐的申请抽出来先审。""要得。"黄支书叫文书把牛大姐的申请抽出来，请大家发表意见。

牛大姐已经明确表态，大家不再担心挨她的骂，与其说顺水推舟，不如说真实思想的表达，众声应和："尊重牛素英的意见。"

余下五户，还应评掉一户。我在心里就我了解的情况做了评判，应该评掉阿克塞罗。他二十八岁，牛高马大，身强力壮；妻子也红头花色，无病无痛；还有一个读小学的儿子，健康活泼得像一条小牛犊。申请低保户的理由奇葩：缺发展资金，缺致富技术。听村民说，阿克塞罗有点闷头性，说话打棒棒，爱记仇，报复心强。当提出他申请交群众评议时，一个二个张丞相望着李丞相，谁也不想第一个站出来发表意见。

起风了，村公所背后树叶与竹叶摩擦出的"沙沙"声音，清晰地传进会场。

"我不怕得罪人。"终于有人打破沉默，大家拿眼睛一寻找，哦，还是牛素英。她侧身扭头向后，望着坐在第二排错两个位子的阿克塞罗，略带规劝的口吻道："依我说，你两口子年纪轻轻的，无病无痛，好手好脚，不应该申请吃低保。"

阿克塞罗霍地站起身，眉毛一立，眼珠一瞪，麤声麤气道："政府的钱，又不是你卖儿卖女的钱，众人吃得，我咋个吃不得呢？"牛大姐也站起身来，毫不示弱："你瞪眉鼓眼的干啥子，敢打一碗水把我吞了？告诉你，政府又不是唐僧肉，想啃一口就啃一口。要自己发奋，做得有才有。"阿克塞罗指着牛大姐鼻子："你不想啃一口，咋个也打申请呢？"牛大姐断然回敬："饿鬼在叫，饱鬼也在叫；我打申报，图的是有资格参加今天晚上这个会，来看看你们是咋个脱了裤子打老虎，鬼吼鬼叫的。"

我心窝子一热，牛大姐这个局搅得好，真的不是拆台而在帮我补台，我得站出来声援牛大姐："请牛大姐和阿克塞罗都坐下，有话慢慢说。请大家继续对阿克塞罗申报低保户发表意见。"我边说，边用眼光扫视会场，见大家愣在那里，都没有发言的意思。会场冷在那里，有人小声哝了一句："还是举手表决算喽。"我心里清楚，阿克塞罗牛高马大身体健壮，只要肯干，石缝子里种谷子栽菜都有吃有穿。我去他家里走访的时候，男男女女六七个人正围坐在正屋里烤烧烤喝啤酒，还强行拉我非得喝一瓶。我说我"不会喝酒"，好说歹说半天才拒绝掉。水泥平房也还可以。给我的直觉，他应该不够资格吃低保。我稍微提高声音又征求了一次意见，仍然没有人吭声。黄支书说："举手表决吧。"

大家都不举手。有两个人举了，左右瞟了一眼，又火烧着一样急忙放下：没通过。阿克塞罗脸红筋胀，一副有火烧不燃、有怒发不出的表情。散会走的时候，我特意叫住他："你不要把这一件事放在心上，我们不会因为你不是低保户就不帮助你了。今后上面有啥子帮扶政策，我们优先考虑你。你发展生产缺资金、缺技术的事，我们一起想办法解决好吗？"阿克塞罗气鼓气胀地说："没得啥子，好歹爹妈还给了我一双手，牛素英说得好，只要肯干，饿不死我一家人的。"

尽管不是一帆风顺，但幸福村还是圆满完成了动态调整低保户任务。在村公所张榜公示，村民们很满意，说原来村上大凡小事全都蒙头盖被的，就该像现在这样公开，让大家都知道。名单交到乡上，雪乡长说："你们还搞得快，现在好多村都还没有调整好，扯得血长流。"我说："你不是说我们是全乡最后一个没调整好的村吗？"雪乡长笑笑道："你们回去写一个简报，我们乡上转发。"

三天后的下午，牛大姐给我送菜来，说："我地里的豇豆、黄瓜、四季豆，好端端的被太阳晒蔫晒死了。"我说："是不是天气大了缺水？"她说："不是。"她给我送来一个大黄南瓜，我很高兴，煎炒蒸煮不管怎么吃我都喜欢；这几天心火重，早晨起来眼屎糊目，煮南瓜绿豆汤吃吧，清热下火。晚上，我喜滋滋地把南瓜皮刨干净，放在菜板上拿刀砍开，一股臭气一冲就出来了。我不奇怪，我知道这是咋个一回事。

我是农村娃儿通过高考鲤鱼跳的"农门"。隔壁殷二叔十分勤劳，每天天刚蒙蒙亮就起床下地干活路。那时我才十一二岁，父亲说三十岁前睡不醒，三十岁后睡不着。我刚好处于睡不醒的时候。早晨正睡得呼儿嘿哟的，母亲惊喳喳地喊道："还不起来，你殷二叔地都挖完一块了。""还不起来，你殷二叔水都挑满一缸了。""还不起来，你殷二叔草草都铲起一坝坝了。"讨厌！我翻一个身，有时把铺盖拉来把头蒙住，继续睡。母亲见还不起床，气急败坏地走进来，"轰"一声把铺盖扯开："硬是好睡？你去看，你殷二叔是咋个干活路的。"有时还在我屁股上面两巴掌，一次母亲叫了三遍都没起床，铺盖揭开，楠竹刷条子像饿慌的狗，直往我屁股上扑。我只穿了背心内裤，一抽一条猪儿梗梗，上午去读书不敢往板凳上坐。老师问："你站着干啥呢？"我撒谎道："屁股被狗咬了。"同学们"轰"一声笑了起来。这一切，源于殷二叔，他不每天起得那样早的，我就不会挨母亲的骂和打了。《红灯记》中李铁梅唱的，仇恨入心要发芽，我得想办法给殷二叔制造一点不愉快，免得他大清早起来干活路，带嫌我挨骂挨打。我往他的门槛下扔过死耗子和蛇，但这无济于事。后来我就帮他种的菜们疏通筋骨：把菜根子提松，晃眼根本看不出来，太阳一晒就蔫头蔫脑甚至死掉。殷二叔根本不知道是咋个一回事，望着一窝窝死了的豇豆茄子黄瓜，以为是土蚕子捣蛋，回家拿铁撬子撬来看，又找不到土蚕子，拍拍手上的泥巴疑窦顿生："妈咦，还有点日怪。"

嘻嘻，给你说，更日怪的事还在后面。殷二叔的南瓜、冬瓜成熟了，摘回家，砍开来吃，立即蹿出一股屎尿臭味。他眉毛皱成一个墨疙瘩："这是咋个搞起的呢？"殷二叔，想晓得底细吗？我告诉你吧，那是猪屎人屎。咋个灌进去的？很简单，在南瓜、冬瓜屁股底下，用刀尖切开三四指宽一块，挖出一个洞，就把猪屎人屎灌进去了，再将切下来的那块南瓜、冬瓜合上去。南瓜、冬瓜在长，三两天它就自行愈合了，下细看会看出刷把签粗细的疤痕，晃眼看完全看不出蛛丝马迹。

想不到瓜瓞绵绵，我儿时的"聪明才智"，在这遥远僻野的山村也有人成功地传承和发挥。

第二天下午，牛大姐破天荒地给我打来电话，说："我喂的那一群鸡鸭鹅，还有猪，全都死了。"我告诉牛大姐："不要动现场，我来看看再说。"

我正上茶山找人说事，扭头一路小跑跑了去。那一大群"叽啦嘎啦"叫得山呼谷应的鸡鸭鹅们，四仰八叉，横七竖八，躺满一地；圈里曾向我乞过食的三条猪一动不动地睡在那里，现场惨不忍睹。大黄猫见了我，"咪呦咪呦"地叫着，莫非想向我诉说事情真相？房顶上的鸽子，心事重重地踱着步子。我当即打电话给乡派出所报了案，用手机一一拍下现场。牛大姐站在我的身边，满脸愁容。我安慰她："你不要声张，也不要骂人，我们会协助公安部门，把这个事情查个水落石出，给你一个满意的说法。"

牛大姐说："不怕得，菜糟蹋了我又种，畜生害死了我又喂；想让我嘴巴闭着不说话，办不到！"

屋檐下的大黄狗"汪"一声大叫起来。房顶上的鸽子翅膀一闪，"扑簌簌"蹿进西天火烧云燃得正熊的长空……

请问朋友你是谁

下班回家，包包一放，衣裳一挂，"咚"一声撂在沙发上，准备进厨房煮饭。

一闪，茶几上一个红鲜鲜的东西，火焰一样烧着我的目光。看，一个请柬，金黄色的隶书字，喜结良缘的图案，那个脑门上蓄着一撮头发，手里挑着的灯笼上红双"囍"字的童子娃儿，笑眯眯地望着我，像在向我打招呼，又像误入我家有点不好意思。又是哪个送来的"罚款单"？我不以为然，没打开来看。爱人经常拿一些这类东西回来，一天拿回来两个三个、一家人分而走之也应付不过来的事，也是经常发生的。我冷冷一笑，进厨房煮饭去了。

儿子外出读书了，我和爱人两人，从来没有正儿八经地在桌子上吃过一顿饭，都是在茶几上吃，同时看电视。饭煮好吃时，爱人嘴筒子对着那个请柬一抬："哪个给你送来的请帖。"

我说："你才怪，你拿回来的，哪个送的你不晓得吗？"

她说："我晓得是哪个啊？下班走到楼梯口时，一个个子瘦高瘦高、五十来岁的男子，碰着我说：'呃，邱老师，我儿子结婚，送何哥一个请帖，到时间请你全家光临。'我认不到他，问：'你是哪个？'他说：'何哥的朋友，一起打过牌，何哥晓得。我就拿回来了。'"

看来爱人真的不晓得。我打开一看，开头就把我的名字写错了。请柬内容是龚麒麟先生与母凤凰小姐兹订于某年某月某日某时于某地举行结婚庆典，恭请全家届时光临。

"这对新婚夫妇的名字真有趣，咋个不是龚狗母猫呢？通俗易懂好记。"我调侃了一句，一朵疑问的乌云，倏然飘来泊在我的心空：结婚的人姓龚，请我的人是他爸爸，无疑也姓龚，我哪个朋友姓龚呢？打开记忆库搜索，首先想到一个姓龚的朋友，但他只有一个女儿，先天性软骨病，这一辈子肯定结不了婚。别的，我就没有熟悉的龚姓朋友了。

我的记忆还算可以，比较熟悉的朋友，打过三两次电话，就能记住他们的号码，并从手机里删除掉，免得占内存，跟查找带来麻烦。只有不熟，或者半生半熟的人，我才会在手机上存下他们的号码。于是，我放下碗筷，摸出手机，查联系人栏目，姓龚的有三个。

第一个跳进眼帘的叫龚梅花，显然是女性，与爱人提供的

"五十多岁的男子"这一信息不对称。龚梅花在大山县委宣传部工作，听声音很甜，估计岁数三十上下，未曾谋过面，漂不漂亮我不知道。我曾找她要一份材料，她当时在外地出差，说回来时给。我怕她忘记，好提醒她，便存了她的手机号码——对天发誓，绝对不是因为她是女性，以图日后弄点艳遇而存下来。她半月后出差回来，主动打电话给我，把我要的材料发在了我的邮箱里。算了，免得爱人看到扯着耳朵追问，干脆删掉。我找到删除键，轻轻一按，龚梅花从我手机里消失，或许也会从我记忆中消失。

"吃饭，汤冷了。"爱人以为我在玩手机，提醒我说。

我没答白，龚有刚走进了我的眼里。呃，当真，龚有刚是谁呢？哦，想起来了，是不是他？上个月韦明一个朋友的岳父七十华诞，请我去喝寿酒。韦明指着一个四十多岁、稍微有一点胖的男子，给我介绍说："这位是龚有刚，新朋友，做生意的。"我嘴里"哦哦哦"，见他两只肥硕的大巴掌向我伸来，我只好伸出青筋暴起的右手问他："做啥子大生意哟？"他笑着说："不拐卖人口，不贩枪支弹药，只要挣得到钱，啥子都做。"握过手，他说："多一个朋友多一条路。"摸出手机问我："你号码是多少，我给你打过来，你存下来，不要到时候给你打电话来，说不认识嘎。"我说："哪里哪里。"勉强存下他的号码。他怕我写错他的名字，尖出指头在茶杯里蘸了水，在桌面上一笔一画地写给我看。

这个形象，与爱人向我描绘的送请帖的人"瘦高瘦高"有出入。龚有刚脸圆溜圆溜的，腆着一个将军肚，裤子穿来吊吊起，幸好下面有一颗钉钉，不然都怕要垮下去。我请爱人补充信息："送请帖的人脸圆不圆？"爱人说："哪个好意思去盯着人家看？你不晓得打电话问吗？"

"也是。"我拨了龚有刚的电话，一个十二万分热情的声音传来："哎呀，何哥呀？我正想打电话给你哩。这周星期天，我兄弟的娃儿读幼儿园了，我给韦哥都说了，正想请你过来高兴高兴哩。"

这说明，请吃他儿子婚酒的不是龚有刚。但我问事又得了个事，另外找到了一单"吃请"。我"嗯嗯嗯"地应承，挂了线，心里不舒服。一是关系从南半球绕得北半球去了，我同他只有一面之交，更何况连面都没见过一次的他兄弟；二是又没有对这娃儿的健康成长有过丝毫帮助，居然这种"好事"也把我记着了，真佩服龚有刚记性好；三是读大学读硕士博士，找一家酒店举办一个宴会庆贺庆贺还说得过去，这读幼儿园有啥子值得庆贺的？

我犹豫起来，舀了一调羹肉片汤放进嘴里，差一点被呛着了。我把刚才的事说给爱人听。她一副见多识广的样子说："这有啥子稀奇嘛。"搛了一箸青菜填进嘴里没了下文。

我们这种小公务员，一个月干巴巴就那么几分钱，上有老，下有小，中间开支也不少；常常薪水到，包包儿摸摸微信儿刷刷就完蛋了。遇上单位广撒英雄帖的，我的方法是关系走得近的，既送礼，也去现场捧场；关系一般的，礼金折半，委托一个人送给递帖者，然后找一个借口，不是说出差，就说有事缠着脱不开身，表示歉意。我想用这个方法，请韦明到时候代一个礼就行了。

下午，我给韦明打去电话说了此事，韦明说龚有刚还没请他。

韦明还说："这个人爱搞这种台子，经常找一些莫名其妙的题目请客，我说过他，不一定要请我。算了，你不要理他。"

我犯难了：我是通过韦明介绍认识他的，韦明不去，我断了和他联系的桥，礼找谁代呢？要是不"表示"一下，人家又盛情邀请了的，难免今后不见面。我心里抱怨起那个儿子结婚请我的人来。今天星期三，离星期天还有三天，再想想应付办法吧，当务之急是要核对好是不是手机里第三个姓龚的人的儿子结婚。

这个人叫龚自爱，我们单位荣主任的堂弟的舅子的舅子——也是转了几个拐的人，应该叫"总舅子"吧。那天，我给荣主任送一个材料，碰上荣主任堂弟的舅子给荣主任送请柬，说是他乔迁新居，热闹屋基，庆贺庆贺。荣主任带起我和他的堂弟打过几次麻将，算是熟人。荣主任的堂弟见了我，说："好久没在一起活动了，干脆周末借我'总舅子'乔迁的机会，我们一起去耍耍。"荣主任望着我，征求我的意见。"如何？你，我，我堂弟，堂弟的舅子，刚好一桌。"我只好说："可以啊。"荣主任的堂弟立即指示"总舅子"："填一个请柬送给何哥。""总舅子"立即从挎包里摸出一大把请柬，大概拿错了，又放回去；

"唰"一声拉开挎包的另一个袋子，找出一张空白请柬，在荣主任堂弟的指点下，填上了我的名字，双手捧着递给了我。

因荣主任这一层关系，礼金当然不能随便；要得发，不离八，记得我送的就是这个吉祥数字。结果所谓乔迁，是把家里的东西搬出来，把墙纸换了一遍又搬进去。我暗示自己，打牌的时候好一点打，争取把送的礼金打回来，白赚一顿酒喝。结果呢？记得回家爱人问我："打赢没有？"我笑笑说："今晚上遇到三个猪。"爱人以为遇到三个蠢货，问我："赢到好多哟？"我说："三个猪啃我一个南瓜。"

当然这是后话。打牌时，荣主任堂弟的舅子临时有事，叫一个叫龚自爱的人来打顶替。牌打完后，龚自爱说："你牌风好，干脆，留一个手机号码，好多哟？以后好约你打牌。"同时把他的手机号码热情洋溢地告诉了我。

这与爱人告诉我的给我打过牌的信息对接上了，岁数我看不准，印象中身材也不魁伟，莫非是龚自爱？打一个电话核实一下吧。别慌，要是像龚有刚一样，问事又得个事咋个办？绕一个弯吧，问问荣主任的堂弟的舅子，看是不是龚自爱家有喜事。

反馈来的信息，龚自爱家真的有喜事，但不是儿子结婚，是他本人复婚。我很糊涂，他已经复过一次婚了，上个月又因"夫妻感情破裂"吃了离婚酒，怎么一个月都没得，夫妻破裂的感情又缝补好了，又要举办复婚宴了？毕竟是好事。荣主任堂弟的舅子说着摸出一份请柬送给我："自爱忙着复婚一摊子事搞不赢，委托我帮着送一下请柬，请你赏光。"

我很后悔，想绕弯子，结果又绕到山坡上去了。

唉，手机里三个姓龚的都不是，我不禁仰天长叹：请问朋友你是谁，何苦与我藏猫猫？难道真是我们的朋友遍天下，天下的朋友骗我们？

晚上，我又找爱人核对信息。爱人两眼盯着电脑屏幕玩游戏，嗔怪道："你才日怪，到时候你去不就清楚了？"

看来只有这样办了。

那天是一个举国同庆的大喜日子，阳光很好，好得来像毛茸茸的小猫咪来蹭你的脸。我叫爱人跟我一路去，爱人语气生硬地说："哪个跟你一路去哟。"

爱人拣我的话回敬我哩。因为她叫我陪她出去吃喜宴寿酒福席一类，我总是这样拒绝她。我们原则上是各人的朋友各人去应酬。

快快地，我去了。我要看看这个神秘的朋友到底是谁。礼金哩，哪怕吃盐巴和饭，也不能太轻。我这人脸薄，好面子；送少了，人家记在人情簿上，拿出来翻时，见送这么一点，说起来不好听。

婚礼场面宏大，气氛热烈，我还在楼下，就听见婚礼主持人大声宣布："现在，我们用热烈的掌声，欢迎新郎新娘闪亮登场。"掌声，尖叫声，气球炸裂声，汇成一支庞大的、雄赳赳气昂昂的队伍，开进我的耳朵里。我晕了一下。从内心讲，我喜欢清静，不喜欢这种闹麻麻乱哄哄的场合。空气不好是一个原因；一大桌菜，找不到搛的，最后还得回家下面吃是又一原因。坐哪里呢？我目光正透过彩灯明灭花环彩带姹紫嫣红的场景，张望着有没有熟人和空位子，荣主任的堂弟直往我招手。我走过去，见荣主任、荣主任的堂弟、堂弟的舅子，龚有刚，韦明他们都来了，坐在一桌。

也许他们看出了我吃惊的样子。韦明说："来帮朋友扎墙子。"龚有刚说："这年月，没得好多要法，没事大家找一个题目，凑在一起热闹热闹。"荣主任的堂弟说："送礼等于零存整取，今天我请客时你送我多少，明天你请客时我回送你多少，送去送来不亏本，还交了朋友，联络了感情，哪里不好呢？"

他们说得有道理，问题是我从来不请客，哪怕满十，儿子考上大学、研究生等，怕人家说送"罚款单"。礼只送不收，还不好说出口来；要是人家晓得我这个心态，会说男子汉大丈夫的，还鸡肚鸭肠。真的，我很多时候心理很不平衡，怄在心里又不爽，就自我麻醉，安慰自己当打牌输了；有时候又反过来想，只输不赢，也不行啊！

算了，不去想了，当务之急是要看清楚请我客的朋友是哪一位。我们坐得有一点靠角，目光好容易穿过鳞次栉比的人头，见台子上两女两男站成一排，别着胸花，穿戴一新，不用说是新郎、新娘的双方父母了。我眼光一闪，站在最当头的那个瘦高瘦高，白衬衣外面套一件芭茅色夹克的男子，无疑是请我客的主人了，我真的记不住他的名字，但我想起了同他结识的过程。

那天周末，几家人伙起去城郊翠仙湖钓鱼。我是用筷子在碗里钓的人，对湖边垂钓不感兴趣，说："干脆去'事事顺'农家乐打麻将算了。"韦明说："三缺一，打不起。"朋友倪彬说："我调度一个人来。"等他调度的人到时，只打了几盘牌，就吃午饭了。当然，新朋友，来的时候，朋友倪彬是向我们做了介绍的。我没听清楚，萍水相逢，没必要记住那么多人，也没有问。

　　农家乐没有空调，热；加上我有"宰予昼寝"的习惯，不午眠下午头脑不清醒，如害寒气打摆子一样不爽。于是，午饭后我说："你们继续活动，我回家睡午眠去了。"倪彬说："干脆就散伙了吧。"

　　是那位朋友用他的车送我回家的。

　　下车，我假情假意地邀请他："上楼喝一会儿茶吧？"他说："不啦，你手机号码是多少，留一个，有空好联络。"我不想告诉他，但坐了人家的车，还是说了我的号码。

　　"我给你打过来。"他说，"麻烦你存一下。"我也晓得多一个朋友多一条路，但我不太喜欢这个人，打点牌日一日的，半天打不出一张。我搪塞着说："好。"心里则说见鬼去吧。然而人家却把我记住了。

　　我问坐在我右手边的龚有刚："对不起，我一时想不起请我客的那位朋友的名字了。"龚有刚不认识地望了我一眼说："龚干。"哦，我终于清楚请我的朋友了，说不出心中是释然，还是怅然，喝了一口汤，只听婚礼主持人大声道："为了感谢各位亲朋好友的大驾光临，现在有请新郎龚麒麟先生，新娘母凤凰小姐，向来宾们鞠躬致谢！"

对了，我还没有看一眼新郎、新娘长得像啥子模样哩，不禁扭头望过去。

这一望，差一点鼻子流血：只见两条打扮得花里胡哨的小狗，在双方"父母"的引导下，两只后腿直立，前腿举起，向下哈了哈。

原来是两只小狗"结婚"。亏他们想得出来。

婚礼主持人可谓声震屋宇："百年修得同船渡，千年修得共枕眠。现在请新郎龚麒麟与新娘母凤凰拥抱示爱。"

在"我朋友"和另外两女一男的指挥下，新郎龚麒麟与新娘母凤凰两只前腿抬起，憨态可掬地走向对方。龚麒麟主动伸左前腿搭在母凤凰的右肩上，母凤凰愣了愣，也伸右前腿搭在龚麒麟的左肩上，亲密无间的样子。静了静，龚麒麟伸嘴在母凤凰脸颊上拱了拱，主持人高声道："这是新郎吻新娘。"现场响起一片秋风扫落叶的掌声、嬉笑声与尖叫声，把婚礼推向高潮。我想，这一些人真的有无限创造力，很多电视台的节目办得死气沉沉，观众不笑他们笑；要是请这一场新郎、新娘的"父母"去当导演，保证能策划出连连的爆棚大笑。

突然，一种愉悦感从我心底生起：这分明是一场精彩的马戏表演。我觉得，今天虽然送了礼，但很值得，至少比花高出礼金数倍的钱，去体育馆看那些所谓著名歌星演唱给我带来的娱乐感强烈，由此梗塞在心中的不快也荡然无存。

如开春的冰河，天暖了，解冻了，大团小团的冰，顺着我的心河流走，出现了一片明静的水面。但很快，又流来一个小山丘一样的冰团，堵在我流淌的心河里：新郎、新娘的"父母"一桌一桌地敬酒来了。我的座位靠边上，"我朋友"龚干一脸阳光，到我们一桌敬酒，第一个走到我的面前。我忙站起身，端起酒杯迎上去，言不由衷地说："恭贺大喜。"

龚干脸色骤然一阴，狐疑峥嵘："呃，请问朋友你是谁？"

我如同一脚踩在一个窟窿上，心里涌起慌张，脸上像被人狠狠地扇了一耳光，火辣辣的。为了辩白我不是哪个朋友带来吃混糖锅盔的，忙说："你忘了送请柬时，对我爱人说，你还和我一起打过牌吗？"

龚干如同孙悟空急了抓耳挠腮一样，伸手狠搓了几下脸颊和耳轮，然后一拍脑袋道："哦，想起了想起了，何哥哒嘛。对不起对不起，来来来，干杯！"

我跟他碰了杯，头一仰一口干掉。

怪了，往日里绵甜净爽，回味悠长的白酒，今天喝进嘴里，怎么变得又苦又辣，难以下咽了呢？

亲爱的感冒

　　计浩想感冒，这个希望播种在初夏。现在已经残秋了，谷黄米熟，万物都已收获，计浩的希望仍如一蓬疯长的野草，既不结谷，也不长果，更不要说好的收成；他眼睁睁地看着别人锣鼓铿锵地跳着丰收舞，他恨不得放一把火，把天下所有粮仓烧个精光。

　　计浩不喜欢钓鱼。蹲在鱼塘或水库边上，眼睛一眨不眨地比父母死了守孝还虔诚百倍地守在那里，半天钓不着一条。计浩是三脚慌，办事喜欢雷厉风行，哪有耐心一天半天守在那里，看塘水泛绿波、溪流腾细浪啊！每当别人问他喜不喜欢钓鱼？他总是调侃道："喜欢啊，拿筷子在碗头钓。"新调来的牟局长，注重培养团队精神，叫局工会多搞一些集体活动，让科室之间加强感情联络。上一任局长喜欢各自为政，说聚在一起是非多，不主张单位搞集体活动，工会常主席给他提意见，反而把他得罪了。牟局长一来就叫工会组织活动，常主席听了，一张皱巴巴的苦瓜脸，笑得比三月桃花灿烂："好啊，我一定组织安排好，明天就周六了，去堰塘溪水库钓鱼比赛如何？"牟局长说："可以。"得到批准，常主席欢喜得像一个新郎官，转身给各科室打去电话："明天牟局长带队，工会组织大家去堰塘溪水库钓鱼比赛，一个不少都要去嘎。"计浩听了，兀自一怔：新鲜，很多年没有组织过活动，突然间磨子上睡瞌睡——想转了；算了，推说有事，不去！

　　计浩刚做出这个决定，爱人陆茜从脑海里款步走到眼前。下午上班出门时，陆茜把着门枋告诉他："明天不要安排别的事，妈叫过去吃鱼。"计浩听了，没有答白，扭头上班去了。他讨厌去岳母家，岳母嘴碎，一天到晚婆婆妈妈嘴不停。最不爽的是陆茜爱当着他的面，在岳母面前数落他的不是；而岳母不辨是非，总是站在女儿一边说他这里不对那里不对，仿佛把女儿嫁给计浩，完全是睁着眼睛送进虎穴狼窝，水深火热灾难深重。好啊，晚上回家，把这做借口，推脱不去岳母家。

　　单位那辆金迪尔大巴，心情舒畅地穿行在青山绿水间，秋风秋色秋光哗哗哗地擦着眼帘擦着车窗。想着堰塘溪水库原生态的野生鱼，一车人兴致勃勃斗志昂扬，甚至可以说摩拳擦掌跃跃欲试，大有坛子里捉乌龟手到擒来的欢欣与向往。啊球殴——！突然，统计科的小女子奇丽打了一个喷嚏，收尾的那个"殴"字，蛇尾巴一样直挺挺往天上翘去。不知是喷嚏太响亮了，还是路面有石子，车子向前一个蛙跳，一车人的说笑仿佛被一刀砍断。只静了几秒钟的场，被不甘寂寞的政策法规科小毛打破："昨天晚上做作业的时候，铺盖没盖好受了凉？"

小毛的话，如一粒火星子，迅即点燃一车笑声。

奇丽才结婚不久，对小毛的荤玩笑有一点不适应，脸蓦地红拢耳根子："去你的，人家感冒了！"小毛说："就是激动很了，没盖好铺盖造成的后果嘛。"奇丽越描越黑："人家洗澡的时候，刚抹上沐浴液，热水器一下就熄火了。"小毛穷追不舍："你没有喊你老公马上把火打燃？"

又是一车狂放的大笑。

当时，计浩正听挨着坐的统计科艾科长摆着一件奇怪的事。艾科长说他的侄女，在东街摆夜市，一条棉毛裤她喊价50元钱，一个款婆还价200元。侄女以为款婆斥怪她卖贵了，变着法子损她。哪知款婆说："要是人家晓得我穿几十元一条的裤子，我脸面往哪里搁？"侄女怕有诈，说："我就只卖这个价，你要买贵的，就去品牌店吧。"款婆说："我就瞧得上这个款式、这个颜色，就是要买这一条。"计浩听了好笑。计浩的笑声正好融进车内的笑声里，以为听了艾科长说的怪事大家觉得好笑，后来才搞清楚，是奇丽感冒打喷嚏，小毛开她的玩笑引起的，便挺身捍卫奇丽道："感冒是正常现象，有啥子好笑的嘛？"

小毛故作正经，板着脸孔重复着计浩的后半句话："是啊，有啥子好笑的嘛？正经点，不准笑！"没想到又引来一车人的大笑。

牟局长也笑了。笑过后的牟局长说："多锻炼身体，增强体质，提高免疫力，就不会感冒了。"

从不附和领导说话的计浩，当即肯定道："牟局长说得对，就是要多锻炼身体。大家晓得我以前经常感冒，加强了锻炼，这一些年来，不要说感冒，鼻子都没有堵过一下。"

一车人一时无语，似乎陷入沉思与反省中。

计浩小声给艾科长说起以前爱感冒的事："我以前从来不锻炼身体，觉得每天时间紧，事情多，身子单薄，体质差，春天稍微受点凉，冬天稍微敞点风，非感冒不可。一感冒就咳，一咳就咳得要死要活，无法入睡，感冒药家里、办公室到处都是。昏昏沉沉一天，蔫蔫败败又是一天。那个味道，至今想起来都有一点后怕。

"引起对感冒的重视，是经历了这样两件事后。一件是单位戴嬢嬢给我介绍对象去相亲，那女娃子高高挑挑，很有姿色，我一见怦然心动。跟刚才小毛说奇丽没盖到铺盖一样吧，我头一天晚上燥热打铺盖感冒了，吃饭时，正杯去盏来热火朝天，我要打喷嚏，没克制住，嘴巴里的饭菜喷了一桌，那场面好尴尬哟。后来女方说我身体差，就吹了。另一件是单位要提拔我当副科长，领导找我谈话，当时我正感冒高烧躺在床上起不来。我的竞争对手在领导面前放烂药，说我傲慢，不把领导放在眼里，提拔的事也弄黄了。这两件事对我影响很大，意识到身体再不锻炼不行了。于是，咬紧牙关，开始锻炼身体。早晨6点钟起床，小跑半个钟头，再去市政广场做半把个钟头的器械运动，然后吃早餐去上班。晚上竞走，或者散一个钟头的步。后来参加了市冬泳协会，坚持冬泳；还参加了太极拳协会，上午10点，下午4点，关着办公室门打一套太极拳。坚持下来，大获收益。这么多年来，再没有感冒过了。"

"怪不得你每天精精神神的。"艾科长溢美道。

计浩捞起衣袖："不信你捏捏看，我手臂上的肌肉，硬的。"他又抬起手掌，拍得胸脯砰砰响道，"铁实得很。"

牟局长一句话，打翻了计浩心中的五味瓶。牟局长表扬奇丽："你们不要说感冒不好，其实，得一次感冒，增强一次人的免疫能力。特别是发烧，对人体汗腺发不发达是一个检验，经常得感冒的人不会得癌症；要是长久不感冒，说明他生理机能可能有故障了，得没得癌症就很难说了。听说，现在有一些国家，检查得没得癌症，培育感冒疫苗，接种到人的身上，通过感不感冒来检测。"小毛哈哈一笑道："牟局长今天给我们做了一场很好的医学知识科普教育。奇美女，你现在晚上不盖铺盖只盖人就可以了。"

又惹来一车人大笑。

计浩没笑。说者无心，听者有意，牟局长那一番话，在计浩心里如雷电奔走，海倒江翻。到了堰塘溪水库，拉开钓鱼比赛大幕。他本身就不钓鱼，加上心里有"鱼"在兴风作浪，没有心思钓鱼，后悔该去岳母家吃鱼的。

这个后悔，回家后更加蓬勃葳蕤。他做的第一件事，就是打开电脑，网上查证牟局长的说法，感不感冒是验证得没得癌症的信号，是不是打胡乱说。

网上有一些信息印证了牟局长的说法。

比如说："感冒会刺激免疫系统，不断产生白细胞和淋巴细胞，防止大病比如癌症的产生，患一次感冒如同接受了一次免疫接种。"

网上还有一个说法十分形象生动："感冒病毒相当于一打就散却总也打不完的小股土匪，免疫系统就是我们的军队，面对这样的散兵游勇，正规军尽管头疼，但是总有小仗可打，伤亡不大而且锻炼实战经验，这对于日后面对更为强大的敌方正规军，就有了不可多得的实战经验。有研究证明，感冒病毒也会对癌细胞发动进攻，而且癌细胞面对感冒病毒往往是束手无策，基本就是坐以待毙。更为有趣的是，白细胞是认得感冒病毒的，在感冒病毒向癌细胞发动疯狂进攻的时候，也把白细胞的注意力吸引过来，结果可想而知。"

计浩越查越查不下去了，望着屏幕发呆。最近，他总觉得身体出了一点故障，胸部有一点阴痛阴痛的，像被人用两个指头在轻轻地捻着，肠胃似乎也不通泰。不禁想起半年前受骗的事。计浩跟朋友老伍去蜀南竹海耍，老伍说："现在百分之九十以上的人，身体都处于亚健康状态。啥子叫亚健康？就是说有病，似乎又没有病；说没有病，但又总觉得这里不好过哪里不舒服，提不起精神来。"计浩问："有没有办法治疗呢？"老伍说："没有立竿见影的特效药。"冷了冷，突然想起啥子似的说："哦，有一种东西，对身体健康很好——蛋白粉。原来我的手臂是伸不直的，腰也不敢弯一下，稍微一伸一弯，撕心裂肺地痛。我坚持吃了一段时间，你看——"老伍伸伸胳膊踢踢腿弯弯腰说，"现在啥事都没得了。"

计浩受到蛊惑，花了1000多元钱，一家伙买下5瓶蛋白粉，拿回家吃了两三次就再也吃不下去了。吃进嘴里满口钻，寡淡无味，直打干呕。想退，人家说："卖出去就卖出去了，不能退的。"原来，老伍是在帮姨妹安媒子当推销员。

"你还不睡，坐在那里发啥子神经哟？"陆茜说他道。

计浩仿佛魔鬼附身，伸手摸摸肋骨，按按气堂，有一点说痛又不痛、说不痛又痛的感觉。难道真得癌症了？他很懊恼地关了电脑，冰着脸上了床。

陆茜问他："今天你出去撞着鬼了？回来就病兮兮的样子，感冒了？"计浩很沮丧："要是感冒了就好了。"陆茜惊讶："说你妈个脚，感冒了还好？既然好，你原来不是经常感冒吗？咋个要像对待阶级敌人一样，疾恶如仇，努力锻炼身体，不要感冒呢？"计浩不以为然："原来是原来，现在是现在。"接着，计浩斜倚床上，给陆茜讲了今天牟局长在车上说的关于感冒的事。

陆茜说："这个说法，有一定道理。要得癌症还跑得脱吗？睡了。"

计浩没答白，望着对面墙壁，眼前浮现出父亲临终前的画面：父亲肺癌晚期，躺在医院的病床上，陷入昏迷状态。他身子骨被折磨得干枯如柴，呼吸困难，只能靠用呼吸机吸氧维护生命，身上插了吸氧管、胃管、尿管三根管子，怪不舒服的，父亲伸手去抓。医生不让，用胶带把他的双手绑在床上。他有意识，但说不出话，喉头滚动，胸脯起伏，热泪长淌。那情景真的生不如死，计浩都不敢进医院照料父亲了，最后父亲被肺癌活活折磨死。

计浩熟知，癌症有遗传性。他父辈兄妹四人，无一不死于肺癌。而且，这种遗传，随着年龄增大，发病几率增高。三孃死时 37 岁，父亲死时 46 岁，他已年届不惑，患癌的风险与日俱增，近来胸部经常似痛非痛，若有若无，是不是癌症给他发来报警信号了？再联想到父亲死时的惨状，计浩背心里冷汗都出来了。

"你明天去医院做一个肿瘤全套，身体有没有癌细胞不就完了？"陆茜睡不着，翻了一个身，给计浩提出建议。

计浩何许人也？身体在单位出了名地棒；去医院检查，不是对他莫大的讽刺吗？万一有那么几个癌细胞，情何以堪？说出去了，人家会说："你看计浩那么爱锻炼身体的，还是癌症了。早知这样，何苦锻炼？"更揪心的是，真的检查出癌症，他宁肯自杀，也不愿意面对严酷的事实。所以，肯定是不能去医院检查的。唯一的途径，就是通过感冒自我验证：能感冒，说明没有癌症；不感冒，说明已经有癌症。如果真得癌症了，对外界绝对保密，不让任何一个人知道，找一个地方，把自己结束了事。现在要做的事，是如何患一场感冒。

计浩睡下铺，拉铺盖盖上，耳边又响起车上奇丽感冒打喷嚏引出的笑声。小毛说奇丽感冒打喷嚏，是晚上没有盖着铺盖；很简单，我不盖铺盖不就感冒了？他伸手把盖在身上的铺盖掀开。

秋天的夜，不盖铺盖，还是有点冷。计浩坚持着，寒气刀尖一样，一丝丝一毫毫切入肌肤，他咬牙挺住。三年前吧，一个报纸上报道"冰冻活人"挑战人类耐寒极限，52 岁的陈可松，54 岁的金松浩，在约零下 11 度的自然环境中，赤身浸泡在两个装满冰块的玻璃柜中，分别待了 118 分钟和 120 分钟。计浩坚持在金沙江里冬泳，就是受到这则报道的启示。现在室内温度至少 10 度吧，冷不死人的。冷，睡不着；睡不着，又想睡，矛矛盾盾迷迷糊糊的，觉得有人跟他提来一个火笼儿放在身边，温温暖暖热热和和的，好安逸哟，天上地下，云里雾里，缥缥缈缈，优哉游哉。忽然觉得尿胀了，想解手，掏出排泄工具，站在南天门旁边一座高大雄奇的牌坊处就想方便——哦不行，这里是仙界，玉皇大帝王母娘娘来碰见了咋个办？熬熬吧。不行，熬不住了！突然醒来，翻身下床，发现身上盖了铺盖，心火一蹿，拉亮电灯，摇醒陆茜。

陆茜惊醒坐起，懵里懵懂揉着眼睛问计浩："你摇醒我干啥子？"计浩厉声质问道："你为啥子要把铺盖给我盖在身上？""怕你冷着了。""我看你是黄鼠狼给鸡拜年，没安好心。""狗咬吕洞宾，不识好人心，我看你没盖着铺盖，好心好意地给你拉来盖上，还错喽？""你不晓得我想感冒吗？""我还晓得你发神经。"陆茜撂下这句话，"咚"一声躺下，"呼"地把铺盖拉来盖住自己。

计浩气呼呼地去卫生间解了手，回床躺下，直挺挺的，仍然没有盖铺盖。寒气包围住他，浸泡着他，他无法入睡，拿过床头的手机看时间，5点35分。平常计浩6点准时起床，去金沙江冬泳，走路，来回一个多小时，顺路去菜市场买回一天的菜，回家做早餐，吃了再步行去上班，8点50分准时到单位。

但今天，尽管金沙江的水哗哗哗地流淌着，似乎在催促计浩快快起床快快来游泳，但计浩仍躺着一动不动。伟人说："发展体育运动，增加人民体质。"计浩揣想，体质增加一分，离感冒就遥远一分。7点了，计浩还不起床，陆茜瞄了他一眼，没开腔，买菜去了。

真正权力无处不在。为了争夺到买菜权，计浩和陆茜还闹过纠纷。计浩买的菜，有的陆茜不喜欢；陆茜买的菜，有的计浩不喜欢。比如南瓜炖绿豆汤，清热下火，计浩特爱吃，但陆茜见了，眉毛皱成墨疙瘩。芫荽卷粉凉皮，计浩闻着那个气味就打呕，陆茜却吃得眉飞色舞。一般情况下，谁买菜，都买自己喜欢吃的。这样，彼此就有了意见，都争着去买。计浩就以锻炼回家顺路为由，抢占了买菜主动权。陆茜奋起反击说："你买菜不讲价，花钱大手大脚，不晓得节省。"菜提回家，陆茜问："茄子好多钱一斤？"市价3元，计浩就说2元；嫩生姜6元一斤，计浩就说4元5角，一般降低百分二三十报价，比陆茜掌握的行情低。陆茜也就没说啥子，交出家庭蔬菜采购权，想吃啥子菜，提醒计浩，给我买回来嘎。虽然计浩时常"忘记"

陆茜的嘱咐，但大体还是照单采购。冰箱里没有菜了，计浩还睡着，说明罢工了，陆茜愉快地夺回采购权，提了那个泥色塑料袋出了门。

计浩又绵了一会儿床才起来，虽然冷了一夜，下地伸伸手，弯弯腰，一切机械运转正常，丝毫没有感冒味道，摇摇头叹息道："没办法，身体素质好很了，想感冒都感冒不了。"

计浩拿定主意，在没得感冒之前，放弃一切锻炼活动；克扣身体，羊绒衫被减了下来，只穿鸡心领线子衣套衬衣，外穿单层夹克衫。单位的人见了说："计浩呀，看见你穿得那样单薄，我们不冷都觉得冷。"

要是以前，计浩这个穿着，早感冒了。计浩清楚地记得，看亲那一次感冒，就是见那天出大太阳，以为天气暖和了，把羊绒衫脱掉。结果太阳出来给他打了一个照面，就呼朋唤友躲进云层后面闲耍去了。他稍微觉得有一点凉，没一会儿就喷嚏连天，下午便作寒作冷，喉咙肿痛。

天下雨了，说大不大，说小不小，淅淅沥沥，很快飘起一街伞花。下班了，众人都打伞，计浩光脑壳硬淋。小毛见了，说："呃，你咋个不打伞呀？看脑壳淋湿了感冒。"计浩暗自窃喜，正巴不得感冒呢，嘴上却说："淋不湿。"小毛靠近他，把伞移到计浩头顶斩断雨丝说："来，打伙打。"计浩像火燎着一样，迅速闪开身子，手摆得像风吹柳树："你打我不打。"

计浩印象深刻，那一年提拔他当副科长，领导找谈话他没去，就是因为下班路上淋了生雨头发被打湿了，回家没多久便鼻塞咳嗽患了重感冒，晚上高烧39.5度，早晨头昏眼花脚酸手软起不了床，结果给小人造成攻击口实而错失提拔良机。要是这个雨一淋能让自己感冒，那就功夫不负有心人了。

计浩走路回家，不仅头发打湿，连衣裳裤子都湿透了，嘴皮冷得紫乌乌的。他却暗自高兴，这一次肯定会得感冒。他张开浑身毛孔，雷达跟踪导弹一样捕捉感冒的信息，鼻子有一点痒，嗯，要打喷嚏了，接下去就咳嗽，发烧，感冒。可是，喷嚏像受到惊吓钻进洞里的耗子一样躲着不出来。他抬头望着白白的天光，好容易勉强打了一个喷嚏，揉揉鼻子，又一切正常了。计浩好失望。

周四下午上班，计浩在电梯里碰着奇丽，见她一个鼻头子红肿如川剧小丑，他知道这是感冒擤鼻子揪的，说明感冒还没有好。平时，计浩所在的项目科，与奇丽所在的统计科，一个跑外面，一个扎坐营，往来比较少。计浩又是那种业务能力很强、一般人他不如何瞧得起的人，遇上单位的人，有一些装大，不如何主动招呼人；特别对小青年，更不把他们放在眼里。所以，尽管电梯里只有两个人，计浩也没有跟奇丽搭讪套套近乎，瞟了奇丽一眼，急忙撇开目光。奇丽则不同，年终考评，民主测评，都要单位职工画圈圈，平时很注重和大家协调好关系；尽管计浩做起爱理不理的样子，奇丽还是面带微笑主动招呼他："您好。"

"嗯。"计浩装猪叫，电梯门一开，各走各的阳关道。

进了办公室，计浩脑海深处爆灯花儿似的一闪，突然后悔起来，责怪自己刚才对奇丽的态度太冷漠太傲慢了。奇丽的感冒不是还没有好吗？感冒有传染性，想办法同她接触，让她把感冒传染给我，不就省掉诸多自我折磨的法子了？

　　计浩大脑快速转动着。接触分直接与间接。握个手，拥个抱，接个吻，这是直接接触。可是，两个不相往来的人，能发生这种事情吗？何况计浩生活作风向来严谨，握手除外，没有越过红线，同老婆以外任何女性有过亲密接触。就算费尽心思，营造一个同奇丽握手的机会，女人爱干净，倘若奇丽的手肥皂香皂洗手液反复搓洗过的，没沾染有感冒病毒；或沾染有，但不足以让自己感冒，不是水泥路上栽大葱——白辛苦？制造风花雪月的故事？自己一没权，二没钱，三不是年轻帅哥，四操纵不了她的生死簿，凭啥子人家要给你拥抱接吻？剩下的希望是间接接触，用她用的东西，如碗筷茶杯一类物品。又不是一家人，也没在一起聚餐，用她用过的餐具显然不现实。咋个办呢？计浩苦苦地想着，端茶杯去饮水机里冲茶，脑海里又爆出来一个灯花儿：那天工会组织堰塘溪水库钓鱼比赛，奇丽拿了一个玻璃水杯，既小巧又乖，奇丽对人吹嘘，这是最新高科技产品，双层保温，防摔抗打，经久耐用。对，去找她假装问问，想买一个，哪里买的？问的同时，拿她的水杯看看质地如何，她肯定不好拒绝，不就染上感冒病毒了？嘻，这个点子，高家庄实在是高。

　　计浩心境突然美妙起来，怀揣美好愿意去找奇丽。当他在奇丽办公室门上轻轻一叩时，奇丽同小黄两个脑袋同时从电脑屏幕布上抬了起来。

"我找你，小奇。"计浩说。

奇丽有点受宠若惊，慌忙站起身："计主任，找我有事？哎呀，劳驾你了，有事你打一个电话，我去你办公室嘛——"计浩是主任科员而不是主任，大家喊他"主任"，是有意抬高他。

"问你一个事。"计浩走进屋，眼睛像织布机的梭子一样在奇丽的办公桌上穿行。当发现了电脑旁边奇丽吹嘘的那个最新高科技玻璃杯时，有如第一次与情人约会，心子竟然怦咚怦咚跳荡起来。

小黄见计浩是找奇丽的，低下头忙她的事去了。

"坐吧。"奇丽如同贵宾光临，给计浩拉了一把椅子后，拿纸杯去饮水机里给计浩接水。

"不要麻烦。"计浩边说边把奇丽拉给他的椅子蓄意拖来靠近玻璃杯的位置坐下，伸手拿起奇丽的玻璃杯，在手里摩挲端详着说，"你这个杯子小巧精制，质量不错，我特意来问问，你在哪里买的，我想买一个。"

奇丽有洁癖，见计浩端起她的水杯摸来摸去的，心里很不爽，但还是不失礼貌地应答道："莱茵春天。不贵，我帮你买一个得了。"

计浩觉得奇丽水杯上的感冒病毒，像搬家的蚂蚁，成群结队呼呼啦啦地爬到手上来了，心里很欢快："谢谢你的好意，我去买就行了。"

奇丽说："有好几个品种规格，我这是小号的，你泡茶可以买中号，或者大号。"

"我去买一个中号的。泡茶味道好吧？我品尝一下，看这种杯子泡茶有没有杂味。"计浩说着，不等奇丽同意，拧开杯盖就开喝，故意咂咂嘴皮道，"嗯，味道不错。"

奇丽眉毛一蹙，脸色有一点挂不住，没答计浩的白，低头摆弄电脑去了。

计浩看出了奇丽的不快，把杯子放回原处道谢着走了。

"变态，端起人家的水杯又摸又喝。"计浩前脚跨出门，小黄立即发表意见。

计浩是产着耳边风了的，他想转身怼小黄一句：就是，咋个嘛？狗咬耗子管闲事。但计浩心里清楚，自己是来引种感冒病毒的，不是来起气的；现在成功地达到目的了，哪怕吐我一脸口水都无所谓。

计浩回到办公室，对自己刚才的表现打 100 分，坐下转椅兴奋地转了两圈，把双掌举在眼前，稀世珍宝一样细细端详了一阵，放在鼻孔前像盛开的花朵一样翕动鼻翼深情地嗅了嗅，然后双手捂住下半部面孔，头枕在转椅顶部，眼睛一眯，长长地叹了一口气，眼前幻化出一幅画面：从奇丽玻璃杯上引种的感冒病毒，顺着手掌，千军万马过独木桥一样，你拥我挤你推我搡争先恐后向他嘴唇鼻孔呼啸而来。他继而搓搓手，像气功大师收功那样，深深地吸一口气，慢慢沉进丹田，依稀听见感冒病毒正顺着食管，下到胃里，向着五脏六腑，向着浑身血管，嘶喊着冲杀着一路狂飙猛进。

哈哈，应该接种感冒成功！计浩愉快地想。

然而，过了一天，又过了一天，没有打喷嚏，没有鼻子堵；再过了一天，还过了一天，仍然没有作寒作冷、咽喉肿痛征兆。计浩站在窗前，望着城市上空悠然飘荡的缕缕烟雾，不得不低头承认，引种感冒病毒失败。他悒郁地想，难道奇丽体质差，她的感冒病毒传染力不强？或者她感冒快要好了，感冒病毒衰老了，没有繁殖能力了？亲爱的感冒呀，我喜欢你；你为啥子不爱我，不搭理我呀？

没有感冒，计浩情绪低落。小毛下班路上碰见他萎靡不振的样子，深感诧异："你病了？"

计浩同感冒较上劲了。他坚信：只要想跳岩，没有跳不下去的岩；只要想生病，没有生不了的病。

一个月后，计浩总算遇上一个绝好的感冒机会。

那天，牟局长在堰塘溪水库钓鱼比赛，过秤时比艾科长少钓了半斤，屈居亚军。牟局长没说啥子，工会常主席则脸色挂不住，私下里批评艾科长不识相，咋个能超过局长呢？既然水平都比局长高了，为啥没当上局长？暗地里又指斥掌秤的后勤办小范一根筋，不灵活，你过秤的时候，稍微压一点秤，牟局长不就冠军了吗？为补兹憾，常主席再次组织大家到仙女湖钓鱼比赛。计浩听到通知，心犯迟疑，上一次参加，鱼没钓着，反钓了一段心病，弄得人烦躁不安。这一次去，会有收获吗？犹犹豫豫，拿不定主意。偏遇爱人陆茜一到周末就事情多，上床睡觉时，陆茜说："明天倪兰的父亲满六十，在华荣饭店，人家特意请了你。"陆茜人际交往广泛，今天这个结婚，明天那个祝寿，后天谁谁谁又请满月酒，应接不暇，工资不够送人情。计浩不安逸陆茜好面子，不愿当她的跟班狗；更不喜欢吃那一类宴席，似乎很丰盛，还得回家下面吃，回绝道："明天单位搞活动，不能缺席。""你们单位咋个那样多活动哟？"陆茜不理解，支起半个身子反问。计浩说："牟局长跟你学的噻，一到周末就这里那里搞不清汤。"

　　天道阴沉沉的，跟计浩的心情一样，揣了满腹心事。风有一点寒，碧波荡漾的湖面上，仿佛有鬼魅兴妖作怪，搅起时粗时细、时密时疏的波纹，牟局长引领单位钓者沿湖边一字排开。冷钓沱，热钓滩，不冷不热钓湾湾。牟局长选了一个拐弯的地方开钓，湖水绿得黑沌沌的，说明这里水比较深。自诩只喜欢"筷子在碗里钓"的计浩，本不想钓，但又找不到事做，叫艾科长分了一根钓竿给他钓耍儿。其实他会钓鱼，小时候在农村老家割草时，将针在煤油灯下烤弯成钩子，串上细麻索儿和蚰蟮儿，在鱼塘边上边割草边钓鱼，一早晨随便能钓上一二十条。拿回家，母亲给摔在院坝里骂："油都没得，怪腥臭的，咋个吃嘛！"剖来晒干鱼，苍蝇成群结队去巴，有时还没晒干就生蛆了，从此败了钓鱼兴趣。

　　湖里的鱼比水库更难钓，没钓多久，计浩便开始犯困。钓鱼要等得，但等了半天，浮标像丢在水缸里了，一动不动，确实是对耐心的沉重打击。时不时你钓起来一条巴掌大的鲫壳，我钓起来一条半斤重的鲤鱼，让没钓着的人眼红，着急。计浩则不以为意，索性打退堂鼓，起身收好竿，还给艾科长，准备去湖边上的仙女居农家乐喝茶，听常主席一声惊叫："哎呀，牟局长钓着一条大鱼了！"计浩忙掉头向牟局长看去，见牟局长蹲起马步，身子后仰，手中钓竿拉成满弓。细浪蹀躞的湖面，"呼啦啦"似被飞刀划破，一道银亮的波痕一闪即逝。牟局长收回马步，前倾身子，左手紧握钓竿，右手管住滑轮手柄，眼睛瞄住水面，时放时收。单位上的人，纷纷放下钓竿，朝牟局长围了过去，安慰他："不要急，鱼太大，少说点十好几斤吧？""慢慢来，让鱼在水里游累了，再收钓线，拉到湖边上，用舀子把它舀起来。"说话间，常主席已经将一个尼龙绳舀子拿来等在了一旁。

鱼很兴奋，拉着一湖边人的目光，在湖面游弋，在水里穿行。"唰唰唰唰——"，牟局长鱼竿上的钓线放完了，鱼还在往外跑，差一点把牟局长拖进湖里。牟局长双手紧握钓竿，身子后倾。有人说："不要绷紧了，会钓线绷断。"有人说："就是要绷紧一点，不然会把人带下水。"许是钓线绷紧了鱼感到疼痛，又向湖边回游。牟局长连忙摇动鱼竿手柄收钱，大概离湖边七八米远，突然收不动了。牟局长轻轻地扽了扽钓线，纹丝不动。左移几步扽了几下，还是不动。又右移几步再扽，钓线像焊接在水里一样。牟局长脸露难色："拐喽，可能鱼带着钩子，钻进水中杂物上绞起了。"

急坏了单位上的人，大家你一言我一语献策支招："不要硬拉，那样鱼要打脱不说，钓竿也要折断。""干脆把钓竿丢了，鱼嘴里有钩子，早晚都会死；等鱼死了浮起来，再来收钓竿。""拉住不放，说不一定一会儿鱼就钻出来了。"

牟局长仍然握着钓竿一抖一抖的："你一条鱼十多斤，不过值两三百元钱；我这进口钓竿，花了 1000 多元。"

"就是。"常主席接下话，一脸焦急，仿佛是他给牟局长整来绞起的，说，"干脆这样，我请一个潜水员来给您取，确保钓竿不损坏，鱼也跑不脱。"牟局长当即予以否定："来不及了。""那咋个办呢？"大家面面相觑，急牟局长之所急，却又束手无策。

如同挺身援救落水儿童，只听计浩大声说道："我来。"大家掉头看去，只见计浩迅速脱掉夹克羊绒衣和裤子鞋袜要往水里跳。艾科长立即劝阻他："要不得，计浩，冷，看整感冒。"

这正是计浩踏破铁鞋想收获到的效果，同时又做了好事，真是一箭双雕；不要说给牟局长排忧解难，坎上随便哪个人遇到眼前这种急事难事，计浩都会挺身而出："开玩笑，戎都市冬泳健将，落雪落冰都不怕，还怕这一点冷吗？"说着"扑通"一声跳下水去，凫到钓线绞起的地方，用指头勾住钓线，一个猛子扎下水去。

湖边满是惊讶的目光。

一会儿，计浩浮出水面，抹了一把脸上的水说："挂在树枝上了。"吸了一口气，又一个猛子扎下去。

找到了问题的症结，大家仿佛看到了希望；但问题没解决，大家仍然放不下心，把希望和担忧交织的目光投到水中，很快眼前闪现出一道银光，在苍茫的深秋阴沉的天道里格外夺目：计浩一手抠着鱼的鳃巴，将那条给牟局长带来惊喜同时制造出麻烦的鱼托出水面，另一只手用力划着水游向湖边。

哈哈，牟局长的钓竿保住了，鱼也捉到了。大家喜不自禁。常主席急忙捡起地上计浩的衣裤鞋袜，满目钦佩地递给计浩："冷，又有风，赶快找地方换了。""没关系。"计浩嘴很硬地说。

事实上，计浩在水里并不觉得冷，上坎后冷风一吹，有如刀片割着皮肤，禁不住脸色发青，嘴唇发紫，打起筛壳子来。但计浩不愿意在众人面前露怯，没有慌着去换衣裳裤子，而是慢条斯理地蹚到水边，浇了一些水来清洗身上弄脏了的地方，心灵深处想的则是再让冷风吹一吹，冷水浸一浸，努力患上感冒。直到手脚冻得麻木了，他才提了衣裤鞋袜，去仙女居农家乐换下衣裳裤子。

计浩的行为受到单位同事们的一致好评。

受到好评的计浩很高兴，现在要做的事，就是充分做好一切心理准备，张大全身每一个毛孔，如久旱的禾苗盼雨霖、久别的亲人盼团聚一样，专心致志地迎接感冒的大驾光临。

一天过去了，计浩一切如初。

两天过去了，计浩安好如常。

三天过去了，计浩仍然没有一星半点感冒征兆。

可单位上的人呢，活动回家就有两个人感冒了，第二天又有一人。特别是奇丽，都第二次感冒了，计浩还是好端端的，心中不禁着急起来，怀疑癌细胞已经在体内各个重要部位站满岗哨，感冒病毒无论如何调兵遣将大兵团进剿也无力攻破。

计浩惴惴地拷问自己，为啥子这次好机会，没带来好结果？越想心越乱，越想意越烦，越想火越大；吃起饭来，不是责怪陆茜盐巴放多了，就是抱怨海椒搁少了，弄得陆茜无所适从。偏偏这时艾科长到办公室来告诉他一个消息："沙副市长得癌症了。"

沙副市长是中直机关下派来戎都市锻炼的，有一年多了，分管他们局的工作。一个敦敦笃笃、体壮如牛的东北汉子啊，上前天一起打篮球，沙市长发现大腿骨有一点隐隐作痛，打完半场就没打了。大家劝他去医院检查一下，哪想到一检查就是骨癌晚期！

计浩听了，针扎着屁股一样，从座椅上惊身站起，只觉得冷飕飕的凉气从脚板心直往脑顶皮钻。艾科长走后，计浩木立良久，在椅子上坐下，再也集中不起心思做事，尽管有一个急件，牟局长催命鬼一样催着要。他眼前晃动起父亲临终时那个随时想起随时都会毛骨悚然的场面，绝望地想：这癌症真的不长眼睛，如同一只猛虎，躲在深山密林，你不经意从旁边经过，它"呼"一声扑向你，一嘴就咬住了你的咽喉。自己患不上感冒，昨晚上还动了念头，听陆茜的话，悄悄跑到成都要不重庆去，找一个医院做一个肿瘤全套检查。不行，要是像沙副市长那样，一检查就癌症晚期，吓都要吓死自己。

想到这里，计浩突然嗔怪起艾科长来。他要下水替牟局长取钓竿时，艾科长说看整感冒。本来他就是想感冒的，心思却被艾科长说破，所以不灵验了才没有感冒。

也怪奇丽，那天，你不在车上打喷嚏，就引不出那个感冒话题，我虽然日子过得懵懵懂懂，但也是快快活活，不会牵扯出如此重重心事来。

最该怪的还是牟局长，你讲啥子团队精神，叫工会搞啥子集体活动嘛；不搞活动，就听不到奇丽感冒打喷嚏！

说穿了还是怪自己，当初选择去岳母家吃鱼，不去参加工会活动钓鱼，就不会有这一切事情发生。

计浩就这样坐在办公室，心忧忧情郁郁地怪这怪那，蓦地想起艾科长闲聊时说的他侄女在东街夜市卖棉毛裤的事，自己像不像那款婆有心理故障了？忽然一束明亮的阳光针一样扎进眼睛。掉头看，阳光从街对面市国税局办公楼玻璃幕墙折射而来。往常遇到这种情况，计浩会起身去拉窗帘遮挡，但今天计浩没有。非但没有，还直愣愣地望着亮汪汪的玻璃幕墙斗气，渐渐觉得有人拿了一根羽毛，伸进鼻孔轻轻搔动起来；搔着搔着，鼻膜奇痒难受，忍不住"啊嚏"一声，打了一个比军号还嘹亮的喷嚏。

计浩揉揉鼻子，神思一恍惚，突然醍醐灌顶，茅塞顿开：呃，我是不是已经感冒了？嗯，肯定是，不然喷嚏咋个打得这样响亮呢？他像买彩票中了500万元大奖一样高兴，指尖在电话键上"嘟嘟嘟"一阵盘旋，眉飞色舞地大声说道："哎呀，陆茜，给你说，我刚才打喷嚏，可能感冒了！"

电话那一端沉默着，许久才传来陆茜像刚才从冰水里打捞起来的声音："感冒了就找领导请一个假，去医院看看嘛。"

　　计浩一听陆茜冷冰冰的声音，心有不悦，但想想也有道理：去医院看看，真的感冒就好了；没有感冒，问问医生，怎样才能感冒？于是，他收拣好办公桌上东西，向牟局长办公室走去……

赔我一个男人

1

第一眼看到良镇长，荒朝琴的心禁不住跳了一下。事后认真细致地咀嚼第一眼的韵味，拷问自己的心为啥子会跳，除了耳烧面热，自己也说不清楚。

接待上访人员的地点在镇政府小会议室，镇党委办公室月主任一边招呼大家坐，一边和镇政府移民办工作人员给大家用纸杯泡茶，一人一杯送到上访人员桌面上。上访人员三四十个，一个个像大老爷享受仆役服侍一般，有的望上一眼，有的似乎眼光很尊贵很吝啬，望都不望一下。荒朝琴坐在会议室第一排，正在同活梅姑摆着家里没有男人的难处，听房大汉说良镇长来了，她扭头往会议室门口看去，顿时觉得一只兔子"砰咚"一声撞在胸口上，忙直了身子，严肃了表情，见良镇长右手端着一个带把子的泥巴色陶瓷茶杯，左手拿着一个黑皮本子和一支笔，满脸微笑走进会室。良镇长有三十四五岁吧，标准的国字脸，眉宇之间蓄满男人英武之气；淡绿色T恤扎进铁灰色休闲裤里，让人觉得十分清爽精神，不像老公昊有元，总是松松垮垮、不衫不履的样子，名牌衣裳裤子穿在他身上就成了地摊货。

荒朝琴心里生长出茂盛的懊悔。昨天晚上要去镇上"顶上功夫"烫头发，出门后接到活梅姑的电话，说新来了镇长，房大汉喊大家一起去上访。她站住了，上访嘛，又不是相亲，收拾打扮得那么好的干啥子？大众化一点，上访成功了再去烫不迟，就扭身回了家。今天早晨，想换下身上这件淡绿色衬衣，穿那件才穿过一次的粉红色真丝吊带短裙，犹豫了好一阵，还是没有换衣裳裤子；头发也只用指头拢了拢没有梳，淡妆也没有画一点。她怪嗔自己不该这一副懒婆娘的模样，窝窝囊囊地就来上访了。

良镇长走进会议室，把茶杯和笔记本往一张年老的条桌上一放，笑眯眯地向大家鞠了鞠身子。月主任不失时机地给大家介绍："这是新调到我们镇上工作的良镇长，今天本来要下村了解移民安置情况，听说大家要来上访，专门留下来接待大家。"在月主任介绍的时候，良镇长从裤包里摸出烟，依次散给上访人员。散到荒朝琴面前，良镇长微笑着问她："抽吗？"她心里扑过一道热浪，连忙摇头说："不。"一般男人散烟都不散女的，良镇长不管男女都散，说明随和细心；我不抽，不能给他糟蹋了；要是才调走的祝镇长散，他不散给我，我都要伸手向他要一支，丢在地上用脚踩烂。

良镇长开始讲话了，说："初来乍到，对这里的情况不熟悉，欢迎大家上访，对镇党委和镇政府有啥子意见尽管提。"荒朝琴的眼光，如同饥饿的乞丐，全部覆盖在良镇长身上。嘻，良镇长的声音真好听，像凉水井的水一样清亮，像百年老酒一样味好，像冬天火笼一样暖人。老公吴有元呢，鸭公声音，泥浆一样浑浊。良镇长讲过话，吉大炮首先提问："移民补偿不合理，果园按亩补，龙眼一亩只补偿 9000 元，我屋背后那一棵，一年收入就上万元，是不是镇上伙起县上的人，吃了移民的补偿款？"柳飞机第二个提问："我家修房子砌的堡坎，花了好几万元砌起来的，一分钱不赔，天底下哪有这个道理？"荒朝琴设计着自己第三或者第四个提意见，不能第一二个提，枪打出头鸟，不能最后提，最后没人听。她坐的位置也是构思过的，前排与镇领导斜对着，以便引起领导注意，上访的诉求乍一听很荒唐：赔我一个男人。唉，算了，良镇长才来，我的问题三言两语说不清楚，干脆选一个时间，单独找良镇长上访。

荒朝琴站起身，退到最后一排窗子下面，挨着爱在一起打小麻将混时光的二大姐坐下来。二大姐问："你每次上访都坐头排积极发言，咋个今天当缩头乌龟往后缩呢？原来的镇长不理你，说不一定新来的镇长会格外重视你，真的赔你一个男人，把你上访的问题解决掉。"

荒朝琴说："你不要幸灾乐祸，炭丸落到脚上你才晓得烫。"
二大姐说："当然啰，没有男人的日子难熬。"

二大姐一句话，戳着荒朝琴的痛处，荒朝琴鼻头子一酸，差点掉下眼泪。她撇过头去，不再理二大姐，听上访的人提意见。不经意间，眼睛又落在良镇长身上，见他直着腰板，支起耳朵，生怕漏掉发言者一个字，间或往本子上写一阵，放下笔，又支起耳朵听。

荒朝琴怎么也听不进去大家提了一些啥子意见，思绪像断线的风筝，眼前悄然浮现出一张猪腰子脸来，上面的眼睛、鼻子、嘴巴分布得自由散漫。这张脸的主人叫吴有元，第一次见到他是在叙府城的面馆里。荒朝琴的老家在长宁县乡下，进城打工帮人守服装店。那天她同往常一样，八点半去店子斜对面的那家"口口爽"吃面，刚吃了两口，跑堂倌走到她的面前道："小姐，你的面钱那位先生给你付了。"她不知是谁，抬头一看，两只非常聚焦的小眼睛射过来，她的脸火燎着似的一热，慌忙低下头。她不认识那个小眼睛，为啥子要给她开面钱呢？几下把面吃了走出面馆，在街边一棵油樟树前，小眼睛迎上来，对她说："对不起妹子，我刚才把你认错了。"荒朝琴以为小眼睛要向她讨回所付的面钱，忙摸包掏钱。小眼睛挡住她的手："哎呀，我再穷，一碗面还是招待得起。"

不知道小眼睛真的认错了人，还是包藏野心，蓄意以这种方式亲近她？她后来多次问过小眼睛，小眼睛都说当时真的认错了人。

后来，荒朝琴知道小眼睛叫吴有元。

再后来，荒朝琴知道吴有元比她大两岁，22岁，在城里一家装修公司做杂工。

往后，荒朝琴又知道了这个下班后总爱来店子里摆龙门阵的家伙，老家要修一座大型水电站，他家要领到上百万元的补偿。

记得，当听到"上百万"这个词时，荒朝琴那张略微搽了一点口红的嘴唇，惊讶成一个洞穴，让这个说不出来多少优点的家伙突然显得不一样，她灵便的舌头像一条泥鳅，麻利地钻进了洞穴之中。

突然，二大姐用手肘顶她，把她从往事回味中顶回现实："良镇长叫你。"荒朝琴抬头一看，良镇长正微笑地望着她："请问你有啥子意见要提？"荒朝琴慌张答道："我的问题复杂，不能耽搁这么多人的时间，我要单独找你上访。"

良镇长微笑的脸阴了一下，月主任侧过身子凑在他耳边不知说了几句啥子，良镇长颔颔首："好吧，随时欢迎。"然后站起身，发一张名片给大家道："上面有我的电话，有啥子事需要向我反映，欢迎大家打电话。"荒朝琴接名片的时候有一点狐疑：当官的人电话号码都很神秘，从不轻易告诉别人。他的名片一人一张地发，片（骗）子满天飞，是不是哄人的哟？

2

回到家里，荒朝琴一屁股坐在沙发上，细细地咀嚼着上访会场的场景。这个良镇长，还散我的烟，主动叫我提意见。一点不像调走了的祝镇长，做起那个穿不完吃不完的样子，找他上访反映问题，很不耐烦，说不了几句话就给你打断了。哎呀，那支烟该得接过来，不抽做一个纪念的。我几时去找他上访？对，明天上午。今天下午去把头发烫了，做直发还是卷发呢？她起来去镜子面前照了照，搂着头发设想着效果，感觉还是直发大众化一些，就决定做直发。饭嘛，一个人，不吃又不行，吃又懒得做，干脆下一碗面吃了，睡一会儿觉，就去烫头发。

去拿锑锅接水的时候，荒朝琴又自然而然地想起男人吴有元。这个挨刀塞炮眼的，耍朋友时，嘴巴蜜蜜甜，树子上的麻雀都哄得下来亲嘴，她没见过世面，不是吴有元的下饭菜。朋友们见荒朝琴跟吴有元耍朋友，都说吴有元样子太丑，配不过她；爹妈见了吴有元，也劝荒朝琴不要跟吴有元耍。荒朝琴骑虎难下：爹呀妈呀，你们咋个知道啊，我已经是他的人了；那个雷公活闪、大雨倾盆的晚上，他硬是懒在门市上不走，结果就，就，就生米煮成了熟饭。早晓得有今天这个结局，打死我都不会松开抓紧皮带的手，再大的雷再大的雨都把他攥出店面。说得多好听啊，一辈子爱我，不然天打雷轰。结果呢，天没打雷没轰，誓言就被风吹走了。

荒朝琴原来在楼道门口摆了一个小干鲜摊子，吴有元与她离婚出走后，她懒得去照料，干脆收摊不摆了。习惯真容易形成，荒朝琴平时很少睡午眠，没摆摊了，很快学会睡午觉，而且一睡就是一两个钟头。还学会了打麻将。原打算面吃了午觉睡了去做头发，居然躺在床上翻来覆去睡不着。她回味着良镇长的笑容，良镇长散烟给她的眼神，良镇长叫她发言的神态。忽然，一个鱼跃翻身下床，从梳妆台上拿过淡黄色手包，"唰"一声拉开拉链，拿出良镇长发给她的名片，看了看，在鼻尖上嗅了嗅，还放在嘴唇打了一个"叭"。她想给良镇长打电话，下午找他上访；从镜子里看见自己的头发乱七八糟的还没有烫，便把刚出生的念头掐死：算了吧，睡不着，去把头发烫了再说。

"哟，琴姐，看你的脸色，有喜事嗦？"理发师小居笑问跨进"顶上功夫"理发店的荒朝琴道。

"嘻，我咋个会有喜事哟。"荒朝琴随小居的示意坐下理发椅道，"烫直发。"

打理好头发出门，荒朝琴掏手机看时间，4 点 40 分，想找二大姐打麻将，人家早就打起了；想去找活梅姑问问，她的问题上午良镇长给没给她一个说法？走了几步，又站住了。从内心讲，荒朝琴很反感活梅姑，觉得她太霸道了。活梅姑有一个门面，经营着一些日杂用品，近年来生意不好做，年初便租给了外地来的一个卖吼货的人。电站围堰截流了，移民安置房还没修好，淹没线下的必须搬迁，政府发给综合影响补助，一个门面一年 1.8 万元。活梅姑眼红了，自己的门面，一年 8000 元租给人家，人家一年则可以享受 1.8 万元，无缘无故地干得了一万元，便找卖吼货生意的人，强行撕毁合同收回门面，进了一点杂货又经营起来，以为可以吃到补助。卖吼货的人也不是一盏省油的灯，拿着合同找镇政府上访。镇政府当然要按合同执行，没把补助发给活梅姑。活梅姑不服，撵到祝镇长办公室大闹，办公桌都给祝镇长掀了。祝镇长在面馆里吃面，活梅姑见了，走上去抓起祝镇长的面碗道："我的问题都没给我解决，吃个屎！"把碗"砰"一声给他砸在地上。荒朝琴觉得活梅姑做得过火了一点，劝活梅姑："要摆事实讲道理。"活梅姑反唇相讥："你叫政府赔你一个男人，你又讲道理啊？"荒朝琴被问了个倒憋气，不再喜欢与活梅姑说话，也就打消了找活梅姑的念头。

做啥子好呢？她慢悠悠地走着。思绪又缠在了吴有元身上。好气人哟，妈老汉儿不同意，朋友们不赞成，自己顶住压力嫁给吴有元，来到山平县寺新镇。修水电站，寺新镇全镇淹没，吴有元家获得的赔偿，同他当初说的百万元大大缩水，只有十来万元。移民安置房申购，县里还没有出台方案，大家纷纷猜测，可能要按户口申购，说一个户口基数是 50 平方米，然后加实际人口，一个人 25 平方米，最高上限为 150 平方米。那天晚上，吴有元在外面喝了酒回家，醉醺醺的。荒朝琴已经睡得迷迷糊糊的了，吴有元摇醒她说："我有一个好点子，一分钱不去，就会挣到 10 万现大洋。"吴有元外号吴半城，荒朝琴了解他的性格，日天冒古，言而无信，你提到县长，他马上答白昨天都在一起喝酒；你提到市委书记，他立即会说前天都给他打过电话。有人揭他的短："吴半城凶得很，全中国的人，没有哪个不熟悉，昨天晚上他都见到奥巴马了，不过在电视上。"荒朝琴被摇清醒了，揶揄道："钱好挣得很，遍地是钱，只要弯腰去捡一下就行了。现在更好了，腰都不用弯，钱就跑到包包头来了。"

吴有元上床，双手枕着头，靠在床头上，酒气熏天地说："真的，我给你说嘛，现在房价一平方米二千二三，移民房屋申购价 800 多点，一平方米可以赚一千四五。一个人一个户口，至少可以申购 75 平方米，你算算，是不是差不多 10 万元？"

荒朝琴翻身侧向铺壁："你不要尽想一些吃不得的。一个户口只申购一套，未必自己不住拿去卖了？"

"说你是傻婆娘，你又说聪明得很，办法是人想的嘛。"吴有元说，"搞一个假离婚，我们去县公安局把户口掰成两个，不就可以多申购一套房子了？"

荒朝琴是那种头脑简单的人，吴有元生日那天早晨，有野女人给他发来短信。吴有元厕所去了，荒朝琴清理衣裳裤子去洗，听见裤包里手机一声鸟叫，摸出一看，八个字落进眼窝子里："生日快乐，想你的人。"她心里一急，拿起手机去质问吴有元："咋个一回事？"蹲着身子的吴有元接过手机一看，知道露馅了，脑瓜一转道："少见多怪，肯定哪个发错了。"说着删掉短信。荒朝琴竟然信以为真。吴有元出去耍小姐，黑灯瞎火地内裤穿反了，回家上床荒朝琴发现了，说："你洗澡我给你拿内裤，给你翻顺了的，你咋个面子在里面了呢，耍小姐了？"吴有元说："我没有注意，以为面子在里面，又翻了一遍。"还有一次耍了小姐回来，怕交公粮，有意在胸口上喷了一点酒，进屋就倒在了地上。荒朝琴慌忙把他扶起来，挽到床上，给他脱袜子，打洗脚水给他洗脚。她脑壳头少一根弦，对这一些事情她统统不去细究，听吴有元这么一说，确实是一个招财进宝的好办法，便信以为真了："你觉得可以，你就去办嘛。"

第二天，吴有元以感情不和为由，同荒朝琴去镇里办了离婚手续。

第十天，吴有元去县公安局户籍股，把户口掰成了两个。

不过，这些事情他还是费了一些周折，请了三次客，送了一些礼，才把这两件事情办妥的。荒朝琴想，剩下的事就是如何享受果子的甜蜜了。但后来事情的走向，跟拉进屠宰场的猪一样，不是乖乖地听凭你按在杀凳上颈子上面一刀，求生本能促使猪憋足劲头左蹬右踢最后挣扎：移民申购房屋，以摸底调查时的户口为准。他们劳碌一场，白辛苦了。这都是其次，关键是离婚后，吴有元变成了白琼花的男人，他们光明正大地睡在了一起。荒朝琴找上门，吴有元躲起来，白琼花出面应战："你婚都离了，有啥子资格来找我，说我不该给他住在一起？警告你，以后再在我的家门口看见你，不要说我对你不客气。"白琼花有钱，在镇上家族势力也大，荒朝琴一个外地乡坝头嫁过来的女子，还不是小菜一碟，咋个敢跟白琼花叫板？

荒朝琴要找吴有元说清楚："当初说得好好的，房子申购好了马上复婚。"没承想离婚当天，吴有元就要搬出去住，说："住在一起，人家要说空话。"荒朝琴虽然有一些不舍，但还是点了点头："要得嘛！"哪晓得吴有元给她安了圈套，假离婚成真离婚了。后来的日子，荒朝琴只有以泪洗面，让孤独陪伴她去度过一个个漫漫长夜。

荒朝琴多次责怪自己头脑简单。虽然，跟吴有元生活在一起，并没有多少幸福可言，甚至还有家庭冷暴力的倾向；但是，自己生生死死选择了他，却被他抛弃了，在父母和亲戚朋友面前很没脸面。她希望借助镇政府的力量，把吴有元给她找回来。甚至荒唐地想，维持一个名存实亡的婚姻都可以，当个名誉老婆，让他跟白琼花暗中来往都行。

荒朝琴心事重重地走着，差一点被路面一个矮坎绊了一跤。仓皇稳住步子，山坡上镇政府那幢楼映进眼里，她呆了一会儿，决定给良镇长打电话，告诉他明天早晨去找他上访。打了几次都占线。良镇长确实忙，还是有意不接？即使打通接了，推说有事又怎么办？算了，干脆明天直接到他办公室找。在，就找他说事；不在，走了就是。

3

第二天，荒朝琴收拾打扮得大大方方，把那张虽不妖媚，但也中看的鹅蛋脸进行了精装修，掐着上班钟点，去镇上找良镇长上访。她想好了，要把自己的事情，前三皇后五帝慢慢地给良镇长讲清楚，一定要良镇长解决好她的问题。在小河街，活梅姑见了走得兴致勃勃的荒朝琴，很是诧异：离婚以后经常头不梳脸不洗，穿得也像没爹没妈的流浪儿的样子，今天穿得阔阔气气，头也烫得青春朝气，不解地问："你去相亲？"荒朝琴说："去上访。"活梅姑说："上访用得着这样收拾打扮？"

可惜，良镇长下村调研去了。

荒朝琴很失落。锲而不舍地找了几天，良镇长不是下村了解移民问题，就县里开会去了，要么镇上召集会议，解决移民安置、迁建一类问题；白天忙，晚上也忙；双休日忙，节假日也忙。荒朝琴坚持不懈，抱定不在办公室找到良镇长誓不罢休的坚定信念，耐着性子，每天掐着上班钟点到镇里。活梅姑笑话她："哟，你去镇上上班了？"

虽然有时良镇长也在办公室，但只要有人，荒朝琴就不进去，在镇政府周边转，直到12天后的一个下午，她终于逮住良镇长一个人在办公室的机会。

"良镇长！"荒朝琴喊，竟然情不自禁地脸红心跳。

埋头桌上一个本子上写着啥子的良镇长抬起头来："你，找我有事？"

"上访。"荒朝琴理直气壮。

"哦，好，坐吧。"良镇长放下手中的笔，指着靠墙的一把翻板椅招呼道。随即站起身，用纸杯接了一杯矿泉水递给荒朝琴问，"你叫荒朝琴吧？你的事我知道了，是不是假离婚成了真离婚？"

荒朝琴惊讶，他咋个晓得的呢？狡辩遮掩道："我被他骗了。"

良镇长刚到寺新镇的那天晚餐桌上，镇办公室居主任就把荒朝琴上访的事，作为镇里一个大笑话，详细地给良镇长讲了。于是，良镇长说："你不可能被骗吧。听说你想叫政府赔你一个男人，我想听听你的理由是啥子？"

荒朝琴目光一分一分地坚硬起来："政府不修水电站，我就不会去申购房屋，就不会让吴有元找到离婚的借口。"

"哟，道理像刚出锅的馒头，新鲜啦。再请问一句，你要政府赔你一个男人，是赔你原来那个姓吴的男人，还是另外找一个来赔你？"

荒朝琴心一跳，腹语道，你还问得怪哩。左手端着纸杯子，右手在纸杯子上机械地摩挲着，感到良镇长的目光正覆盖在她身上，低头仓促应道："随便。"

良镇长淡淡一笑，喝了一口水道："你这就给我出难题了。第一，我只听说过赔钱赔物，没听说过赔人的事，人咋个赔呢？第二，赔你原来那个姓吴的男人吧，不是我挑拨你跟他的关系，既然他跟着富婆跑了，说明他是一个见钱眼开的花心男人，不是英雄，更不是豪杰，不值你爱，赔你有啥子用？第三，要是另外找一个男人来赔你，你这么漂亮优雅的一位女士，我随便找一个来，你愿意吗？就是你不感到委屈，我都感到委屈！何况现在寺新镇单身汉也多，一挏一大把，听说有这种好事，怕挤破脑壳来找我，愿意充当赔偿物，争抢得打起架来，怕又会出现很多新的上访户。"

荒朝琴插嘴道："当然要比吴有元好的男人。"

良镇长面带微笑，指头在桌面上弹钢琴一样磕着："你这更是给我出难题了。你想，几万移民都没有想到为了多分到一套房子搞假离婚，吴有元想到了，说明他是人精，聪明绝顶，这种人，我打起火把掘地三尺都找不到啊。"

这时，镇政府办公室居主任进来找良镇长，瞟了一眼坐在那里的荒朝琴，话中带刺道："又来叫赔你一个男人吧？这一会儿场口上正有一个男人睡在那里，你去看看，赔你要得不嘛？"

良镇长抬手示意居主任不要这样说："小荒啊，我得批评你两句。你想一想，国家、集体的便宜就那么好占吗？现在你便宜没占着，又付出爱情代价，扦担挑缸钵，两头都滑脱，教训深刻。不过，事到如今，批评你没有用，关键还是要把问题解决掉。这样，你的问题，你提一个解决方案，我们看可不可行，可行就解决，不可行你得重新提方案，如何？"

荒朝琴一时找不到话说，见居主任把一沓资料送给良镇长，良镇长接到手中低头一看，眉毛就皱了起来，说这个事县里要得这么急啊？埋头看起材料。居主任站在良镇长身边，等着良镇长看完材料提处理意见。荒朝琴一时提不出方案，站不是坐不是，便说："良镇长，你忙，我走了。我一个妇道人家，想不出好的解决办法，反正事情是政府修电站引起我离婚的，政府就要帮我解决好我的离婚问题。"

良镇长边看着材料边回答说："谢谢理解。不过，清官难断家务事，你的家庭问题，还是得靠你们自己解决。有别的啥子困难和问题，尽管给我讲好吗？"

4

像前几次上访一样，问题仍然原地踏步没有得到解决，但荒朝琴并不沮丧，相反还有一点隐隐得意，仿佛嘴里含着一颗冰糖，正淌出沁人心脾的甜美味道。

又一个镜头深深地烙印在她的脑海里，良镇长说"尽管给我讲好吗"这一句话时，眼睛是从材料上抬起来望着她说的。眼光柔和，温暖，丝丝缕缕，入心入肺。良镇长这一句话是啥子意思？一个离了婚的女人，困难和问题多得是，难道这个良镇长对我有好感？不然，他说最后那一句话时，怎么盯着我的眼睛眨都不眨一下？

其后不久，荒朝琴捕捉到一条信息，坚定了良镇长对她有好感的看法。

这消息，是活梅姑告诉她的。

活梅姑有一个妹，出嫁的地方，正是良镇长的老家天皇寺。那天，她的妹来看望她，告诉活梅姑，良镇长是天皇寺的人，她男人同良镇长，还有一点亲戚关系。活梅姑想享受围堰截流综合影响补助但享受不到的事，娘家人知道后，专门叫她的妹来告诉活梅姑，可以用亲戚的身份去找良镇长。言来语去中，活梅姑的妹还谈到了良镇长两口子关系不睦的事，说良镇长在原来的镇上与一个女人有关系，良镇长的妻子闹到了县里有关部门，组织出面调查确有此事，想把良镇长免了，但他干工作又是一把好手，想着挽救一名干部，才调他到移民搬迁任务最艰巨的寺新镇来当镇长的。

活梅姑登门告诉荒朝琴这个事，隐藏着一大阴谋。她以老家亲戚身份找良镇长，良镇长非常热情地接待了她。但当她提说想请良镇长帮助解决享受综合影响补助的事时，良镇长一口回绝道："我已经了解过了，政策摆在那里，群众眼睛也在盯着，我不敢突破政策给你解决；既然是亲戚，就要多理解，多谅解，多支持我的工作才对。"活梅姑吃了闭门羹，心里不舒服。她也是离过婚的人，知道离婚妇女的滋味。良镇长虽然已婚，但享受的是未婚待遇。活梅姑判断，从那次良镇长接待上访人员时，荒朝琴看良镇长的目光异样特别，还收拾打扮去找良镇长上访，说明荒朝琴对良镇长有好感。荒朝琴头脑简单，又爱钻牛角尖，用她做诱饵，让他们做出一段风流韵事来，把这作为把柄，迫使良镇长解决她的围堰截流综合影响补助。

活梅姑上门找荒朝琴的时候，荒朝琴正吃过晚饭，斜靠在沙发上，一边看着电视，一边细心地揣摸着良镇长对她说的"有别的啥子困难和问题，尽管给我讲好吗"这一句话的精深含义，她本不想理睬活梅姑，但人家主动走上门来，又是一张笑脸，还是叫了她坐，倒了半杯开水。

活梅姑走后，荒朝琴想，原来这个良镇长还是一只偷腥的猫儿，怪不得看自己的眼光黏糊黏人。她这样想着，竟站起身，打开穿衣镜前的灯，望着镜子里的自己，拢拢头发，撩撩鬓角，嫣然一笑道：嗯，不错，25岁，脸色红润光洁，杨柳细腰，乳房挺拔，肤色白嫩；再扭动腰肢，收收腹，提提臀，挪挪腿，学电影明星摆两个造型，嘻，虽然离婚了，但年轻漂亮，还是有本钱的，肯定吸引得住良镇长。一个意念如一茎小草拱破她的心室，利用良镇长对我有好感这一点，想办法叫他解决好我的问题，做到又到江边站，又不打湿脚。哎呀，即使打湿脚又咋个嘛，不就是名声吗？镇长都不怕，我还怕啥子？再说，好名声值得为你吴有元保留？

荒朝琴心乱如麻，一个意念在脑子里盘桓：现在要做的事，就是咋个能够单独接近良镇长，去他办公室上访？显然不是地方，应该如何把他引到自己家里来才是办法。平白无故他怎么能来呢，得找恰当的借口，制造出机会。对，他不是说有啥子困难和问题，尽管给他讲吗？好啊，我现在就遇到困难和问题了：厕所堵塞，疏不通，打电话给他，叫他帮忙疏通。试探他一下，看他来不来。来，说明他对我真的有意思。于是，她捡起放在沙发上的橘红色手机，看时间，正好9点，不会这么早就睡了吧？电话号码嘛，早熟记于胸，便给良镇长拨过去。

"你好，哪一位，请讲？"

荒朝琴心一跳，想嗲声嗲气地说"你猜"，但瞬间意识到关系还没进展到那一步；要是自作多情，人家不买账，这个脸就丢大了。于是，她装着很焦急："良镇长，我的厕所堵塞了，咋个也疏不通。你不是叫我遇到困难和问题尽管给你讲吗？现在就遇到了，你能帮我疏通一下吗？"

"真的吗？"

"咋不是真的呢？我都急死了，你要把老百姓的疾苦放在心上嘎。"

"我现在在乡下，我请办公室居主任给你联系想办法疏通。"

荒朝琴一口否决："不不不，那个人，官不大架子大，我不想见到他。你是真心诚意给老百姓说话办事的，就亲自来给我解决。"

"我正在开会解决问题，你想想别的办法好吗？"

"都是问题，为啥子人家的你就解决，我的你就不解决？好吧，你不解决我找县上解决，到时候不要说我越级上访，一票否决了你们的政绩。"

冷了几秒钟，又响起那个富有磁性的声音："好吧，我明上午10点来看看。"

"好的，我等着你啊！"挂了机，荒朝琴抑制不住内心的狂喜。现在要做的事，是把厕所如何堵起来。

这是一幢单位职工宿舍，上世纪七十年代所建。荒朝琴住在5楼，也是顶楼，两室一厅，70多平方米，吴有元父母留下的，现在二老在成都女儿处定居了，房子给了吴有元。原来也发生过堵，是洗衣裳时，倒水不小心把内衣倒下去了，吴有元趴下身子伸手下去抠了很久才抠通。荒朝琴受到启发，找了一块烂毛巾塞进厕所下水道，接了几盆水倒下去便堵住了。她搓搓手，满意自己制造的假现场。第二天起床，水漏完了。她学吴有元趴下身子，把烂毛巾抠起来，重新趴下身子把烂毛巾塞进下水道。打水试，堵住了，还有意把一碗泛着油珠子的菜汤倒下去。

一切就绪，荒朝琴梳妆打扮起来，几乎衣柜里的服装都试穿了一遍，最后定格为一件淡绿色的真丝低胸汗衫，一条白色休闲裤，一双粉红色拖鞋；不仅身上，连卧室里也喷了香水。烧了一壶开水，特意上街买了一盒早白尖茶，细心地洗净茶缸，抓了一箸倒了一点开水泡起，良镇长来时好请他喝。

"荒朝琴在这里住吗？"良镇长没有食言，按时到达荒朝琴短信指定的地点。当问话和敲门声传进荒朝琴耳朵里时，她的心子差一点跳出胸腔，喜滋滋地打开门一看，心情一下阴了：良镇长身后跟了两个男人，一个是办公室居主任，另一个四十多岁，穿着脏分分的衣裤，提着一个花眉花脸的皮包，显然是请来疏通厕所的人。

"你不是说厕所堵了吗？我们请来人帮你疏通。"良镇长温和地对荒朝琴说。

荒朝琴心情阴阴的，心不在焉地"嗯"了一声，将他们带进厕所指着说："你看嘛，不晓得咋个就堵起了。"

良镇长对着请来的那个人说："这个事就拜托你了，仔细一点，疏通后不要流汤滴水到处整得脏分分的，要把卫生打扫干净。"然后对站在一旁的荒朝琴说，"好吧，镇上还有急事等着我处理，我走了，有事打电话。"说罢，望了居主任一眼，一前一后走了。

荒朝琴望断良镇长的背影，像丢失了啥子贵重物品一样很失落。厕所疏通起来并不难，那人前后不到5分钟搞定。荒朝琴给他工钱，他说良镇长已经给了。荒朝琴问："好多？"他说："20元。"

那人走后，荒朝琴一屁股坐在沙发上，心里打翻五味瓶。良镇长主动给了工钱，说明良镇长细心，有人情味。可是，他咋个要把办公室居主任带起来呢？想了半天，脑壳忽然开天窗：嗯，良镇长不愧是当领导的人，聪明，带居主任来，是为了遮人耳目；把路找到了，下次我再有事找他，他就熟悉路径，可以一个人来了。

荒朝琴跟良镇长打去电话，告诉良镇长："厕所已经疏通了，表示感谢；钱该我自己出，不能你开，我好久把钱还给你。"良镇长说："小意思。"荒朝琴说："不能让你又跑路又出钱，不管多少，一定要给你。"

5

荒朝琴很满意自己的处理办法。下午，她精心修饰了一番，跟良镇长送钱去。

可惜，良镇长不在。碰上居主任，荒朝琴对他没有好感，想佯装没看见走开。抱着一摞材料的居主任主动问荒朝琴："厕所还没有疏通？"荒朝琴说："疏通了，但钱得我开，良镇长开了，我来还给他。"居主任告诉他："良镇长县上开会去了。"

出了门，跟良镇长打去电话，一直占线，半个钟头后才通。良镇长说："我在县上。钱的事，还不如一包烟钱多，不要再提了。"

荒朝琴站在镇政府出来的石梯子上愣住了。

再次见到良镇长，是一个月后的事。

初秋，老天爷心情不舒畅，想起下雨就下雨，大半个月，很难有一个晴天。荒朝琴顶楼渗水了，又正是卧室左侧衣柜边上，顺着墙壁蚯蚓一样往下梭。老房子，顶楼原来就发生过渗水，处理过一次的，但头痛医头，脚痛医脚，再次漏水不足为奇。奇的是哪家遇到这种倒霉的事情都沮丧，荒朝琴反而庆幸：又有找良镇长的理由了。

经过坚持不懈的努力，在一个雨声淅沥的晚间，荒朝琴终于打通了良镇长的电话。刚接通，她便天塌地陷哭腔哭调夸大其词地说："我的楼顶漏水了，卧室已经成了洗澡堂，我一个女人家，咋个办哟？"

传来良镇长安慰的话："不要慌，先把一些贵重的东西搬到不漏雨的屋子里去。"

荒朝琴道："我一个弱女子，哪里搬得动那么多东西嘛，只有向你求援。"

只听良镇长说了一声"你等着吧"就挂了机。荒朝琴惆怅地望着手机，没明白良镇长这一句话是挖苦讽刺她的，还是真的要来帮助她，把手机丢在床上，在外面哗哗的雨声中，一屁股坐在床边上，不知如何是好。

荒朝琴的家在老岩子下。抬头望，屋后悬岩满是乱石杂树，多次发生过泥石流；即使晴天，偶尔也有飞石下落，多次造成人员伤亡。按理说，老岩子下建房非常危险，但这里地形特别，后靠岩，前临江，根本找不出一块像样的宅基地，百分之七十的房屋都要砌堡坎才能修建。前年一天晚上，一坨飞石滚下来，把荒朝琴的楼顶打了簸箕大一个洞，要是再打过去一尺，吴有元和荒朝琴就见阎王去了。住在老岩子下的人说："人没有乱死的。"虽亦诚惶诚恐，但也心安理得地住在老岩子下。

老岩子离镇政府远近约3公里。荒朝琴望着墙上的水流无可奈何，想找毛巾贴在墙面上，吸住流下的水。但只要在下雨，这个做法都是徒劳的。前年飞石打烂房子吴有元就想重新把楼顶处理一下，可想到等不了好久就要搬迁了，没必要花一大笔钱去整，将就住一两年算了。哪晓得这种情况，多住一两天都恼火。

传来敲门声，陷进重重心事里的荒朝琴被吓了一激灵。起身开门一看，居然是良镇长，身后跟着司机小程。

"漏得有好严重哟？"良镇长问。又带着一个人来，荒朝琴心里不舒服，把良镇长和小程领进卧室，指着墙上眼珠子一样下滚的水说："看嘛。"

良镇长凑近墙面，伸出右手二指抹了抹，仔细察看了渗水部位，说："情况虽然没有你说的洗澡堂那样严重，但确实也是一个大问题。来，我们帮你把衣柜搬开一点。你把拖帕拿来放在墙脚下，水流在上面，免得满屋流起。"说着，示意小程把衣柜挪开。摸出手机看时间，10点零3分，道："目前困难你暂时克服着，过两天安置房分到手，搬迁过后，你这问题就彻底解决了。"

荒朝琴心里又是惘然若失。她弄不明白良镇长为啥子不亲自一个人来解决她的问题，总是要带着人来？

雨半夜停了，屋没如何漏水了，她才睡觉。似乎刚迷糊过去，手机响了，睁开眼，天已大亮。她按下接听键问："请问哪一位？"电话那端道："我是良兴的婆娘。"荒朝琴糊涂："谁是良兴？"电话那端说："刚调到你们镇上不久的镇长。麻烦问一下你的尊姓大名？""我叫荒朝琴，啥子事？""你本事大，没几天就把我的老公搞到手了。"荒朝琴莫名其妙，道："你打胡乱说一些啥子呀？""打胡乱说，昨天晚上我老公深更半夜到你家来做啥子事？现在他死了，都是你干的好事，你要赔我一个男人，不然，这一辈子我跟你没完！"

荒朝琴的头皮发麻，背心发凉，自己要求赔一个男人的诉求没有得到解决，人家却打电话来叫她赔一个男人，这，这——她正要问过子丑寅卯，对方电话断然挂断；重拨过去，对方占线。她丧魂落魄般地翻身起床，去找镇上消息灵通人士活梅姑。

活梅姑嘲笑她："哟，你水平不一般啊。良镇长确实是一个好干部，你上访要求赔你一个男人，他把自己赔给了你，心满意足了吧？"

荒朝琴慌忙道："你不要乱说。听说良镇长死了，真的吗？"

活梅姑道："全镇的人都晓得了，你还蒙在鼓里。昨天晚上他到你家来，还带着司机给他站岗放哨。从你家出来过山岩子时，被一坨飞石落下来打中。检查防汛安全的人发现，在送往县医院的路上良镇长死了，司机还在抢救当中呢，死不死还未可一定。"

荒朝琴如雷击中，眼前金星迸溅，仿佛地震了，地面急剧摇晃着，天地间突然转盘一样旋转起来。

荒朝琴不知道，良镇长的爱人为啥子打电话给她，是见良镇长手机最后一个电话，想试探是谁打的。原号拨出，一个女的接到，立即触动了她敏感的神经，打倒醋坛子，向荒朝琴发出庄严的索赔诉求。

荒朝琴好不容易才站住脚，指着活梅姑的鼻尖几乎是咆哮："你们混账。告诉你，良镇长是来过我家两次，但两次都有人陪着。你们不能嘴里吐粪，冤枉好人。"

荒朝琴疯婆娘一样，跌跌撞撞地走出活梅姑的家，走进初秋似雨非雨的天光里……

我的新婚夜

嘻嘻，我今天就要结婚了。

近一个月以来，特别是近几天来，想到结婚，我就兴奋激动得睡不着觉。不瞒大家说，新婚之夜要做一些啥子事，我心里如同千瓦的电灯照着，亮堂得很；但怎么做，脑袋瓜里却如一盆糨糊，黏糊糊地搅不动；正因为搅不动，才激起我探寻猜测的强烈欲望。就这样向往着，揣摸着，呀，窗子旁边竹林里的鸟儿，就叽叽喳喳地叫起来了。好在这时我已经是在同子茵去镇政府扯结婚证的路上了，晚上学校给我们操办的婚礼一举行，锅盖一揭，锅里煮的啥东西，全部一目了然。

我和子茵相识于大二。学校不提倡也不禁止学生谈恋爱，这令我们很高兴；但毕业分配不照顾关系，又令我们很沮丧。

高兴沮丧交织在一起，一晃就毕业了，我们分在"天各一方"的两个学校。虽然只隔89公里，但交通极不方便，坐车坐船兼走路，我要一天半时间才能到子茵的学校，只好断了星期天去看望她的念头。想念她了，周末蹲在卧室里，趴在那一张摇摇欲坠的课桌转变职能做的办公桌上鸿雁传书，走15里路去县邮局寄出，一天也就充实而充满希望地度过了。只有放寒暑假的时候我们才能见面。经济拮据是一个原因，不时兴外出旅游是另一个原因。假期到了，如走亲访友一样，我到她家里耍两天，她到我家里耍两天。彼此的家在小镇上，人多屋窄，一举一动全处在双方家人眼皮底下，根本没有拥个抱亲个吻的空间，更不要说做一些更亲密的动作了。

苦煎苦熬了4个年头，1500个日日夜夜啊，我们决定结婚。双方家里都没有供我们结婚的屋子，子茵住的是学校的集体宿舍，我的虽然只有8平方米，但只有我一个人住着，所以，我们商定子茵到我的学校来结婚；再利用过年的机会，到双方父母家里请一台客，算告知亲戚朋友，我们的婚姻修成正果了。于是，假一放，子茵历经一天半的舟车劳顿，中午时分赶到我的学校，吃了午饭，我们去镇政府把结婚证一扯，就大功告成，功德圆满了。

镇政府坐落在水绕翠环的大龙溪旁边，负责婚姻登记的吴干事我认识，他的女儿吴燕燕在我们学校初一（二）班读书，她的班主任老师请产假，我还代过她一个月的数学课哩，找吴干事扯结婚证肯定顺风顺水。但吴干事不在办公室，问隔壁镇政府办公室喻秘书，她说可能到球场边张贴专栏文章去了。我和子茵果然在球场旁边找到吴干事，他双手正在把一张写满字的纸按在墙上，听见我打招呼，掉过头问我："有事？"

我笑脸相迎："啊，麻烦你，我们来办理结婚证。"

"哦，恭喜恭喜。你稍等一下，我把专栏贴好就回办公室跟你办。"吴干事说。

我瞄了一眼，那专栏文章全是从报纸上抄的文章。为了抓紧时间扯到结婚证，我和子茵不由分说地帮起忙来——我刷糨糊，子茵牵纸，不到半个钟头便贴好了。吴干事怕没贴稳被风吹掉，一张一张地做了一遍认真检查，确认没问题了，才拿起糨糊碗说："走嘛。"

到了办公室，吴干事把糨糊碗放在文件柜上，用洗脸盆打了水洗了手，在身上那件黄不拉叽的棉袄上揩干，向我伸过手来："结婚证明。"

我忙把握在手中的证明，十世单传婴儿一样小心翼翼地送进的他手里，心里既温馨又慌张。吴干事看了，又向我伸来手道："把女方的证明也给我。"我眼一傻，心一沉："没有。""没有？"吴干事平坦的眉骨上面两撇有一点外八字的眉毛一蹙说，"政策规定得清清楚楚，必须要男女双方单位出具的证明才能办理结婚证，少了任何一方都不行。"

我望了子茵一眼，她脸色通红。我忙掉头对吴干事说："我们没结过婚，心想一方的证明就够了，不晓得双方的都要。"吴干事说："这一次你就晓得了。赶紧去把女方的补来吧。"

我一听急了。我们要结婚的事，已经报告了学校，连校园地面上的泥虫蚂蚁都晓得，我们今天晚上要举行婚礼。来扯结婚证时，身兼办公室主任的卓老师，已经领着胥老师和计老师，在布置婚礼现场了。我对洞房之夜的向往，比前天晚上看到的样板戏《智取威虎山》中，座山雕对联络图的向往炽烈百倍。我的规划设计是，下午把结婚证扯了，晚饭吃了，开过茶话会，吃过喜糖，就走向朝思暮想的"新郎新娘，送入洞房"的美妙时刻了。然而，扯不到结婚证，怎么走得进洞房呢？

我找出理由说："我们学校的证明上，已经把双方的姓名、工作单位、年龄等情况，写得一清二楚的了哒嘛。"吴干事像是四季豆不进油盐："写清楚了也不行。"

我眼前的天光似乎一下阴沉起来："吴干事，你知道，我们的假期很短，子茵的学校离这里远，等她回去把证明开起来，假期都过完了；何况现在已经放假了，她回去找不找得到学校领导还是一个未知数。"

吴干事一副铁石心肠、公事公办模样，不为我的话所动。我暗想，看在我曾经代过你女儿的课、刚才还帮你贴专栏的分儿上，网开一面吧："吴干事，能不能通融一下，你现在把结婚证扯给我们，我们随后抓紧去把证明补办送来。"吴干事清理着办公桌上的东西，好像不认识我一样，坚定地摇了摇那颗已经长出几根白头发的脑袋瓜子："不行。"

有如一坨石头砸在我的胸口上，后来子茵告诉我，我当时看吴干事的眼神有一些绝望，更多的是愤怒。当时我真的很想说：你脑壳上都长起白头发了，还不懂人情世故，做不来顺水人情嗦？但我还没把结婚证办到手，说话还得悠着一点儿，便把话卡在了喉咙。见他清理好办公桌面上的纸笔墨砚，又打开文件柜翻东西去了，旁若无人的样子，分明是在下逐客令。我知道再跟他耗下去也不会有好结果，得另辟蹊径才行。想起来的时候，见图校长在办公室看报纸，请她出面帮我给吴干事说说情看行不行。抱着这样的希望，我去了镇政府办公室，给喻秘书说借电话用一下。喻秘书望了我一眼，见我是中心学校老师，把面前的电话推给我说："打嘛。"

图校长很给力，答应找吴干事。我不想喊吴干事接电话，把电话递给喻秘书："麻烦你喊一声吴干事来接。"这是不成文的规矩，秘书与干事同属工作员，但秘书似乎要比干事高一个级别。

"吴干事，电话。"喻秘书一声喊，吴干事大步走过来。我和子茵急忙闪到一旁，听图校长给吴干事交涉的大意是说：我们学校韦老师来扯结婚证，差女方的证明，我们学校出面担保，一切请吴干事放心，出了问题全部由学校负责。吴干事似乎很热情："校长亲自说情，这个面子我当然要买。这样吧，我打一个让手，让女方学校发一个电报来说明一下，以后再补证明。"

说是打了让手，对于我和子茵，其实是变相设卡，只不过在我低暗的心空多少照进一缕明黄色的天光。我捉腕看表，4点16分。我对子茵说："随命打彩，到县邮局去打电话，看你们学校能不能赶紧发一个电报来。"子茵说："只有这样了。"我掉过头对吴干事说："我这就去县邮电局联系发电报，要是晚了，麻烦你等我一下好吗？"吴干事这一次把话说得很人性很豁达："没事儿，只要电报到了，半夜我都给你们办。"

我转身回到学校，借了胥老师那辆凤凰牌自行车，搭上子茵，把车轮蹬得滴溜溜转地朝县城一路狂奔而去。

下午4点44分，我们到了县邮电局，顾不得擦一把汗，到话务窗口让接线员挂子茵学校的电话。

真急人啦，电话是手摇的，一站接一站，要先摇通子茵所在的那个市的市邮局；通了，再摇县邮局，镇邮电所，最后才是子茵的学校。等待是磨炼人耐性的最好办法，我和子茵站在邮局那个木板门话务窗口前面，焦躁不安地等啊等啊，等瘦了信心，等肥了绝望，那个穿白点花衬衣的女话务员，才把那颗蓄着齐耳短发的头掉向我们。我精神一振迎上去。她说："学校没有人接电话。"我不知道杀人犯听到法官宣布判处死刑立即执行那一刻的心境是不是这样，只觉得眼前一黑，头一晕，两腿差一点软在地上。电话没人接，怎么叫他们发来电报？一向自诩很有主见的我，望着子茵，我想我脸上无可奈何的表情，一定让子茵瞧不起。想想啊，没有电报怎么去扯得到结婚证？扯不到结婚证怎么合法结婚？结不成婚怎么走进向往已久、思盼若渴的洞房？

子茵以她惯有的温柔，抿嘴笑笑道："没关系，好事多磨。"

子茵的话给了我莫大安慰。我说："看来我们只有先上船，后买票了。"

子茵显然听懂了我的话，脸泛羞涩红晕，如三月桃花一般灿烂。她头微微一低，岔开话题道："我们回吧。"

我看时间，下午5点51分了，晚上7点钟学校要为我们举行婚礼，得抓紧时间回家吃饭。我沮丧地从墙角处推出自行车，搭上子茵铩羽而归。

途经县红旗旅馆，真想去开房，但不交验结婚证住不进去；即便花言巧语住进去了，派出所来查，也不会有好果子吃。

婚礼如期举行。

这是学校最好的一间教室，窗子安装了玻璃，平时学校教职工会都在这里召开。感谢卓、胥、计几位老师精心布置，黑板正中用白色粉笔写着韦正祥同志和斐子茵同志结婚庆典，两边用红色粉笔画了红灯笼与炸得开花开朵的鞭炮。学校送给我们的礼品——两个铁壳子温水瓶，比肩站在我和子茵座位面前的桌子上，上面贴着写有我和子茵结婚纪念字样的红纸条，在寒风中一飞一飞的，似乎在鼓掌迎候着来宾；课桌沿教室摆成一个长方形的圈子，教室上空用红纸剪的花，从四个对角拉了一个大大的"X"字，简朴中透着浓浓的喜气。

我和子茵把事前准备好的糖果，从一个口袋里拿出来，一一摆在桌子上。卓老师往杯里放茶叶，胥老师提保温瓶倒开水，计老师端去放在大家面前，配合十分默契。确实是节俭办婚事，我们不发请帖，不收礼金，不办婚宴，大家来喝喝茶，吃吃糖果，介绍介绍恋爱经过，大家说一些祝福的话，起哄让新婚夫妇做一些搞笑的小游戏，就该走进洞房了。

我和子茵的心情，既激动又紧张。场面与我们想象的稍微有一点出入。我们学校不大，教职工不到 50 人。时逢寒假，又走了一半多。剩下 20 来人中，也有两人没来。事后，我和这俩人相遇，总是疙疙瘩瘩的，始终觉得我们之间隔着一层纸；当我弄清楚他们没来的原因时，还主动找他们化解，对他们说："对不起，给你们增加思想负担了。"

　　啥子原因？说起来笑人，我没有扯到结婚证，婚礼显得有一点非法，他俩怕有人说他们立场不稳，是非观念淡薄。

　　这也是事后才知道，按照图校长的意思，我和子茵没有扯到结婚证，要取消当晚的婚礼。卓老师、胥老师、计老师站出来说情："婚礼现场已经布置好了，取消了说出去对学校、对韦老师影响都不好。要怪该怪吴干事，他太呆板，太不近人情，太不通人情了。结婚只是一种形式。你看农村，哪个去扯结婚证？席桌一摆，请大家吃一台，就算结婚了。"图校长说："我们是单位，要讲规矩。"胥老师说："你要不考虑韦老师的情绪，不要怪下一学期我们抽你的吊桥嘎。"图校长犹豫再三才做出让步。怪不得婚礼现场气氛显得冷冷清清，让我觉得疙疙瘩瘩的，有一种欲说不能、欲忍难受的味道。

　　按道理，婚礼上的精彩环节莫过于追着让我讲述恋爱经过。像去大礼堂做报告，我是做了精心准备的，从大二递纸条开始，连纸条我都从箱子底下翻了出来，准备原文照读。遗憾的是大家吃着糖果喝着茶，一个挨着一个说几句"祝新婚快乐，婚后互敬互爱，比翼齐飞"一类的话，感觉他们言不由衷，搪塞敷衍。最煽情的莫过于卓老师说的"早种芝麻早种谷，早生贵子早享福"，竟然没有人让我讲恋爱经过，这让我心慊慊的，好像心爱之物被人强行拿走一样。

能把婚礼气氛推向最高潮的是传统小节目，比如用一根细线吊一颗喜糖，怂恿新郎新娘共同去咬——亲嘴；比如过独木桥，抬一条板凳放在屋中间，让新郎新娘分别从一端迎面走到另一端，走到中间相遇过不去，大家一起喊叫着让新郎把新娘抱过去——拥抱。最有意思是猪八戒背媳妇，事先我叫子茵大方一点，我把她背着绕场一周放下后，要在我脸上亲一下——我有意让大家眼馋。然而，大家挨着完成任务似的发过言后，婚礼冷场了，没有人提议让我和子茵咬喜糖，没有人要求我和子茵过独木桥，没有人煽动我来一个猪八戒背媳妇。我的心有如秋收过后的田野，一片凋零破败。判断一场婚礼隆不隆重，就看结婚典礼热不热闹。为了让大家出去说"哎呀，韦老师的婚礼热闹得很"，我多么希望有人站出来叫我们搞小游戏啊；即便提一些过分要求，开一些出格的玩笑，我一定积极配合，决不打退堂鼓。可惜没有人站出来提议，我又不好自告奋勇。

"嚓嚓嚓！"像夜深人静老鼠啃啃谷包子的声音，这是大家在吃花生、糖果。

"吱溜！"如同重感冒擤鼻涕的声音，这是有人在喝茶。

我突然后悔不该举行婚礼，哪怕它记载了我人生历程中的重大转折。

"请韦老师说几句吧。"静了一会儿场，图校长说，话很勉强，满含被谁绑架胁迫刀尖抵着背心的意味。

锣鼓听声，说话听音，显然图校长不是叫我说恋爱经过，而是答谢大家几句结束婚礼。我揽着子茵的腰站起身，虔诚地给大家鞠了一躬道："感谢大家今天赏光参加我和子茵的婚礼。我和子茵今后一定好好教书育人，用行动报答大家的今天晚上的抬举与厚爱。"

我不想再说啥子了，和子茵再次给大家深深地鞠了一躬。

"好，结束了吧。"图校长说，话像冰水浸泡过一样，没有一丝一毫温度。

图校长说罢，大家仿佛获得赦令似的纷纷站起身，用腿把板凳往身后赶，弄出一屋嘹亮的板凳脚摩擦地面的"咔咔"声，一个个陆陆续续走出教室，走进黑黝黝的夜色里。

今天这个脸算是丢大了，我心里突然涌起对吴干事的切齿愤慨。要是他把结婚证扯给了我们，哪里会有这样冷清的局面？按我平时的性格，肯定扭头走掉。出于礼节，我牵着子茵的手，脸上汪了肯定比哭还难看的笑，对经过面前走出教室的老师们连声说："谢谢！"仿佛他们才是婚礼的主角，走进洞房的不是我而是他们。

卓老师走在最后。他上前握着我的手安慰道："今天的场面你不要介意，事前图校长有过交代，不要整得太热闹了，没扯结婚证就举行婚礼，怕传出去影响学校的声誉。反正这是一个形式，把意思表达到就算了。学校没把婚礼搞热闹，把你俩搞高兴，你们自己去搞热闹，自己把自己搞高兴就行了。"

到底是私交比较好的人，说出的正是我此刻心里想的话。我说："无所谓，学校能出面给我们举办婚礼就已经不错了。你从中帮了大忙，特别感谢你！"

令我喷血的事还在后面。老师们走出教室后，我对子茵相视一笑，伸手揽着她柔美的腰肢，走出教室，走向我们简陋的新房，走向人生最神秘最渴盼的向往。此时，我听见浑身那个叫"荷尔蒙"的东西，像放江的春水一样"哗哗"流淌，如听到冲锋号的将士一般嘶吼着准备跃出战壕，我把子茵搂得更紧了，恨不得面前就是婚床。

"韦老师。"有人喊我，是图校长的声音。我和子茵油然站住，图校长站在操场上、我回宿舍的必经之道上，他说："你们还没有扯结婚证，暂时不要住在一起嘎。要说学校给你们举行婚礼，都承担了很大风险，会带来一定的不良影响；你们要是再住在一起，对学校的影响就更不好了。"

我听后，奔涌的大江倏然截流，即将冲出战壕的将士猛遇阻击；子茵攥住我的手骤然抓紧了许多。我本想说："举行了婚礼，就是认可我俩住在一起了。"想到不要太为难校长了，何况今后还要在人家手下过日子，不能把关系搞僵了。我笼而统之地应答道："请您相信我。"

"希望你说话算话。"图校长撂下这一句话，蠕动着身子消失在夜色里。我和子茵怔怔地站了一会儿，情绪低落地回到宿舍，放下学校送的两只保温瓶，从洗脸架上拿起瓷盆，去伙食团打热水。路上我心情十分沉重，子茵来我学校要过三次，每一次来，我都去计老师那里挤铺，把自己的床让给子茵睡。看来今天晚上我走不进洞房花烛夜了，还得到计老师那里去挤铺，咀嚼单身汉的清冷与凄凉。

打回热水后，我拧了一毛巾给子茵洗脸，然后倒进洗脚桶里提给子茵洗脚，满脸歉意地问子茵："今天晚上咋办呢？"子茵淡淡一笑道："凉拌。"我说："那我们只有凉拌了。"子茵搓洗着脚说："这么多年都等了，还在乎这几天吗？"我表扬她："说得对，明天就去你们学校办证明，抓紧一点，争取三天打一个来回。证一扯，名正言顺后，我一定加倍给你补偿。"子茵的脸一下红了，羞涩地点点头，"嗯"了一声，依稀嘴里含了一颗糖。

我心里乱糟糟的，去了计老师那里。

计老师为我鸣不平，说："你撞着鬼了，遇到他妈两个肇堂乌棒，把堂子给你肇了。哪里有这么机械的人嘛？不要怕，反正喜糖已经吃了，木已成舟，你回洞房去吧。图校长问我，我就说你在我这里睡的。"我心生感激，也生惶恐：隔壁住的都老师，虽然我跟他关系不错，但这个人有一点阴阳怪气的，爱打小报告。我想了想说："还是算了。"计老师看穿了我心中的顾虑："没关系，明天一大早我给都老师打招呼，叫他给你保密。他要不听招呼，以后我找机会收拾他。"

是啊，新婚之夜，我不能让子茵一个人守空房，受冷落，嚼寂寞；20多个春秋在我身上储蓄的激情，摩拳擦掌跃跃欲试，我也不想再让它像向往战场的烈马，死死地关在栅栏里。我心里坚定，嘴里似乎优柔寡断地对计老师说："好吧，听你的。"计老师很高兴："这才是男子汉大丈夫嘛！"

我穿衣趿鞋，做贼一样溜出计老师寝室。我知道，穿过小半个操场，再拐一个小弯，就走进我们的洞房了。遗憾的是，我刚要走过操场拐弯处，被一个吆喝声绊住脚步："哪个？"

是图校长。

我仿佛正把手伸向别人钱匣子，却被别人抓住，惶恐得不知所措："我去厕所解手。""哼哼，解手，厕所在哪里你不可能不清楚吧？还说请我相信你。跟你说，你不要饭没煮好，喉咙头就伸出手来了。婚姻政策在那里明摆着，你身为人民教师，不要知法犯法。"

我惶然低下头，夜风吹着操场边上的树叶和竹丛，"呜儿呜儿"嘹亮地响着，我听起来这全是讥讽嘲笑我的声音……

冬　生

　　一片一片黄葛叶，在树上冷得打抖抖；北风一刮，就一飘一荡一摇一摆地落在了地上。冬生弯腰捡起一片细看，黄焦焦的，死了没埋的样子；想起春天发叶，夏天秋天都是绿油油的，才没过几天，就老了死了，心里像被一只蚂蚁咬了一口，有一点疼。冬生刨开一个小坑，把捡起的那片叶子埋进了泥巴里，站起身，拍拍手，向大山坡望去，落进他没有灵性的眼窝子里的，是雾腾腾灰蒙蒙跟米汤一样颜色的天光，和癞子脑壳一样的山色；每天看上千百遍，早把一颗愚玩憨直的心看麻木了。

　　冬生心也阴阴，情也阴阴，木然的瞳仁里，又映出了竹冲湾郭家的那座长五间瓦房，以及瓦房一侧那口鱼塘坎上一边放鹅一边看书的黑娃。

不晓得这狗日的咋个有冬天，也不清楚舅子的田土咋个要下放到户，一个生产队的人，在一起干活路好安逸嘛，听他们嘻嘻哈哈，打打闹闹，嘿嘿嘿，一个冬天不知不觉地就过去了。特别是薅秧子，一个生产队的人集中在一起，歌儿也唱起，啥子"大田薅秧排对排，一对秧鸡儿飞过来，你的秧鸡儿钻林子，我的秧鸡儿站石岩"。啥子"大田薅秧行对行，一对秧鸡儿跑得忙，问你秧鸡跑啥子，你家婆娘……你家婆娘，呃啥子唵？记不住尿喽"。然后锣儿"哐哐哐"地敲起，鼓儿"得个得个得个"地擂起，那场面，要好安逸有好安逸。哪像现在一家一户单干，冷清清的，晚稻打了，红苕挖了，麦子点了，就没得活路干了，剩下这一个比一个长的冬天做啥子嘛，牌也打不来，婆娘也没得来陪，唉——！

黑娃是春生大哥的娃儿，前天把冬生的一个鸡腿腿赌去吃了，害得冬生回家挨了老汉儿一顿臭骂。冬生希望房子起火，黑娃滚进鱼塘里。那样，他可以去抢火，可以去救人，找一点事做，顺便还可以看到黑娃的报应。然而，他满怀信心地望得两眼发痛，两腿发酸，郭家的房子没有一丝被烧的迹象，黑娃跳索索地跑回家抬来一条板凳放在鱼塘坎上坐了下去，冬生便万分败兴地垂下那颗头发好久没有剃了、已经长来盖住耳朵的头。忽然看见几只蚂蚁，在几根快要断青的草草间爬来爬去，他的心痒嗖嗖的，忍不住蹲下身子，紧紧地将眼神粘住蚂蚁在草草里钻来钻去。

冬生说："我应该有婆娘的，王母娘娘不干。"

冬生又说："王母娘娘不公平。"

村上的李莽子、狗儿、张十倌几个人，好晃哟，一天到晚打牌掷骰，日赌夜嫖，游手好闲，王母娘娘都许配给他啷漂亮一个婆娘。特别是秋生，想坐监想进了心，强奸了文学丽，结果没坐成，挨了一顿暴打，不好意思再在生产队待下去，跑到城里捡垃圾刨炭花儿，这两年竟然发了财，婆娘明一个暗一个不说，还要"打野食"。"我们从小在一起掏地牯牛，梭滩滩板儿，滴沙娃儿，算是奄奄毛朋友；你婆娘放在那里不用，分一个给我用嘛，狗日的不干不说，还立眉立眼地骂我，你娃是不是肉皮子造痒了嘛？要不，我心子小一点，和哪个打伙一个婆娘也要得嘛。"冬生忧忧地想。

冬生最不安逸春生不喊他的名字，喊他憨包儿。冬生忍不住还嘴道："你才是。"春生狗屎运好，读了高中回来，温支书让他当大队团支部书记，当大队科研组组长，派他去重庆学种柑子，去海南岛学种杂交水稻，两年后就推荐他去南京读大学，毕业后分在成都啥子单位坐办公室。一个大队的人都晓得，温支书在培养春生当女婿。春生呢，进大学没几天就把温支书的女儿温小芸甩了，气得温支书口鼻冒烟。你春生家里人又多，家又穷，温支书白拿一个女儿给你当婆娘，这种好事，我睡着了都会笑醒，你还不干，还说我是憨包儿，请大家评评理，你春生是憨包儿，还是我冬生是憨包儿？弄得温小芸现在都不嫁人，说除了春生，这一辈子她哪个都不嫁。我们都是奄奄毛朋友，你在外面工作，照顾不到温小芸，你应承下来，拿给我帮你照顾嘛。可见啊可见这个春生啦简直啊简直!

冬生更气愤的是听春生母亲说的王母娘娘的话:男人一辈没挨女人睡过,死了要打3000玉棍。你不许配一个婆娘给我,我又没有扭着你要,你咋个又要打我3000玉棍呢,不得把我打成肉酱酱啊?

冬生不知道反省,其实要怪怪他自己,王母娘娘本来是要拿一个女人给他的,怪他不精灵。去年,冬生的老汉儿梁汉银端起刀头到处磕头,磕烂了膝盖头终于感动了王母娘娘。秋生的妈也打起灯笼找遍了芊草坝,后来在汪家坡找到一个集麻、驼、拐、癞于一身的姑娘。曾经给李莽子介绍过,李莽子说,我宁愿当一辈子和尚,死了等王母娘娘打3000玉棍都要得。作为四肢健全、精强力壮、挑抬下苦样样能干的冬生,许配这样一个姑娘给他,王母娘娘未免太刻薄太偏心眼了,但冬生老汉儿梁汉银却高兴得跑回家,咕嘟咕嘟地把舍不得喝、留来准备过年的一瓶高粱酒,倒在碗里喝了个精光:"好啊好啊,龙配龙,凤配凤,耗子生儿打地洞。"过年了,杀了肥猪,梁汉银喜滋滋地叫住冬生:"快去喊你的姑娘老丈母,到我们家头来吃中午。"冬生去了,丈母娘正在喂猪,冬生跟在她的屁股后面,望着老丈母:"嘿嘿嘿,我老汉儿说,姑娘老丈母,到我们家头来吃中午。"丈母娘脸色一沉,舀起一瓢潲水兜头给冬生淋去。王母娘娘叹口气,把那个丑姑娘收回去,干脆不嫁人了。

蚂蚁在杂草间玩得好高兴。你看那只带翅膀的,顺着一根黄焦焦的丝茅草攀爬上去,快爬到草尖上了,丝茅草叶子承受不起，腰一弯，蚂蚁就落在一根横着夹在另一根丝茅草下面的草棍上，往一端爬去，这端便被它的重量压下去，高高地翘起来；往另一端爬去，另一端又高高地翘起来。"嘿嘿嘿，狗日的还踩跷跷板。"冬生笑了，便双手趴在地上看。那只蚂蚁踩翻草棍后，悄然落在一根白乌乌的横担在两棵丝茅草丫枝间的兔毛草上，又表演起了走钢丝；走到中间时，冬生的心也跟着紧张起来。蚂蚁踩滑了脚，像人在单杠上悬着两臂。"老子才不救你哩！"冬生幸灾乐祸地得意起来。

冬生始终没弄灵醒一个问题：见了啥子听了啥子，不能照实说。有一年，地里收成不好，冬生饿得头发脱落，连在地上爬动的力气都没有了。妈老汉儿呢，一个个肿得像葫芦。饱暖思淫欲，饥寒起盗心，实在饿得熬不住了，梁汉银夜里去生产队的地里偷了几个嫩苞谷回家煮来吃。二流子刘文碧是牛队长养的看山狗，鼻子长，眼睛尖，老远就闻到从冬生家里飘出的嫩苞谷气味，进屋抓了一个现行，扣了冬生家粮食，还说要抓去批斗。幸好梁汉银与大队牟主任有一层亲戚关系，他找牟主任给牛队长说情，才免了挨批斗下场。

吃一堑长一智，梁汉银再去偷苞谷，怕煮嫩苞谷的气味飘出去，不敢煮来吃了，就生吃。他拿了一个生苞谷给冬生，威胁冬生道："你要是把不住口风，外面对人说，谨防老子把脑壳给你扭了。"冬生吃了，嫩兮兮甜蜜蜜的很安逸。看山狗刘文碧见地里掉了苞谷，到处清查，碰见冬生，打帽榨子："冬生，你偷生产队地头的苞谷没有？"冬生饿得如同香纤棍儿的颈子，哪怕轻轻地摇动一下，刘文碧也就算了。冬生却说："我没有。我老汉儿去偷了。我老汉儿给我说，你要是把不住口风，外面对人说，谨防老子把你的脑壳扭了。"刘文碧撵到冬生家里找梁汉银说聊斋："你是不是又偷了生产队的苞谷？"梁汉银说："没有。"刘文碧说："冬生说你又去偷了。"梁汉银坚信，捉奸捉双，拿贼拿赃；现在苞谷都装进我肚皮头去了，整死不承认，你敢捉我来杀头！狡辩道："冬生说的是前一次。"刘文碧只好干瞪梁汉银两眼走了。

梁汉银再去偷苞谷回来，真不想拿给冬生吃。看见冬生饿得气都提不起来的样子，心软了，还是给他吃，不过多了一个心眼："冬生，这坨石头你弄来打整一下。"冬生说："老汉儿，这咋个是石头呢？苞谷！"梁汉银拿出一把菜刀，往冬生面前"嗖"一声宰在板凳上："你给老子说，究竟是啥子？"冬生说："苞谷。"梁汉银气得吹胡子，怕冬生又出去说，提刀把苞谷宰得稀烂扔了。再偷队里的东西吃时，不仅不给冬生吃，连晓也不让冬生晓得："饿死他龟儿算屎喽。"

蚂蚁左蹬右踢，还是爬上去了。一只带翅膀的大头蚂蚁，爬在了另一只的背上。"嘻，日你怪，还要人家背。"冬生撮起厚厚的嘴唇，吐出一团口水，端端地盖住了那只爬在另一只背上昂头脑壳四处张望的蚂蚁。蚂蚁不怕飞来横祸，勇敢顽强地从口水中爬出来。冬生又吐出一团口水盖住它："日你怪，你爬得出来啊？"

冬生正在入情入境，有人在他拱起的屁股上拍了一巴掌：

"翘起一个沟子在做啥子？"冬生一张皇，猛一抬头，随即站起身："嘿嘿嘿，张表嫂，我还说是哪个。日你怪，差点把魂都给我吓脱了。"

张表嫂人不高，胸口挺，屁股大，脸盘宽。她笑眯笑眼地望住冬生："蚂蚁有啥子看头嘛？"

"嘿嘿嘿。"冬生粗短的五根指头，插进野草般零乱的头发里抠了几下，憨痴痴地望着张表嫂，眼光在他喜欢的张表嫂胸口上大胆地瞄来瞄去。

张表嫂说："冬生，你空不空？我门前那块地头的萝卜扯了好久了，已经要长草放蛇喽，帮我挖一下要得不？"

冬生捡来李莽子最爱说的一句话道："萝卜扯了眼眼在，将那眼眼栽青菜。嘿嘿嘿，还用得着挖？"

张表嫂一惊："哟，还说你是憨包儿，你几时长精灵了我都不晓得。还开得来玩笑，晓得眼眼栽青菜了。走，去帮我挖一下。"

有人叫干活路来打发这无聊而漫长的冬天，冬生高兴了："嘿嘿嘿，要得嘛。"似乎被张表嫂用一根无形的绳子牵着，望着湾对面的那座土墙茅草房走去。

不知咋个一回事，冬生起步走的时候，情不自禁地望了一眼坐在鱼塘坎上边放鹅儿边看书的黑娃。冬生很佩服黑娃，才6岁啊，就精灵过人。他又想起前天的事，他二孃满十，老汉儿忙不过来，就叫他去。他回来，二孃有感于同胞生，手足情，特意给他老汉儿包了一只鸡腿腿。冬生走到郭家侧边碰到放鹅儿的黑娃。黑娃拦住问："冬生，过哪里去来？"冬生说："走人户来。"黑娃两颗黑眼珠子滴溜溜地望着冬生转："你手杆下面夹的啥子？"冬生说："我二孃给我老汉儿包的一只鸡腿腿。"黑娃愣了愣，吞了一团口水，仰起脸蛋子说："冬生，不怕你是大人，我叫你甩一张纸，保证你甩不出五步远。"冬生想，一张纸嘭轻的，算个屁；很大一坨的鹅宝儿和石块子，我都能甩很远很远哩，就说："没得嘭日怪。"黑娃说："敢不敢打赌？"冬生说："敢。"黑娃说："你输了就把你那一只鸡腿腿给我，我输了就捉两个鹅儿给你。"冬生想，鹅儿长成大鹅了更好吃鹅肉，爽快地说："要得。"黑娃加楔子："不许反悔嗄！"冬生说："反悔不是人生父母养的。"黑娃说："好。"黑娃打开手上的娃儿书，左翻翻右翻翻，见最前面一页没有字没有图，就"唰"一声撕下来递给冬生。冬生接过来随手一甩，别说五步，连一步远都没有。黑娃说："你输了。"冬生说："不干，再甩一次。"黑娃说："你再甩三次定输赢。"冬生说："要得。"憋了一口气，用力一甩，又甩，再甩，最远的一次不到两步。黑娃一笑："你输了，鸡腿腿归我了。"冬生有一些舍不得，不想拿给黑娃；但吐出去的口水收不转来，只好心有不甘地拱手把鸡腿腿递给了黑娃。看着黑娃撕着吃得包口包嘴满嘴流油的样子，冬生喉结滑动，直吞清口水。

张表嫂从门背后拿过一把已经长满锈斑的锄头，竖在冬生眼前。冬生接过，来到地前，瞄了一眼那块地，好宽哟，怕要挖半天。再看看土质，死黄泥，死板板的很硬，好久没有松过了，皲裂了许多细小的口子，如枯瘦如柴的人身上描了几笔肮脏一样，长着几棵干巴巴、瘦筋筋的野草，看一眼让人心痛半天。这是一块疏于耕耘的地。冬生试了一锄头，像挖在了石板上，手膀子都震麻了，才挖下一个白口子。"张表嫂，日你怪，咋个不早两天请我来帮你挖嘛？"他将锄把斜靠在肩上，"叭"了一团口水在手板心里，磨儿似的推了几转，重新操起锄把，高高地抡起，划了一段圆弧，生锈的锄板只插下去小半截。这激起了冬生的雄性和虎气。他脱下灰塌塌脏兮兮的棉袄扔在地上，把锄头举得更高："日你怪，不相信你硬得过老子。"

黑娃走过来："冬生，帮你张表嫂挖地啊？我帮你扯草草，跟着你吃点混糖锅盔好不好？"冬生白了他一眼，想起前天把他的鸡腿哄去吃了事，就说："还有嘭好的事？去看你的鹅儿读你的书。"黑娃拉下脸子："哼，不让我吃混糖锅盔，到时候请我吃我都不吃。"冬生看了黑娃一眼，想骂他私娃儿怀胎——人小鬼大，话艰难地跋涉到嘴边，因脚力不济停歇在了牙齿缝里。

冬生挖出一身臭汗，以为半个下午挖得完的，结果把天都挖黑了，还摸着挖了一会儿才挖完。

在挖地过程中，冬生想，张表嫂的日子还是过得有一些恼火，男人前年得癌症死了，留下一个小娃儿和一身账，她里里外外丢了扬叉拿扫把，眉毛胡子一把抓，地头的活路都无所谓，田头栽秧打谷和挑抬下苦的活路，一个女人咋个吃得消哦？自己把活路干完就找不到事做，咋个没有想起帮张表嫂干点活路呢？我反正没有多的事做，又有力气，今后要多帮张表嫂干点活路。

冬生去张表嫂家里放锄头的时候，张表嫂留冬生吃夜饭。冬生不好意思，说："算了。"张表嫂说："饭都煮好了，还有一个菜煎起就开吃。"冬生心里慌慌的，又说不出慌的原因，扭头要走。张表嫂伸手拉冬生膀子，冬生一闪身，张表嫂拉滑了，拉住了冬生的手。冬生顿时感到一个火一样烫的气流，从脚板心箭一样射进脑命心，中了定身法似的，望着张表嫂"嘿嘿嘿"一串傻笑。这时黑娃像一条泥鳅，一滑就进了屋："你们手拉手做啥子？"眼睛在冬生和张表嫂脸上鸟儿一样飞去飞来。

张表嫂像红炭丸烙了手，慌忙松开冬生的手，随机应付道："黑娃啊，稀罕，坐嘛。"说着转身灶房去了。

黑娃围着桌子转了一圈，说："哟，吃得好啊，还有煎蛋。"伸手就抓了一块放进嘴里。那是最好的一道菜，端来碗筷的张表嫂见了，心里很不安逸黑娃，放在往日，她会批评黑娃不懂礼貌；但今天似乎有软处被黑娃捏着，让口无遮拦的黑娃说了出去，外人不清楚具体情况，你描一笔，我描一笔，会越描越黑，得把黑娃的小嘴巴堵住，只好装大方，招呼黑娃："吃嘛吃嘛。"

但张表嫂拉冬生手的事还是传出去了。

传出去的不是黑娃，是冬生，并且演变出一场风波。

晚上，冬生想着张表嫂拉他手的那个味道，好细嫩好润滑好安逸哟，激动和兴奋直往心堤外漫，冬生翻来覆去大半夜都睡不着觉，其间还把思想延伸到了张表嫂的胸口和屁股上。嘻，张表嫂走路，胸口颤巍巍的，就像有两只兔儿躲在那里，想往衣裳外面钻又钻不出去。于是冬生产生出新的想法，今天我给她挖地，她拉我的手；下一次我又给她干活路，她让不让我摸胸口呢？我继续跟她干活路，她让不让我跟她睡觉呢？啊哈，只要跟张表嫂睡过一觉了，我死了王母娘娘就不会打我3000玉棍了，我这个忙就没有白帮。不过，冬生想的和张表嫂睡觉很单纯，仅仅是挨着睡，像奶娃儿挨着母亲睡一样，不是男女之间那种爬起放倒的睡。直到今天，冬生都只晓得裆间那玩意儿是屙尿的，不晓得还有别的重要功能。

冬生突然斥怪起黑娃来：要不是黑娃打岔，说不一定张表嫂就让我摸胸口，拉着我晚上不走，跟她一起睡觉了。这个小乌龟，在张表嫂家吃过饭出门回家，还喊他脚痛，走不得路，要我背他回家；说只要我背了他回家，就不会把他看见我跟张表嫂拉手的事说出去。也怪不得人家说我憨，只跟张表嫂拉了一下手，又没有做坏事，怕啥子嘛；可自己还是真像有红疤黑记被黑娃捏在手里一样，乖乖地蹲下身子，把黑娃背到他的家侧边鱼塘坎上。

冬生第二天起床吃了早饭，还是找不到事做。梁汉银伙起几个爆蔫老者儿又去幺店子打大二去了。冬生也学过打牌的，但脑筋转不过弯，始终学不会，又没有钱去"缴学费"，干脆算了。看地面，一路大头蚂蚁，像电视上看到的长途行军打仗的垮杆部队，纪律涣散东扭西拐地往前行走。冬生又想蹲下去逗蚂蚁耍，想到不晓得张表嫂家头还有没有活路需要干，说了一声"日你怪"，尖出脚把带头的那一只碾死，蚂蚁方阵大乱，冬生又胡乱踏了几脚，心里缭绕着将军打了大胜仗凯旋的愉悦，昂了头，拍拍手，兴致勃勃地朝张表嫂家里走去。

碰上迎面走来的李莽子："冬生，哪点去？""张表嫂家头。""想去打寡母子的主意啊？""不是，是去看她有啥子活路要我干没得。""一个寡母子，肯定家头活路多得很，特别是床上的活路。"冬生直视着李莽子："真的啊？"

李莽子说："不是蒸的未必还是煮的？"冬生"嘿嘿"一笑，觉得自己不逗蚂蚁，去张表嫂家里找活路干的想法是对的。

他往前走，一个疑问涌上心头：张表嫂的床上活路咋个会多呢？大不了早晨起床后叠一下铺盖，摆一下枕头，席子皱了再牵一下，打一个哈欠的时间就收拾归一了，咋个会多呢？走着想着，一杆烟的工夫，冬生就走拢张表嫂的家头了。

张表嫂在梳脑壳，取下咬在嘴角上的发夹，边别头发边问："有事啊？"冬生说："我来看你有啥子活路要我做没得。"张表嫂说："哦，麻烦你了，没得。我要去幺店子接三三回家。"

三三是张表嫂的娃儿，幺店子是张表嫂家的后家。昨天张表嫂带三三去后家耍，三三耍起兴子了不走，就留在了那里。冬生不晓得张表嫂在下逐客令，又说道："李莽子说你家头活路多得很，特别是床上的活路。"张表嫂一愣神："李莽子的话你都要听，回家去把抱鸡婆都杀来吃喽。"

冬生干干地一笑，眼光情不自禁地停泊在张表嫂藏了两只兔子的胸口上。他想，兔子们要是真的蹿出来了，我就捉住去山上找嫩草草把它们喂得饱饱的，再抱回来交给张表嫂。

当然最好是和张表嫂去床上睡一下，死了就不会挨王母娘娘打3000玉棍了。

张表嫂梳好头发放好梳子说："以后有活忙不过来，我就找你帮忙。"拴着话尾，进来两个人，气冲冲的，挑头一个进屋揪住冬生就是一拳头，打了冬生一窜窜。冬生稳住脚跟一看，是张老者儿和他的儿子张延风。

张表嫂本名洪桐花，是张老者儿的侄儿媳妇。肥水不流外人田，洪桐花的男人死了以后，张老者儿想把她过继给娶不到婆娘的儿子张延风。洪桐花嫌张延风好吃懒做，又爱提劲倒把，打牌赢了揣起钱就走，输了就要扯，品行不好，坚决不干。张老者儿唆使儿子张延风霸王硬上弓，把生米煮成熟饭再说。毕竟现时代不同过去了，过去宗族势力可以主宰一切。面对晚上像一只屎苍蝇一样不断来"关心"的张延风，洪桐花疾言厉色，扬言只要张延风敢动她，她就要到政府和公安局去告。张延风只好围着锅边转，看见锅里热烙烙的煎粑粑，清口水长流，怕烫着手，不敢去抓来吃。张老者儿看在眼里，恨在心里，今天本想去赶街，出门碰着李莽子，说"冬生到洪桐花家里去了"，转身回家叫张延风，说："有野狗钻进你兄弟媳妇的屋里去了，还不去把他撵出来。"张延风一听，扯伸脚步就撵了来。张老者儿给儿子扬威壮胆，要看西洋镜，也尾随张延风去了洪桐花家。

张老者儿忌恨洪桐花，暗自骂过："老子得不到的东西，哪个也休想得到。"

张老者儿心里揣着锯锯镰，想看洪桐花的笑话："你一个女人家，还带着一个嫩娃儿，外头屋头忙上忙下，看你癞蛤蟆垫床脚，撑得到几天；撑不住了，你总有求我的时候。"

　　可洪桐花即使累得瘫倒，也不请他们父子俩帮忙；即使腰无半文，宁肯找外人借，也不找他家借；张老者儿两爷子问着帮忙问着借钱，洪桐花也不愿意。真是油盐不进，刀枪不入，让他们父子感到深深地失望，不，绝望。

　　所以，当听说冬生往洪桐花屋头钻，张老者一个恶念骤然从心里涌起：搞臭洪桐花，再来猫哭老鼠，把洪桐花收归自家门下。

　　"说，青天白日，你钻到一个寡妇家头来干啥子？"张老者儿眼珠瞪成牛卵子，恨不得打一碗水把冬生吞了。冬生说："我来看张表嫂有啥子活路要我做没得。"张延风吼道："活路在家头吗？你是不是想来调戏我大嫂？"洪桐花穿好衣裳，拉伸展衣襟，阴沉着脸说："请你们嘴巴放干净点，不要在这里打胡乱说嘎。出去，我要锁门喽。"说着要拉门来锁。

　　张老者儿认为洪桐花做贼心虚，不想让她走，却又找不出恰当的理由，只好让出门去；看洪桐花气冲冲地"叭"一声锁门走了，掉头把气发在冬生身上："你龟儿老实说，你钻进一个寡母子家头来，究竟想干啥子？"冬生说："就是来问她有啥子活路要我做没得。"张延风皮砣子在冬生眼前晃了晃："你又想吃拳头了？"

　　冬生倒退一步，怕挨打："我还想摸一下她的胸口。"张延风心头的醋瓶子一下打翻，又给了冬生一拳头："说，除了想摸胸口，还想做啥子？"冬生迟疑子一下，说出心里曾经产生过的想法："还想挨着她睡一下。"张延风眼睛里寒光闪闪，拳头捏得"咯咯"响："你杂种说清楚，是想，还是真正挨着睡过了？"

冬生喉结滑动，望着张延风，眼光弱弱的，有如灯苗子，大风吹着，要熄不熄的样子。

张延风的喉结也在滑动，盯着冬生，眼光1000瓦的电灯泡，邀功讨赏地放着光亮。

半晌，冬生说："没有睡过，只是拉过手。""你龟儿子咋个拉的？"张老者儿插过来问。冬生演示了当时动作，伸出左手，说这是我的手；伸出右手，说这是张表嫂的手。冬生把右手放在自己的左手膀子上，往下一滑，两只手掌重合在一起，把张表嫂昨天晚上留他吃饭，拉他的过程演绎得惟妙惟肖，说："就这样拉我的，黑娃看见了的，可以对证。"张延风分明看见两具赤裸裸的躯体缠绞在一起，妒火中烧："我不信，走，找黑娃对证。"

黑娃又像昨天那样，在鱼塘坎上边放鹅儿边看小人书，见了张老者儿和张延风押着冬生来找他："你昨天晚上是不是看见冬生和他的张表嫂在拉手？"

黑娃仰头看着三张脸，不明白问这个干啥子。但他知道，冬生和他的张表嫂拉手是不光彩的，也正因为这点，他才毫不客气地吃了桌子上的煎鸡蛋。既然吃了人家的煎鸡蛋，还哄冬生的鸡腿腿来吃过，就要给他们把不光彩的事遮掩过去，说道："我没有看见。"

冬生急了，像功劳被别人抢走似的："你看见了的哒嘛？"黑娃眨动着两颗黑眼珠子："屋头黑黢黢的，就看见你两个站在那儿，我没有看见你们拉手。"

冬生一步蹿在黑娃面前："拉了的，你进来的时候，张表嫂正好这样拉着我的手。"冬生又把当时张表嫂拉他手的过程给黑娃演示了一遍，希望唤醒黑娃的记忆。

张老者儿和张延风两爷子糊涂了：冬生那样说是啥子意思呢？像这种事，一般人是努力撇清干系，他拼命往自己身上揽，难道是显摆张表嫂瞧得起他？"去你娘的！"张延风又揍了冬生一拳头。

张家父子拼命发酵事件，要把冬生和洪桐花搞臭，就像要把一块老腊肉丢进泡灰里弄脏，让别人瞧不起他们；等别人走了，再捡起来，烧来刮洗干净煮来慢慢下酒。结果走向了他们愿望的反面，洪桐花要嫁给冬生。

这是洪桐花把三三接回来，听见整个芊草坝都吼得蒿蒿动，说她给冬生两个咋个咋个后毅然做出的决定。

洪桐花说："冬生人老实，肯干活路；身体也好，又没有赌博烂酒其他坏习惯，像我这种寡母子，这种男人都不找，要找哪种男人呢？"

再后来，芊草坝人看见冬生翘着个屁股，在洪桐花地里忙上忙下，都忍不住道："还说他是憨包儿，他是装得憨吃得饱。"或者说："面带猪像，心里明亮。"

唯有张家父子，牛踩乌龟背，痛死在心里头。

执　勤

1

　　江滔手拿警戒线，肩扛"温馨提示"牌，跟提着几件游泳衣的金虎，几乎肩并肩，脚步轻快地朝大江公园的长江之歌道口走去。江滔瞄一眼打箭一样朝前紧攒慢赶的长江水，心潮一涌，便借用了《长江之歌》的调子，即兴填了"我从家里走来，人生从此有了光彩"的词，撮起嘴唇吹起口哨。金虎听见了，也和着江滔的调子，哼起《长江之歌》来。江滔会心地笑笑，可见世上不明真相，跟着骡子学马叫的人和事多的是。

　　江滔又瞄了一眼长江水，黄澄澄的，如同有妖魔鬼怪在江底激战，一江水被搅得波翻浪滚，激流飞溅。江滔经常在江边瞎逛，清楚金沙江下游修了一座大型水电站，长江水由泥巴汤汤变得清清亮亮的了；只因下了两场大暴雨，加上水电站泄洪，江水暴涨，才又变成了这一副浑浊的模样。

江滔牢记着二领导交代给他和金虎的执勤任务，是守住长江之歌道口，不让游人下江边去踩水戏水。到了长江之歌道口，他俩放下安全警示标识，看了地势，在道口两侧明辉石砌得齐胸高的桩柱上，拉好警戒线后，金虎在道口外侧木栅栏上挂游泳圈，江滔则靠道口内侧桩柱摆放"温馨提示"牌。江滔在看摆正没有的时候，默念了一遍"温馨提示"牌上的内容，觉得有一点滑稽，说是"温馨提示"，却又口气很硬地说："长江涨水，道路封闭，为确保您的生命安全，禁止去江边踩水嬉戏。"透过这段文字，江滔分明看见，猛张飞手执板斧，站在长坂坡前，对着蚁行蝗拥的曹军大吼，此路严禁通行！

摆放好安全警示标识，江滔拍拍手上的灰尘，征求金虎意见道："我们一人站一边，你站哪边？"金虎说："我站外边吧。"于是，他俩靠道口一边站一人，俨然门神秦叔宝与尉迟恭。二领导说身要站直，面带微笑。江滔的脸早被唉怨忧愁泡成盐碱地，生长不出微笑；尽管身穿白色短袖制服，也丝毫显示不出秦叔宝、尉迟恭那种怒目金刚的腾腾杀气，相反还有一点松松垮垮的小瘪三味道。

刚做好执勤准备，就有三三两两游人，揣着下江边去的梦想，来到长江之歌道口，江滔与金虎指指警戒线和"温馨提示"牌，心平气和地说："不能下去。"游人们也没有说啥，站站，看看，望望，走了，心慊慊的，似乎丢失了心爱之物；也有个别人抱怨。江滔看在眼里，心里酸溜溜的，觉得对不起他们。想想吧，喜欢水是人的天性。在娘肚子里胎衣泡着的是羊水，刚见天光"哇"一声大哭出来的是泪水，母亲把乳头塞进嘴里来的是奶水。大热天，江滔去江边踩过水，一股冷气从脚板底直冲脑命心，整个身子都凉透了；再浇一捧在手臂上，冷沁沁的，好爽快好安逸哟！

　　江滔正过意不去，一个穿戴顺眼的女子，领了两个同样穿戴顺眼的女子，有说有笑地迎面走来。见警戒线挡道，领头那位女子脸上的兴奋与欢快瞬间枯萎，眼里又瞬间生长起蓬勃的希望，指着身边两个女子，对江滔说："这是我的两个远方朋友，没见过长江，我专门带她们来踩一下水，让她们感受一下长江水有好凉快。放我们下去吧。"江滔有一点心软，是啊，人家费钱费油，大老远地来，让她们下去亲密接触一下长江水，理所当然。可想起自己的职责，只好硬了心肠："请你理解，这个口子不能开，一开就堵不住了。"一个圆脸的女子对带她们来的那位女子说："算了吧，我们看到长江已经很高兴了。"带她俩来的那位女子，眼里的希望渐次熄灭，似乎觉得很没面子，疑疑滞滞地掉头走了。江滔更感到疚愧不已，对不起这三位美女，特别是外地来想踩水的那两位；但警戒线、"温馨提示"牌威威风风地站在那里监督着他，没有办法。

2

开始几天还好，凉风缭缭，游人不多，执勤压力不大。江滔望着江水，心想执勤还是比较简单轻松的。但很快气温抬升，来江边的游人骤然增多，想突破警戒线去江边踩水的人也多了起来。江滔和金虎把守在警戒线前，反复劝阻，声音干了，嗓子沙了，哑了，破了，火燎燎的，吞口水都痛；买了润喉片，根本不管用。给二领导汇报，二领导开恩，配了电喇叭，江滔和金虎说话可以少费点劲儿了；但说多了，久了，还是亏嗓子，还是照样沙哑。

嗓子沙哑，说话费力，江滔和金虎的耐心就磨损了，和善的态度也悄然发生变化，见屡说不听、要撩起警戒线试图钻过去的人，笑容就凋零了，声音也冷硬了，甚至用肢体代替语言，张开双臂做撵鸡状，去拦，去挡，去轰。一天，拦住一个中年男子，嗓门稍微大了一点，男子立即给公园二领导打去电话，说长江之歌道口两个执勤人员态度恶劣，作风粗暴，你要好好教育教育他们一下。于是当天下班，二领导把江滔和金虎叫去办公室，冷着那张有一颗骚疮子螺虫一样趴在左边腮帮子上的脸，狠狠地批评了他们一顿。收尾时还敲警钟："再有意见反映上来，轻则写检讨，重则扣奖金，直至走人。"江滔想辩白："我们坚持规定，折死万力，劝阻游人不要去江边踩水，没有一个人下去，应该受到表扬才对；个别人不遵守规定，要去江边踩水的欲望没有得到满足，你不管是红是黑就批评我们，有失公正。"但想到大专毕业待业在家两年多了，人都要得快要发霉发疯，想到爸爸为了给他谋到这个差事，低三下四求人的样子，只得低头接受了二领导的批评，并立下保证："一定改变态度，友善待人，下不为例。"

3

江滔明显感觉到，今天天气更热。他牵开领口兜了兜风，火燎燎的，像站在火炉旁边。他伸长脖子扫了一眼游人，我的妈呀，像赶场，一个个男男女女老老少少汗涔涔的，把胳膊大腿甚至胸口，尽量裸露到道德底线最低处，望望长江水，望望警戒线，望望严守道口的江滔和金虎，眼睛里全是对长江水的向往和迷恋。长江水呢，又在那里翻花成流，鼓浪作欢，嘻哈打笑地从他们眼睛边上流走；还挟了一路凉悠悠爽歪歪的风，逗猫惹草地向拥挤在道口上的人群吹去，弄得他们情思飘飘，心旗猎猎。游人们央求江滔、金虎："放我们下去嘛，我们会注意安全的，出了事不要你们负责。"江滔道："说是这样说，但真的出了事故，你怕又要追究我们的安全责任了。"游人们说："不会。你不相信，我们可以立一个字据。"江滔说："算了，请大家理解，出了事大家都不好。往后退往后退啊！"

一双双装满欲望与祈盼的眼睛，你望望我，我望望你，都没有退的意思，都巴不得有人挑头突破警戒线，把事情闹大闹糟可以跟着享好处，可就是没有人站出来挑这个头。江滔知道这是人们的惯有心态，都想炒豆众人吃，砸锅一人担。突然后面有人借口没站稳脚跟，身子往前扑，形成人浪，让前面的人去闯警戒线。江滔和金虎差一点被闯倒，忙举起喇叭，把音量放到最大，想把嗓门也放到最大；但嗓门大了声音硬，会给人造成态度不好的印象；才挨了批评，他们得尽量把声音放软，显得柔和一些："大家不要拥挤，谨防踩伤摔伤人，出了事要追究法律责任，都往后退一点，往后退一点！"

居心不良者图谋受挫，已不好再往前挤，叹一口气，人浪往后退却。

长江之歌道口靠江边一侧，一方文化石巍然卓立，上刻"大江口天下观"六字，狂草。江滔看到，人潮退到文化石旁边，再也退不动了，很多人就站在那里，或托着下巴，或抱着双臂，认起文化石上的字来；东一胳膊西一腿，看了半天，认不周全，摇摇头，操了看似粗俗、实则川南人惯用的口语道："墨水喝少了，认屎不到。"更有放不来船怪河弯的人笑骂道："写些啥子字哟，专门写来考我们嗦？"风把这些话吹进江滔耳朵里，他听后笑笑。江滔晓得江州人幽默。前些年，市里修了三组雕塑：江州产酒，在下高速路口处塑了一只酒樽；江州是大江交汇处，塑了"大江明珠"，三只手臂托起一个晃得人们眼睛都睁不开的不锈钢圆球；他曾就读的母校，希望学生能搏风击浪，在校门前塑了一组展翅飞翔的海燕。有人把这三组雕塑即酒樽、"大江明珠"、奋飞海燕串联在一起，说："江州人民'醉球了（鸟）'。"修大江公园时，把"大江明珠"拆掉，又有人说："江州人民'球'都没得了。"耗去花花绿绿一大把票儿修的"水幕电影"，落成剪彩的当天晚上，上万百姓争相围观，几分钟就把好它"看烂球了"。不晓得是设计人员面壁虚构，还是计算有误，最靠近江边的亲水步道，已经涨水淹了很长一段时间了，百姓们幽默地说："市里花大价钱，给我们修了一条'水路'。"水底下的路。嘻嘻，幽默吧？

江滔正思绪翩然，一个四十来岁的男子，穿着绲了白边的绿色短衣短裤，雄赳赳地走到道口，见游人们拥堵在那里，不解地问："咋个的唉？"有人答："不准下去。"他说："日怪喽，万众人的长江边，又不是哪个卖儿卖女买了的，有啥子下去不得嘛。"说着就要闯警戒线。

这男子走下道口那个"Z"字形斜坡时，江滔就注意到他了，连忙伸手拦住："对不起啊，为了你的安全，不能去江边踩水，希望你能理解。"男子黑着脸道："安全？锤子吃多了消不了饱胀，把钱拿起来给长江嵌金边，还不准人去要？"说着又要往前闯。

往前推10天，江滔没有谋到执勤这差事时，会为男子说出的话鼓掌。今天他扮演的角色变了，已经成为了执勤人员，得忠实履行守护的职责，便一手举喇叭一手伸出去阻拦道："你有意见，可以向上级反映，我们只能按规定办事。"

金虎上前一步，站到江滔身后，算是对江滔的声援。

男子扫了周围一眼，见江边没人，也不好当出头鸟，蔫下劲头，转身"咚"一脚把"温馨提示"牌踢倒，气冲冲地走了。金虎要撵去揪住他，叫他把牌子扶起来。江滔拉住金虎说："算了。"走过去弯腰把躺在地面蒙受了委屈的牌子扶起来安好。围观的人以为这男子会挑头突破警戒线，做好了跟着闯破警戒线去江边的准备。可是，这个穿运动衫的男子看似威风凛凛，实则抱鸡婆厕屎头一节硬，灰溜溜地走了，也把人们满怀茂盛的希望带走了。

有一个三十来岁的男人朝他背影甩中指拇："还说是一个'公'的，没想到是'母'的。"

结果一个"母"的，反而成了"公"的。

4

这个"母"的，在"Z"字形长坡顶上，与男子擦肩而过。

江滔开始并没注意到这个女人，快要走到面前，闯着警戒线了，他才看见。女人三十四五的年纪，一米六左右的个头，身材姣好，脸蛋儿看起来十分爽眼。她穿着一件红白相间的真丝裙子，腰间扎了一根带子，身旁跟着一个二十来岁、乡下人模样的姑娘，牵着一个十来岁、生活优渥的小男孩，目空一切地朝前走去，把警戒线闯成一个A字了，江滔箭步上前伸手拦住："大姐，对不起，这是警戒线，不能下去。"女人柳眉倒立："你说啥子哟，再说一遍？"江滔不急不躁地复述了一遍刚才的话。女人剜了江滔一眼，又伸手去抓警戒线。江滔伸手护住警戒线："大姐，为了你的安全，真的不能下去。"僵持间，女人如刀的目光愈发锋利："你信不信，我叫你明天就滚蛋！"江滔心里一怵，女人口气好大，敢当着这么多人的面这样骂他，肯定有来头。愣怔间，女人已经越过警戒线，不是把警戒线抬起来低头钻过去，而是蔑视地压在胯子下面跨过去的。江滔慌了，急忙上前张开双臂挡在女人前面。女人冷着脸逼视着他："把手拿开！小刘，把果果牵过来！"被叫作小刘的姑娘有一点畏惧，但还是照女人的要求办了。江滔再次上前张开双臂阻拦："大姐，造成后果谁也负不起责。"女人一手挡开："滚！在江州这块地盘上，敢拦我的人还没有出世！"女人领着被她叫作果果的小男孩和叫作小刘的姑娘，大摇大摆朝江边走去，嘴里还骂骂咧咧："负责，看你那个熊样子，你负得起啥子责！"

江滔不知所措，拿眼睛寻找金虎。这时，一个个子颀高、身坯壮硕的汉子，手臂一举："兄弟姐妹们，冲啊！"蚁聚一旁的人们，像万人马拉松赛听见号令枪响了，纷纷穿过警戒线，你拥我挤争先恐后朝江边涌去。

江滔和金虎也顾不上态度好不好了，大着嗓子拼命拦着喊着，声嘶力竭，气急败坏："游客们，江边水大，不能下去，造成后果要追究法律责任！"可是，已经有人带头，要追究也只能追究那个女人的责任，谁也不听他两个的忠告与劝阻，呼呼啦啦涌向江边。江滔和金虎见大潮溃堤，无力防堵，像闯了大祸一样僵立一旁，无可奈何地你望着我，我望着你。特别是江滔，几乎吓瘫：前几天态度稍微不好一点，都挨了二领导的严肃批评；今天没守住道口，严重失职，弄得不好兴许要"直接走人"。他征求了金虎意见，摸出手机，给公园办公室打去电话，报告了这一重大事件。

江滔打电话的时候，像酒精中毒的人，手一直打着抖抖。

接电话的是办公室主任，说："你们尽量劝阻游人不要到江边上去，我马上给二领导报告。"

没多久，江滔见二领导那辆黑轿车呜嘟嘟地开来了，停在公路边上，带着办公室主任，急匆匆地从"Z"字形斜坡大步走下来，边走边打电话，"好好好"地应答着，额头汗珠滚滚。江滔不知道，二领导正在给大领导汇报，大领导指示二领导："务必采取紧急有效措施，劝说广大游客遵守公园管理规定，水势凶险，不要去江边踩水，切实对他们的生命安全高度负责。"

傍晚七八点，是一天中游人的最高峰。二领导来到长江之歌道口执勤点，沉着脸斥责道："你两个咋个执勤的，嗯？"抬眼一看，江边上人头攒动，密密麻麻到处都是踩水耍水的人，竟然还有人剥光小孩的衣裳裤子，在那里游起了泳。他抠了抠脑壳，深感势态严峻；但法不责众，那么多人，要把他们赶上岸来，已经不现实。可又要落实好大领导指示，他只好采取临时措施，紧急调遣公园执勤人员增援，叫他们拿起电喇叭，去江边巡回劝说大家上岸；劝不上岸的，由执勤人员巡回打招呼注意安全。一切调遣妥当，二领导对灰头土脸、像犯下大错误站在面前的江滔说："是哪个人带头闯开警戒线的？走，你带我去见识见识。"

二领导脸上堆霜凝雪，头一偏，示意江滔走前面，气愤地说："哪个人好霸道啊，胆敢突破警戒线？我今天不信，就算他是天上飞的苍蝇，我也要把他逮下来看看公母。"

江边有一个平台，水齐膝盖深，最佳的踩水水位。胆小的只在水漫过脚背的阶梯上踩踩，胆大的才到平台踩水。平台外面就是亲水步道。有人挽起裤脚，伸出一条腿去试深浅，个子高的淹至大腿，个子矮的淹至腿根。水的流速很快，怕滑倒被水冲走，慌忙退回平台。江风轻抚，江流低语，暑热无痕。两岸东明灯的灯光，倒映水面，夜色如黛，光波闪烁，煞是好看。

江滔领着二领导，披着或深或浅或浓或淡的光影，东睒西睒搜索前行。顺江边走了很长一段路，江滔油然站住，指着一处散漫地站着的几个人说："就是那个。"二领导顺着江滔指的方向看去，几米远的平台上，一个穿红白相间裙子的女人，翘着一个圆溜溜的屁股，把手膀子插进江水里。他点点头，手搭在腰眼上说："你把她叫来。"江滔心里有点怵那女人，但还是涉水过去，态度温柔地招呼她道："您好，大姐，我们领导有事找您。"女人直起腰，见是道口上拦着不准她下来的执勤人员，口气比江水还要冷浸："你们领导没长脚，还是月母子沾不得冷水啊？"言毕，又弯腰把手插进江水里。江滔灰溜溜地回转身，原话具告二领导。二领导眉毛一扬，鼻头子一扇："跋扈。"对江滔手一挥，"走！"

二领导与江滔一前一后朝女人走去。江滔看见，这时女人已经站起身，与姑娘一人牵住小男孩一只手，教小男孩踢水，小男孩踢得水花四溅，嘻哈打笑。还有一两米距离，二领导一下站住："我突然想起一个急事，得马上回办公室去处理。你好好地看住这人，不准她再往前走半步。"二领导一个潇洒漂亮的向后转，往江岸走去。

江滔一怔，你不是飞着的苍蝇都要逮来看看公母吗？伸手就要逮着了，咋个不逮了呢？他满腹的疑问，如同江里的旋涡一样翻滚着，泥塑木雕一样地站在那里一动不动，这女人是哪个呢？

5

第二天下午，二领导召集各道口执勤人员开会。江滔接到通知，思路油然连接到昨天晚上那个女人说的"我叫你明天滚蛋"的话上，还有那女人领着小男孩踩过水后，从他面前经过时，点着他鼻尖"你给我小心点儿"的警告上，心头莫名其妙地慌了起来。

昨天晚上下班路上，他把二领导开始雄赳赳，最后软么台的举止，同金虎做了探讨，说："二领导见了那个女人，像耗子见了猫，掉头就走了，莫非她是二领导的亲戚、朋友？或者哪个大领导或大老板的娘子，得罪不起？"金虎说："这个社会就是这样，软的怕硬的，硬的怕不要命的。不要说解聘，只要处分我，你看我咋个弄点么蛾子给他看！"江滔性格软弱："我不敢有丝毫闪失，只有认命。"但心里还是给自己打气，要是被炒了，一定要死个明白，弄清楚这个女人是谁，究竟在江州这块地盘上有好歪好恶。他看清楚了的，女人上岸后，是坐一辆高档小车走的，他记住了那辆车的车牌号，只要舍得下功夫，顺藤摸瓜，肯定能查她个底朝天。

但是，查清那个女人是谁了又怎么样，你敢变一只乌龟爬她的秧窝？

江滔胡思乱想诚惶诚恐地走进会议室，同金虎对望了一个眼，抱定等着挨刀的心态，寻后排右面角落坐下。

会上，二领导简单讲了昨天晚上发生的事，表扬江滔和金虎："表现不错，机动灵活，人性化地处理好了游人强行突破警戒线下江边踩水的事，没有同群众发生正面冲突，切实维护了公园形象。"江滔以为听走耳朵了，见坐在前面的金虎掉头冲他竖大拇指，才坚信确实受到了二领导的表扬。想起前天挨批评的事，突然心生恍惚，似乎失掉了是非评判能力；对和错没有界限，全凭领导一句话。他巴望二领导能在会上揭开那个跋扈女人的神秘面纱，可二领导挂口没有提谈那个女人。讲昨天晚上发生的事时，都是说游人怎么怎么，然后就叫大家围绕如何做好江边安全防范工作提建议。江滔真是"涨姿势"，受到表扬，放下悬着的心，递一根棍子给他，他就当杆子爬，说："警戒线设在那里，挡不住人，形同虚设，还给游人通行增添了障碍，干脆取掉算了；游人要去江边就让他们去，相信都有安全意识，不会拿自己的生命开玩笑；把警戒线下撤到江边亲水步道，给游人留一个踩水区域，满足他们的踩水愿望。"

二领导笑笑，没肯定也没否定："嗯，大家尽管畅所欲言。"

金虎说："我同意江滔说的。我发觉我们有一些小题大做，捉虱子在脑壳上爬。你不管，没有哪个来找你负责；你要管，他们就会来找你负责。"

有人发言:"我们不应该在道口执勤,应该充分照顾到群众情绪,把执勤的重点放在江边巡回检查与施救上,放在有危险的关节点上。"

"宜疏不宜堵,昨天晚上带头冲破警戒线的那个女人,我们应该请公安部门配合,把她清查出来,弄她到媒体上亮亮相,杀鸡给猴看。"

江滔注意到,有人提说到那个女人时,二领导眉头一蹙,手一挥道:"好,时间关系,建议到此为止。大家有好的想法,随时都可以给我们提出来。大领导外面有事,会前我与他做了详细沟通,做出了安排。考虑到我们人力有限,切实维护好现有措施,执勤点仍然设在道口不变,不能下撤到江边亲水步道去。"

讲到这里,二领导喝了一口茶,吐掉一根茶渣,声音显得更亮堂:"江滔说的警戒线形同虚设问题,我现在特别提出来说一说。我承认,这是形同虚设,但你们想想,现在形同虚设的东西还少了吗?给你们讲,很多事,你还不得不设。就拿这警戒线来说,设了,他们要强行突破去江边踩水,被水冲走了或者淹死了,是他们自己的责任;但不设,打官司追究责任,就该我们兜着。所以,大家不要抱有任何幻想,出了事只讲法律。为了这个,我同大领导商定,立即开通每个道口安装的高清摄像头,万一出事好留下证据。这样,我们专门有人执勤,摆了'温馨提示'牌,拉了警戒线,这又有高清摄像头做记录,有了这几条措施,你们只要尽到告之任务,有人红黑不听招呼,硬要闯警戒线去江边踩水,出了安全事故我们就不怕了。"

江滔惊为"雷语"，像有一架飞机从头顶飞过，"嗡嗡"震响，原来社会这样复杂啊？这不是教我们要咋个推脱责任吗？下细一想，人都要自我保护；要是自己都不能保护自己，还指望去保护谁呢？唉！江滔和金虎再去执勤时，心里就有一些懈怠，让电喇叭代替他们的嘴巴，向游人去尽告之任务，人则靠在道口栏杆上，一只脚站桩，一只脚斜斜地伸出去，一抖一抖的，脸上没有表情，看着上上下下的游人，用手抬起警戒线，低头弯腰钻过来钻过去，动作连贯娴熟，一气呵成。江滔的思绪，一下飞到前年去武岩山钻溶洞情景上，洞内漆黑，恐怖得让人窒息；走出溶洞，豁然开朗，一片光亮。他对金虎说："现在我们人与人之间关系紧张，很多是庸人自扰的结果。像这样相安无事，你好我好大家好多好，没必要人为地设置一些障碍，来制造紧张空气，还煞有介事，为别人好，替别人着想，结果割卵子敬神，人也得罪了，神也得罪了。"

<h2 style="text-align:center">6</h2>

没两天，江滔闲适的心境又被打得粉碎。

这天傍晚七八点钟，来了两个陌生人，一个四十多岁，中等身材，穿一件乳白色T恤，一条芭茅色短裤；一个跟江滔年龄差不多的年轻人，上身穿一件胸前印有一把网球拍图案的和尚领汗衫，下身是黑色半截裤，胸前吊了一个照相机，随游人优哉游哉地走到警戒线前突然止步。白T恤双手交叉放在小腹上，眼睛放在金虎脸上："兄弟，可以下江边去踩水吗？"金虎说："不行。"和尚领挑漏眼，问江滔："不准下去，江边上怎么那样多人呢？"

对话时，也有三个一群五个一伙的人，伸手挑起警戒线，朝江边走去。江滔直心直肠地说："按公园管理规定，任何人不得去江边踩水；但你们要强行要下去，我们也没得办法。"白T恤移步到江滔面前继续问："假如江边去踩水发生安全事故怎么办？"江滔说："后果自负。"和尚领眉毛一扬："怎么该后果自负呢？"江滔说："我们在道口执勤劝阻，放了'温馨提示'牌，拉了警——"金虎过来，尖出指头在他腰眼上捅了一下，示意他不要再说了。江滔收住口，干干地笑笑，一时无语，灌进耳朵的是：电喇叭不厌其烦敬告游人的声音，江水嘀嘀嘀地弹奏出的大调，江边上踩水人兴高采烈的欢笑，三百步外水幕电影激情飞扬的旋律。

公园召开执勤人员紧急会议，江滔才晓得，这两个人是《蜀南都市报》记者。他们采写了一条消息，说江州公园壁垒森严，群众照样踩水不误，一切安全保护措施形同虚设，安全隐患随处可见。还配了三张图片：长江之歌道口全景，一男子领着两个女子伸手抬起警戒线猫腰钻过去的画面，江边布满的如蚂蚁一样密密麻麻的踩水人。

很少晃着人影子的大领导亲自参加了会议，在会上很生气地说："我的手机都被领导打爆了，严厉批评我们好事没有办好；领导们费尽心神，给江州市民修了这么好一个消闲游玩的公园，我们管理不到位，存在很多问题，责成我们立即进行严格整顿，增添措施，切实对游客的生命安全高度负责，严查一切安全隐患，杜绝安全事故发生！"

会后，二领导把江滔和金虎喊去办公室，桌子上面一巴掌："为啥子不经允许接受记者采访，把我们自我防范措施提供给记者当炮弹？江滔低着头，像嫌犯接受审讯一般，心里恨死了两个记者，特别是白T恤，说他们是来宣传江州的，你们市里耗资上亿打造大江公园，说明了地方领导务实，在为人民群众大力兴办好事实事。江滔涉世不深，经不住记者花言巧语，以为是正面报道，结果跌进了记者挖的坑中。

"你们好好回去想想，咋个处理，等水退一点了，没有那么忙了再说。"

江滔心乱如麻，有如大祸临头。金虎则不以为意："我不信打一碗水把我吞了。"

在大领导主持下，大江公园又制定了三项措施：严禁偷懒耍滑，不准开启电喇叭循环播放功能；紧急向区政府报告，请公安部门配合，在汛期增派警力，严守道口，杜绝游人去江边踩水；申请财政追加经费，进一步完善安全措施，防患于未然。

江滔成了戴罪之人，不清楚举起的板子落在身上是轻还是重，精神萎靡，提不起气。长江之歌道口增派了两个公安巡警协助执勤。他们分工明确，江滔和金虎站在道口警戒线内侧，手举电喇叭，一遍一遍喊着安全注意事项；两个穿黑色制服的巡警站在警戒线外侧来回游走，腰间的电警棒一甩一甩的，威严之中透着腾腾杀气。仍然有人试图像往常一样，伸手抬起警戒线要钻过去。巡警立即上前制止："先生，请您放下警戒线，不得突破。"钻的人见巡警威风凛凛的样子，不好强行突破，心有不甘，却又没有办法，只好悻悻然转过身子，望着悠然前行的江水，徒生两眼羡慕、一怀景仰。江滔看在眼里，说不出味道，有一点恶作剧地想，那个领导都得罪不起的女人，又带着儿子来江边踩水，要硬过三关，巡警敢不敢管呢？

　　游客诮言子调侃话满天飞："嗯，这架势要把锤子给我咬了。""好端端的一个江边，被整得不伦不类，还金宝卵一样为贵得很。""你不要说，整过了总比不整好，平平顺顺的，走起来也不担心踢倒绊倒人了。""整过了没得原来好，上亿的银子不是打水漂儿了？"

　　江滔刚听着很新鲜，听多了听久了就麻木不想听了。他掉头看江流，光影朦胧的江面上，突然看见几个黑点，一波一荡顺流而下。水鸭子？长江之歌道口下去200米左右，有一个外凸的七八米高台，江流下行受阻，形成一道水径，汹汹涌涌訇然向江心排去。只见黑点快速向岸边游来。快到岸边了，才看清楚，耕波犁浪的，不是水鸭子，是人在长江里游泳；有两个还踩着水，跟岸边的人挥手致意。

　　江滔有点发懵，这一些人胆子好大，这样大的水，简直不要命了。正在感慨，觉得有人拉他的衣裳。扭过脖子一看，一个40来岁的男人，面带微笑招呼他："小伙子，你电喇叭拿起，咦哩哇啦不歇气地吼，一道岗二道哨地站起，我们去江边踩一下水都不准，这一些人居然在长江头洗澡，该咋个说呢？"

江滔被问住了，心里弱弱的，如同被人扇了一耳光；突然脑海深处电光火石般地一闪，一句话想都没想，泥鳅一滚滑出嘴巴："我们只负责江边执勤，不负责江面上的事情。"

　　问话的男人听了，嘴张了张，没说出话。游泳的人很快游到岸边，那人终于找到反击的理由："哈，现在上岸了，该你们负责了吧？"

　　江滔蒙了，成了哑巴，尴尬窘迫瞬间抢占了他那瘦削的脸盘；他不敢与那男人对视，掉头看长江水，旋涡连着旋涡，浪头接着浪头，訇然向东流去，惶然觉得江水在看他的笑话，在围观嘲笑起哄，就有虚汗从额头冒了出来……

詹铁匠来了

1

我一直搞不清楚，老家的那一口鱼塘，咋个取了一个怪头怪脑的名字：广东生儿。隔壁老幺公天上知一半，地上全知，爱念歌句子："婆娘不要娶广东婆，屙尿犹如开缺口，打屁好比吹海螺。"我曾仰着脸问过他，他摸着尖瘦的有点短桩桩胡子的下巴，果断地摇摇头："不晓得。"

上前年老家修新村，广东生儿鱼塘被填平修了村公所。宝塔镇河妖，莫非新房压鬼魅？我去为老幺公九十大寿庆生路过这里，见明黄色的外墙瓷砖，在仲夏血气方刚的太阳照耀下，反射出妖冶的亮光；房顶插着的那面红旗，瓢瓢风中想飘一下就飘一下。不知咋的，隐隐觉得有一股冷气侵袭心底，让我感觉不寒而栗：坐在广东生儿鱼塘坎上眨着眼睛找替身的詹铁匠，已被深深地埋在地下永无出头之日了，听见我的脚步声，他的阴魂会向我求救吗？

"呱——"，一只老鸹，从村公所侧边那一棵香樟树上尖叫一声插翅蓝天，吓了我一大跳：它是不是詹铁匠投胎变的呢？

儿时的记忆，被我笨重的脚步声惊醒。

老家有很多口鱼塘，长鱼塘，大鱼塘，坪上鱼塘，周家鱼塘，王沟大田，这是我们小娃儿洗澡打水仗的游乐园。长鱼塘的水，一年四季像米汤白扑扑黏糊糊的。大鱼塘的水，蓝瓦瓦绿莹莹的，却始终有一股臭气。坪上鱼塘水面宽，水也比较清亮，但黄泔多，洗了起来粘满一身，太阳一晒，周身紧绷绷的，像刷了一层糨糊。周家鱼塘水太浅，只有半人深，人跳下去，泥浆水蘑菇云一样冒起来。唯有广东生儿鱼塘，水面又宽又清亮，像一面大镜子，天有好高，水有好深；天上有云有太阳，水底同样有云有太阳，非常神秘，是洗澡最好的地方，但我们不敢去：有鬼。

当然，也不是没有去洗过。有一天，我们几个娃儿，在坪上鱼塘洗了一阵，一身黄泔，怪不舒服，黄牛儿胳膊朝天一举："走，我们到广东生儿鱼塘去洗，儿不去！"我尽管心里直打鼓，可也不想给人当儿，让人占欺头，麻着胆子跟了去。黄牛儿一个猛子扎进水里，狗儿、罗胖娃、邱老幺跟着扎下去。我不敢，怕一头扎下去，被鬼抓住再也起不来了，便环抱双手，伸出一只脚蹚着深浅尾随下去，想等水淹着胸口的时候，先把身上的黄泔洗干净再说。

水还没有淹到肚脐眼，只见黄牛儿几把水凫到塘边爬上坎，抱起衣裳裤子大吼一声："鬼来喽！"一个个真像鬼追起来了似的，"呼呼啦啦"爬上坎，抓起衣裳裤就跑，唯恐慢了一步半步被鬼抓住。忙乱中，有的拿掉衣裳，有的搞落裤子。狗儿最后一个上坎，衣裳裤子都没拿赤条条地就跟着跑了。狼狈不堪的场景，至今想起我都会暗自发笑。

挖掘记忆，似乎最先听老幺公说广东生儿鱼塘有鬼。那是一个雨过天晴的星期天上午，没有读书，我和黄牛儿一路去凉风湾割草，路过一座大坟，我想起一个问题：人死了还活不活得转来？黄牛儿摇着头说："不晓得。"我后来问老幺公，他肯定地说："活是活不转来，但只要能找到替身，下辈子就能投胎变人。"接着他讲了广东生儿鱼塘有鬼在寻找替身的事，说："鬼白日夜晚坐在鱼塘坎上四处张望，一旦见人去了，悄悄缩进水里；等你从那里走过，呼一声伸手把你拉下水去淹死，他就找到替身了。"我说："我咋个没有看见到过广东生儿鱼塘坎上坐得有鬼呢？"老幺公说："要火焰高的人才看得到，火焰矮的人看不到，鬼专抓火焰矮的人。"我打了一个寒噤，说明我火焰矮。联想到热天晚上歇凉，老幺公讲过的红毛僵尸，青面獠牙，披头散发，脑壳有箩筐那么大，舌头有扁担那么长，我的心禁不住叮咚叮咚猛跳起来。

回家我问灶房里刷锅煮饭的母亲，她瞟都不瞟我一眼："心头有鬼就有鬼，心头没得就没得。"我一头雾水，茫然地望着母亲："鬼是存在的，咋个能你说有就有，你说没得就没得呢？"

想着有鬼，我再不敢一个人走广东生儿鱼塘过了。

狗儿、罗胖娃、邱老幺他们住在广东生儿鱼塘西面，去凉风坳小学读书，不走广东生儿鱼塘过；我和黄牛儿住在广东生儿鱼塘东面，去读书必须走广东生儿鱼塘坎下的那条长满铁线草的小路过去。黄牛儿跟我同年，胆子大，不怕鬼，敢一个人走。我胆子小，不敢，就尽量讨好他，希望读书能跟他一路来回。

黄牛儿个性强，又爱逗猫惹草，经常跟同学角孽打架，不管有理无理，我坚定不移地站在黄牛儿一边。家里吃好东西，比如吃肉吃鸡吃鸭子，我都撺两块或两坨，用草纸要不撕一张作业本纸包着拿给他吃。这样，黄牛儿先吃过早饭，会站在他屋侧边的竹林下等我。我先吃过饭，就去那窝竹子下面等他。狗儿说我跟黄牛儿两个穿连裆裤，罗胖娃说我是黄牛儿的跟班狗。为这个我们还跟罗胖娃打了一架，我眉棱骨旁胡豆大的这个疤子，就是那一次留下的纪念。

2

母亲爱说："牙齿跟舌头再好，也有刮着咬着的时候。"尽管我小心谨慎，时时事事顺着黄牛儿，但还是把关系搞僵了：大人引起的。

黄牛儿家里喂的鸭子，偷吃生产队田里的谷子。生产队安排我父亲看管，父亲发现后，把鸭子吆来交给生产队处理，黄牛儿家里被扣掉三十斤粮食。我抱怨父亲，不该得罪黄牛儿家的。父亲说："你怕我好想得罪人啊？都怪他砍竹子遇到节疤，我心想装着没看见，去给他老汉儿黄阳明说，赶快吆回家关着，偏偏侯队长走来碰着了。"黄牛儿从此不再理我，尽管我又包了一坨我都舍不得吃的鸡腿腿给他，他扔在草笼笼头，让禹家那一条大黑狗吃了福席。我叫父亲把家里的粮食称三十斤拿给黄牛儿家里。父亲眼一瞪："你吃不吃饭嘛！"我只好哑口。屋侧边水梨子树上的知了，"死啦死啦"长声巴气的嚓叫声传进我的耳朵里，听着像鬼坐在广东生儿鱼塘坎上大笑。是啊，人闹隔阂，鬼都笑话。

怎么办？我背着书包，眼光越过家门口的那一块菜地，越过大院子瓦房房顶，越过黄牛儿屋侧边竹林，望着广东生儿鱼塘方向，恍惚看见那个找替身的鬼，长头发遮住肩膀，骨碌骨碌转动着的比金鱼还凸出的眼珠子，背着指甲比岩老鹰的爪子还尖利的两手，正在鱼塘坎上走来走去，寻找着猎物的到来。我这不是去自投罗网吗？心一怯，两条腿颤抖起来。书不可能不去读，怎么办？抬头望着灰蒙蒙的天空，左思右想，只有绕很远走禹家侧边那条路去学校。虽然禹家那一条大黑狗很凶猛，要跳起来咬人，但比较起来，我宁愿被狗咬，也比被鬼拉下水淹死当替身强。不能再犹豫，不然就要迟到了；禹家大黑狗吃过我的鸡腿腿，衔在嘴里抬起脑壳的那一瞬间，它还望了我一眼，应该记得住我的情，记不住要咬也不怕。我一边走，一边弯腰捡了两块石头一个鹅宝儿捏在手头，只要它扑过来，我就给它砸过去。

快到禹家侧边时，我放慢脚步，轻提轻放，尽量不要弄出响声。但过余紧张，绊着了一坨鹅宝儿，一扑爬摔下去，叭的一声响，大黑狗从敞坝头一个箭步蹿过来，在我背上咬了一口，痛得我哇的一声大叫。禹二娘撵出来，厉声吼住狗，咬第三口的时候我才获救。衣裳被咬破，血顺着背脊骨往下流，打湿了裤腰。禹二娘边给我查验伤口边问："你走这面来做啥子呢？"我说："去读书。"她疼爱地说："哎呀，你个鬼娃儿，咋个不走广东生儿鱼塘那面，绕一个大圈子走这面，不是存心送上门来等狗咬吗？"忙回家拿白酒给我消毒，在路边扯了一点啥子草草，嚼烂敷在我的伤口上。我被咬得那样凶，母亲察看伤势，不仅不安慰我，反而还骂："放着正路不走，要去走弯路，闯着鬼了。"我望着她，怀疑不是我的母亲。

3

去凉风坳小学读书的两条路，一条路有鬼，一条路有狗，我又没长得有翅膀飞过广东生儿鱼塘。咋个办？我晓得黄牛儿家的早饭一般要比我家晚一点，便早点吃过饭，去黄牛儿房子侧边竹林里躲着。黄牛儿出门了，我跟在他后头走，保持二三十步的距离。但过广东生儿鱼塘时还是害怕，鬼抓我时黄牛儿肯定不会折转身来救我，说不定还会一阵猛跑，很不安全。第二天我先他一步，快要走拢广东生儿鱼塘时，故意放慢脚步，假装鞋带松了弯腰去拴，目光从裤裆底下望过去，见黄牛儿从后面走来了，我才直起身子继续往前走。

后来我如法炮制，听见黄牛儿出门了，大步往前走。快到广东生儿鱼塘，我又装着系鞋带从裤裆里朝后望去，根本不见黄牛儿的影子，心里一慌张，真像鬼撵起来了，掉转头拉开两腿就往家里跑。

母亲正提了锄头去生产队干活路，见了我一怔道："你不读书回来做啥子呢？"我拾起不想割草时使用过的武器："肚皮痛。"母亲放下锄头："过来，我给你揉几下。都立秋了，喊你不要再去洗冷水澡，你不听话，现然晓得肚皮痛了啵。"

"痛"了一天，屋侧边水梨子树上的麻雀"叽呷"一声叫，我知道新的一天又来到了，一个让我惶恐的问题也清醒过来：今天怎么办？继续装病不去？一天一夜身子已经睡痛了啊。吃早饭了也没想好应对办法，父亲不满我一颗一颗往嘴里挑饭的动作，提醒我说："不几下把饭吃了去读书，还懒绵绵的做啥子？"就在那一瞬间，一个模糊的意念一下变得清晰：逃学，去大青山弹麻雀。好！我几口吃完饭，进睡屋把藏在枕头下面的弹弓拿来揣进书包里，从屋侧一拐，走院子边上去了大青山。

出师大捷，大不了两堂课时间，居然弹到五只麻雀、一只斑鸠。我好高兴，但不能拿回家，怎么处置呢？抬头四望，灯杆坝铁匠铺的烟囱冒着黑烟，我曾经在那里烤过山耗子吃，刮了皮，抠掉肠肝肚腑，溇一点盐巴，用南瓜叶包住，糊上稀泥巴，放在炉子两边那个小台上，泥巴烤干，耗子就烤熟了；剥掉泥巴与南瓜叶，白嫩嫩香喷喷的耗子肉要多好吃有多好吃。詹铁匠笑眯眯地对我说："你再打着山耗子，就拿来我帮你烤。"好啊，我把麻雀斑鸠拿去烤来吃吧。

詹铁匠果然很高兴，拿了一个铫瓢在炉子上烧了水，把麻雀斑鸠浸进滚水中烫了毛打整干净，去邻近的姜家找了盐巴；没有南瓜叶，割了两张黄粑叶代替，没多久，炉子上就飘出直往鼻洞里钻的香味来，跟山耗子一样好吃。在撕烤斑鸠的时候，詹铁匠望着我说："你弹来的，多吃点。"说着撕了半只给我，他和打下手的徒弟王百坡打伙吃半只。

我吃麻雀斑鸠肉，母亲的刷条子吃了我的肉。班主任邬老师下午来家访，说我昨天和今天怎么没有去读书？被狗咬已耽搁了几天，这样七耽搁八耽搁的，咋个跟得上学习进度？母亲脸一沉，偏着头，眼光像杀猪刀一样给我杀来："你上午哪里去了？"我支支吾吾。母亲掉转身，弯腰从一把叉头扫把上抽下一根楠竹棍子，兜头给我抽起来。我一跳，躲到邬老师身后。邬老师张开双手，母鸡护雏似的拦着母亲说："给孩子讲道理，不要打他。"母亲举着楠竹棍子厉声质问："说，哪里去了？不然我打死你。"邬老师把我搂在面前双臂护着："好好地给妈妈说哪里去了？"面对母亲凶狠的棍子、邬老师期盼的目光，我的心里打着鼓动，嗫嗫嚅嚅地供述了大青山弹麻雀铁匠铺烤来吃的事。母亲听了，再次举起楠竹棍子追问我："为啥子不去读书？"邬老师比母亲温柔千百倍的目光全部覆盖在我脸上："好孩子，给妈妈和老师说，为啥没到学校读书？"我犹豫再三，把卡在喉咙里话说了出来："怕鬼。"母亲说："青天白日的，哪里有鬼，你捉一个来给老娘看。"我声音像蚊子："广东生儿鱼塘有。"母亲伸手来拉我："走，我们去看，要是没得咋个说？"我说："不信你去问黄牛儿、狗儿他们嘛，鬼就坐在鱼塘坎上等着找替身。"母亲哭笑不得："我看你就是一个鬼。"我忙争辩："我不是。"邬老师望着母亲淡淡一笑道："孩子胆子小，一个人走路害怕，上学时你们送他一趟吧。走熟了，胆子大了就不怕喽。"

听邬老师这样说，母亲似乎消了气，楠竹棍子扔在地上，警告我道："再去弹麻雀不读书，看我把脑壳给你扭了。"

第二天，为送我上学的事，一家人闹得很不愉快。生产队早晨收工到上午出工，中间只有一个把钟头时间。搁下饭碗，我背好书包，靠门枋站着等大人送。二弟三妹还在吃饭，母亲边催他们快点，边等着收碗洗。父亲一般吃过饭要裹一支烟来烧，但今天碗一放，屋檐坎提了锄头就要去自留地薅牛皮菜。母亲见了喊住他："你送一下娃儿去读书。"父亲没停步，白了我一眼："倒转去了？以前没要送，现在还要送了？"母亲无奈地说："硬是伤心，我还要洗碗喂猪哒嘛。"掉头吼二弟三妹，"快点吃。"二弟没理母亲，三妹筷子拍在桌子上，"呜哇"一声哭了。

母亲送了我两天，丢了洋钗拿扫把，活路实在太多松不开手，我背着书包站在家门口等她送，她挥刀宰着猪草恶暴暴地说："自己去！"

我知道，这是父亲的主意。昨天夜间，我听见父亲给母亲说："不要理他，就是要让他一个走，胆破了就不怕了。"我心一沉："胆破了我还能活吗？"

4

我又想起了黄牛儿。在学校，我主动找黄牛儿修复关系，想办法找机会讨好他，同他搭讪，套近乎，他始终对我不理不睬。我拿眼睛瞄他，他头一掉，装着没看见。我们喜欢打乒乓，只要我一出现在球台边，他乒乓板一放掉头走掉。天气冷，同学们下课靠在墙壁上挤"爆油渣"取暖。邱华东心头不安逸找黄牛儿"挤墨水"，黄牛儿没有挤给他，用力把黄牛儿挤爆，我趁机把邱华东挤爆，给黄牛儿留下位置，让他站回来。黄牛儿瞟了我一眼，哼一声走了。我热脸贴冷屁股，心头像吞了一只屎苍蝇。显然，黄牛儿不会跟我一路上学。我反复鼓勇气一个人走，可老幺公说的红毛僵尸那张牙舞爪的面孔一下闪现在眼前，还隐隐约约听见广东生儿鱼塘的鬼捋着胡须笑嘻嘻地说："你不怕做我的替身就大胆来吧。"我去不是，不去也不是，瓜兮兮地靠住灶房那道黑不留秋的门枋，母亲理顺猪草放在墩子上宰时盯了我一眼：你不去读书，还站在那儿等啥子，等楠竹棍子？

我很绝望。

也就在绝望那一刻，一个希望在心里生长出来。歇凉时老幺公摆龙门阵说："鬼最怕青丝绕钹，只要罩住它，就把它收了，但只有方山的道士才有。"老幺公又说："鬼还怕两样东西，一样是桃剑，一样是黄荆棍。"桃剑用桃子树来做，我们老家不见哪一家有桃子树，更不要说砍来做剑了。黄荆多，但很小根，小指拇大的都很难找到一根。我突然想起，割草时看见马草湾王阳氏山上有一窝黄荆，长在石壁上，大的可以做镰刀把，去看一下能不能砍到。我找了一把弯刀放在书包里，找了一根黄麻绳子牵衣裳盖住，装着去读书，躲躲闪闪去了马草湾。

那一窝黄荆生长在一个绝壁中间，上面是三四米高的石壁，下面是七八米高、有几棵杂树的悬岩，很不好砍。我把黄麻绳子一端拴在石壁上面一根松树上，一端拴在腰眼上，弯刀往裤带上一别，手抓绳子脚蹬石壁小心翼翼地梭了下去。

"哪个砍我山上的柴哟？"我正在砍那一根最粗的黄荆，可能响声惊动了湾对面的王阳氏。她站在敞坝边上，手遮在额头前大声吼道。

"跟你要一根黄荆做拄路棍。"

"你不要命了，摔下来咋个得了哟？"

"不会的。"

怕王阳氏撵过来阻挡我砍，我加快了手上动作，拉住那根镰刀把大的黄荆几刀砍断，留了中间一节比较直的，剃光枝叶，扬手摔到石壁上面那个平台里，吊着绳子爬上去，捡起那一节黄荆棍，躲在院子边上的竹林里，宰来平着胸口高，刮掉粗皮子，细细加以打磨，让它光滑圆润不刺手。我遐想着，要是广东生儿鱼塘的鬼来抓我，我就跟孙悟空学，把黄荆棍舞得像金箍棒一样呼呼生风，让鬼近不了身。

　　估计父母收工回家快要煮好饭时，我像往常一样若无其事地回到家，把黄荆棍藏在屋檐下的谷草里，进屋把书包挂在正屋墙上。刚转身，母亲一把揪住我的衣领，篾板子啪一声落在我的屁股上，随即密密麻麻地落在腰眼上，大腿上。母亲边打边问："你要气死老娘。说，书不读，是不是又到山上弹麻雀去了？"

　　我说："没有弹麻雀。"坐在桌子边上抽烟的父亲眼一瞪，厉声吼道："不是弹麻雀，那做啥子去了呢？"

　　原来母亲收工去学校旁边的商店买盐巴，碰着邬老师了。

　　过了两天母亲告诉我，她还说来学校接我一路回家，结果人花花儿都没看到。

　　黄荆棍给我壮了胆，再走广东生儿鱼塘过，虽然也绷紧神经，侧着身子盯着鱼塘，时刻做好与鬼搏斗准备；只要鬼敢靠近我，我几棍子把它打回原形。后来听老么公说，黄荆避邪，带在身上，鬼就不敢靠近身子了，根本用不着打。

　　令我沮丧悲哀的是，广东生儿鱼塘没遇到鬼，却在学校遇到鬼了。

　　同学们见我天天拿着一根两尺多长的黄荆棍去学校读书十分好奇，盯着我问："你这根棍子拿起做啥子哟？"我当然不能说打鬼用，而是说打狗用，还躬腰捞起背上衣裳，让他们看我被狗咬后留下的伤痕："禹家那条狗凶得很，跳起一人多高来咬人！"

我的底细被黄牛儿说破。他跟我一起歇凉时，听过老幺公说黄荆棍驱鬼的事。事后一周多我才晓得，黄牛儿把这个事悄悄地说给和他要得好的同学刘长江听了。

老幺公还说："不管桃剑，还是黄荆棍，不能让女人从胯子下面跨过；只要跨过就不再灵验，不能驱鬼避邪了。"

黄牛儿把这个也告诉了刘长江。

那天第三节下课，我去上厕所，刘长江把我放在书桌下的黄荆棍，拿出来问女同学李秀云："你晓得戏台子上马是咋个骑的啵？"李秀云摇头加晃脑："不晓得。"刘长江给她演示，把黄荆棍往胯下一夹，左手握住棍子顶端，右手凌空一挥，嘴里"呷"一声吼，身子一耸一耸地朝前作青蛙跳跃。滑稽的动作惹得教室里同学们哈哈大笑。李秀云有点男娃儿性格，平时爱跟男同学一起逮猫儿、跳高桩、打蛇抱蛋等。她见刘长江那个样子很好玩，从刘长江手里要过黄荆棍，也学刘长江的样子骑马玩。我上厕所回来，听见教室头闹哄哄的，进去一看，李秀云胯下夹着我的黄荆棍，一股热血从我的脚板底直冲脑顶门。我几步冲过去，劈手夺过李秀云手中的黄荆棍；用力过猛，黄荆棍别着李秀云的大腿，把她别了一扑爬，脑壳撞在板凳边上，血一下飙了出来。刘长江等几个跟李秀云走得近的同学，立即围过来对我拳打脚踢。我不甘示弱，操起黄荆棍，不分青红皂白一阵乱打；终因寡不敌众，被掀翻在地，鼻子触到地面上，碰得鼻血长流。要不是上课铃响邬老师来了，我可能还要被打得更惨。

黄荆棍收缴后交给了方校长。缴就缴，已经被李秀云跨过了，再没有驱鬼避邪功能；我担心的是虽然挨了打，但事端由我挑起，学校开除我。

还好，凡是动了手的，猫吃糍粑，全都脱不了爪爪；放学留下来，方校长、邬老师集中批评教育，通知家长到学校领人。

尽给家里惹祸。母亲领着我，跨出校门就骂开了："害得老娘耽误出工，看工分扣了当倒补户吃啥子！"我诚惶诚恐，胆战心惊，怕回家再挨打。出乎意料，母亲打来热水，把我脸上的血污清洗干净，告诫我："要好好读书，不要再惹是生非，不然新账旧账一起算。"

上桌子吃着母亲端来的冷冰冰的饭菜，我暗自思量，广东生儿鱼塘的鬼，知道我的黄荆棍被女同学跨过后老师收缴了，还在学校打架，肯定高兴得放声大笑：你小子还想冷刀冷剑收拾我，好啊，现在我别的人统统放过，只收拾你一个人。想到这里，我大为惊骇；发誓要把鬼打成原形，结果我被打回原形，我还敢一个人去读书吗？

5

我陷入焦虑中，下午割草神思恍惚，两次割到手指头，一刀比一刀割得深，真是闯到鬼了。晚上在床铺头煎麦粑，左翻右滚睡不着，岩老鹰一样盘旋在脑壳里的是：上学的路近的一条有鬼，转一点的那条有狗；没有同伴一路，父母也抽不时间来送，不去上学又要挨打，咋个办才好呢？恍惚刚迷糊过去，就听见房背后水梨子树上的麻雀吵成一锅炒胡豆——天亮了。我仍然想不出办法来，母亲大着嗓门喊我起床割草，二弟看鹅儿了。二弟睡得像死猪，我搔他腋窝把他弄醒，他翻一个身，背紧紧地抵着我又睡过去。还好，今天星期天不读书，我有时间再好好想想用啥子办法来解决我焦虑的事。我推了一下二弟，准备起床去磨镰刀割草。

一串密集的脚步声，在家门口大路上骤然响起，"踢踢囊囊"的，伴随着焦急的催促声："快点走。"我鱼跃起床，衣裳一披，鞋子一穿，到大门口一看，几个人影消失在院子边上的竹林里，父亲也稍后几步朝那个方向跑去。母亲站在灶房门口望着院子边上，手里拿着一皮牛皮菜，阴一下阳一下地择着。我问："老汉儿他到哪里去哟？"母亲说："听说詹铁匠昨天晚上跳广东生儿鱼塘淹死了。"我顿时头皮发麻，背心发冷："咋个要去跳水呢？"母亲把菜丢进筲箕里："不晓得。快去割草。"

我磨了镰刀，背起草背篼，朝广东生儿鱼塘走去，詹铁匠出现在我眼前：瘦高瘦高的个子，腰有一点佝偻，不晓得是不是经常弯着打铁造成的；脸像刀巴豆，娃儿多家景贫寒，大冬天也只穿一条单裤子，有时流清鼻涕，扭一下鼻头，揩在满是蜂窝眼的围腰布上。他为人和善，挨邻侧近的人，这个找他："詹铁匠，帮我打一颗钉子，钉墙上给娃儿挂书包嘛。"他朗声应道："要得哇。"很快在地上找一点边角铁料，放在炉子里烧红，揉出放在砧墩上几铁锤，打好递给来人："看要得不嘎？"那个找他："我这镰刀钢火嫩了，容易钝和卷口，你给我加点钢火嘛。”他不推卸：“嗯好。”接过镰刀，抖掉刀把，插进炉膛，觉得火候到了，搛出来放进窗口下的石水缸里，“吱儿”一声蹿起一股水雾淬了火，冷却后安上镰刀把递给你：“看要得不，要不得再来找我。”他爱在炉膛旁边烤红苕吃；烤好了冷一冷，眼睛钩住招呼你说：“来，接到。”拴着话尾子，一条烤红苕在空中一闪便落进你的手里，软乎乎热和和的。见人一份，不够分，他一条掰成两截。我爱去铁匠铺耍，尤其是冬天，特别暖和，还时不时地有烤红苕或别的东西吃。

广东生儿鱼塘坎上围了一大圈人。詹铁匠的婆娘张桂枝一边哭着，一边断断续续给老幺公和我父亲几个人说：“我叫他到岩上二舅娘家去躲几天风头，他说要得。说过出门去了，我以为听了我的话，就带娃儿睡觉了，哪个晓得他要去广东生儿鱼塘寻短见嘛。呜呜呜！”

刘明宽给另外两三个人比手画脚地说：“天刚麻麻亮，我说去找黄阳明买点红苕种，走拢广东生儿鱼塘，见一个黑黢黢的东西浮在水面上，还以为哪个的牛跑到鱼塘头来滚澡，不冷吗？下细一看不对，是人。淹死的人，男人是扑起的，女人是仰面朝天的。我见是扑起的，是男人，心想哪个呢？在鱼塘边上扳断一根竹子，把尸体赶到水边翻个面一看，是詹铁匠，赶快去告诉了张桂枝。”

我把草背篼撂在一旁，拨开人群钻进去，见詹铁匠躺在地上，刀巴豆脸像被牛角蜂蜇了一样，肿得白胖白胖的，整个身子已变粗壮了，右边脸有血迹，从嘴角和鼻子里流出来的。詹大娃蹲在一旁。黄牛儿的老汉儿黄阳明说出我心头的疑问："死了一晚上，人都冷硬了，咋个还会流血呢？"嘴里叼着叶子烟杆的老幺公说："淹死的人，不管死了好久，只要见到亲人，口头鼻子都会流血出来。"黄阳明说："还有点日怪。"

詹铁匠的徒弟王百坡来了。他肩头扛着一副竹滑竿，腋窝里夹着一床铺盖。围观的人散开一条道，王百坡把竹滑竿摆在地上，牵开铺盖垫在上面。我父亲说："大家帮着搭一把手。"搂的搂，抬的抬，把詹铁匠放进滑竿里，我父亲，黄阳明，同刘明宽和王百坡，把詹铁匠抬回家去。我跟着撵到院子边上，顺路割了几把草丢在背篼里背回家，想早饭吃了再去割。母亲和隔壁幺婆站在房当头那根柳叶桉下摆龙阵。

"听说詹铁匠拿生产队的铁打钉子，叫张桂枝偷偷地拿到街上去卖几个钱来拣药吃，被侯队长抓了现行，说要当偷盗处理，还要开他的批斗大会。""几颗钉子就整得人家这样凶啊？""就是啊，孤人心，门斗钉，怪不得他是孤人，换了一门亲二门亲婆娘都生不出来娃儿，孽做多了遭报应。""这詹铁匠牛高马大一个男人，咋个就被这点事吓倒了哟？他两眼一闭一死了之，丢下张桂枝和三个娃儿咋个办哟？詹大娃像七岁都没满，一家人穷得叮当响；那次我去他家里，板凳都没得一条坐。造孽，这张桂枝又有病，驼巴气喘咳咳吭吭的。唉，现在就这个样子，家家都有一本难念的经。"

詹铁匠死了，开初我很不理解，觉得好可惜哟，那么和善那么好的一个人，咋个要去死嘛？随后我眼前突然爆开一朵灯花，忍不住高兴起来："哈哈，广东生儿鱼塘的鬼现在找到替身了，从明天起，我就可以一个人放心大胆去读书了，再也用不着畏首畏尾、担惊受怕了。"

甚至还得寸进尺地想，詹铁匠你好事做到底嘛，早点去跳水死，我就用不着低三下四讨好黄牛儿，也不会被禹家的狗咬，更不会在学校打架了。

詹铁匠当天下午安葬的，没有枋子，用一床烂草席裹的尸；黄阳明拉了一把谷草，搓了一根大指拇粗的草索捆住，边捆边说这是"千柱头"下地，要有福之人才能享受到这个待遇。刘明宽抽了一副箩索拴在捆住的尸体上，应和着黄阳明的话道："'千柱头'好，迟早一天都要化成泥巴，能节约尽量节约点儿。"箩索起了两个扣，我父亲用一根拳头大的硬头黄竹杠穿进去，招呼黄阳明道："来，我们两个抬。"黄阳明抓住竹杠另一端，弯腰放在肩膀上，像抬一条死狗，一甩一甩地抬上了路。到了土地坳，刘明宽说："换个肩，一个抬哈儿。"于是换成刘明宽和王百坡两个抬。幺店子时，外生产队的杨三盖匠走过来，说："詹铁匠多好一个人，很帮了我一些忙，我要抬他一肩才对得起他。"说着伸手拿过王百坡肩头的竹杠，放在了自己肩头。

詹铁匠埋在马草湾王阳氏山上一个土坑里。我背着草背篼撵去看热闹，很感激他当替死鬼解救了我，埋好后我站地坟头，双手合十，恭恭敬敬地给他作了一个揖。

但只高兴了大半天，我被更大的恐惧俘虏。

我把割的草交到生产队牛棚后回家，走院子边上过，老幺公同黄阳明的爹蹲在路边上，望着马草湾詹铁匠的新坟，一边叼烟一边摆着龙门阵。黄阳明的爹有头无尾地说："又该詹铁匠守在广东生儿鱼塘坎上找替身了。"我猛然怔住，插嘴问道："詹铁匠就是替身，他还找啥子呢？"老幺公拔出嘴里的烟杆，唾了一团口水，伸手抹了抹嘴筒子说："他不找替身，投不了胎，转世就变不成人。"

我脑壳头"咔嘣"一声爆响，变成一只蜂桶，蜂子们吵着分家，"嘤嘤嗡嗡"地狂飞乱舞……不清楚后来我是怎么走回家的，恍惚记得把草背篼往屋檐坎上一摞，搬了一条板凳坐在家门口，头软瘫瘫地靠在门枋上。母亲从灶房里出来，手里提着一个撮箕去拣红苕煮夜饭，见了我，一下站住："咋个的呢，哪里不好？"我轻轻地摇了摇头。

要说以前广东生儿鱼塘有鬼，我只是听说，没看见过，模糊的，是想象是幻影，没有具体概念，自己吓自己；现在广东生儿鱼塘的鬼像啥子样子，我就眉目分明，一清二楚了：瘦高瘦高的个子，一头乱糟糟的头发，刀巴豆脸；清鼻涕流出来了，手揪住鼻头一擤，在围腰布上一揩；拿起一条烤红苕，眼睛铁钩子一样钩住我："来，接到。"我急忙伸手去接。哎呀，他是不是早就瞄准我了，训练我养成伸手习惯，趁我伸出手的那一瞬间，一把抓住我，"呼"一声把我拉下水去？

我不敢再往下想。这时，一只耗子沿墙壁嗖一声从我脚边跑过。我汗毛一立，两步蹿进灶房，一抱箍住母亲的大腿浑身打抖："娘，詹铁匠来了，他要抓我！"